吉本隆明全質疑応答

YOSHIMOTO TAKAAKI

I

1963—1971

論創社

吉本隆明　全質疑応答Ⅰ　1963～1971　目次

吉本隆明　全質疑応答Ⅰ　1963～1971

本書の一部は既刊『吉本隆明質疑応答集』①～③と重複します。

【九州大学新聞主催】1963年11月23日

情況が強いる切実な課題とはなにか

質問者　「やる」ということはなにかを前提としてやるのか、それとも現在「やる」のか。

谷川雁　現在とか将来とかいうことではないわけで、そいつはいつ訪れてくるか、自分にはその時間というのは決めるのはできないわけで、だからその「やる」というのはいつかということになると、さっきいった絶対民主主義的な情況との心中ですからね。その情況が吉本氏流にいえば向こうから強いてくるということにしかならんわけですね。

だから情況を見てみると、これはどうも十一月五日頃に革命をやろうか、七日のほうがいいとかいうようなことはずっと先のところで、つまり「やる」というカテゴリーの中で強いられてくるわけです。

質問者　そうしたら、さっきヒットラーが虐殺したのを打ち破らねばいけないと言われたでしょう。

打ち破らなければいけないということがあるから、「やる」ということを意志するわけでしょう。

今度は私が啓蒙しますが、あなたは学生さんでしょう。すると大学管理法案に対してやるとね、ついてくるやつもいるし、ついてこないやつもいるということでやるわけですが、そのとき、俺はこういうふうにやるんだと考えると、人々と討議して大学管理法案闘争というのができあがるわけですね。

僕は政治運動でも、大衆運動でもそうだけれども、あなたが例えば学校出てなにになるかわからんわけですけれども、「俺はこういう者になる」というふうに考えても、その通りにならんのですよ。

その通りにならんという契機は、やはり今、谷川氏がいわれたように現実のほうがあなたの構想に対して、踏みこんでくるでしょう。その避けることのできない、身をよじることもできない、そういう契機が必ずあるわけですが、そういう契機があって、何々が少なくとも革命家であり、大衆運動家であり、何々であるというふうになるわけなんです。

あなたの場合には、何々を構想してオルガニゼイションをやれば、闘争ができあがると考えるかもしれないのですけどね、ほんとうはそうでないんであって。そういう契機と、現実のほうが向こうから踏みこんでくるという契機と、それらがどうにものっぴきならなくさせる、そのような契機があってはじめて闘争なら闘争が存在しうるわけです。それは必ずしもそういうことでなくて一個人の場合でもいいわけです。

例えば僻地教育者の場合、山間の僻地で子供の教育で一生を終えたといったものを想定しますね。彼は大学を出て、そこで一生を僻地教育をやるということで赴任しますね。そこまではあなたのいう「何々をしよう」という構想ですね。しかし僕の考えでは、その僻地教育者がほんとうに「ほんもの」の僻地教育者であるとすれば、必ずその途中で「俺はやめてえ、青年時代の若気のいたりでこうなったんで、やめてえ」というような具合で、とにかく現実のほうが踏みこんでくる、そういう言葉を使えば「しかたなしに」とうとう僻地教育者になってしまったという、そのような契機が必ず存在するわけです。その契機を谷川氏が「やる」といっても、「何月何日にこうやる」というようなことはようするに頭脳の中で行われる構想、集団の頭脳の中で行われる構想であって、それに反して現実がいやおうなしにそれを強いるという契機にぶつかったときにはじめて成り立つということを「やる」という言葉でいわんとしているのではないかと啓蒙いたします。

〔音源不明。文字おこしされたものを誤字などを修正して掲載。校閲・菅原〕

【国際基督教大学ICU祭実行委員会主催】――――――――――――――1964年1月18日

芸術と疎外

質問者1　マルクス主義内部での芸術論としては分かるんですけど。たとえば、反体制は実は体制だとおっしゃいますけど、反体制と認めない人たちがいるわけです。いちばん大きな矛盾はやはり、表面的な意味での体制と反体制であって。芸術家の中には「疎外」なんていうことは全然ないんだといって、そんなことを問題にしない人たちがいる。そういう人たちと政治制度としての「疎外」。その戦いがまだ、□□あって……（中断）。

（途中から始まる）僕らはそれを、戦いと思わないんですよ。それは戦いになってないわけです。つまりそれは、好き嫌いの問題であって。ヘーゲル的段階論でいえば、即自という概念があるでしょう。それから対自という概念がありますね。それは、即自概念同士の前提的争いとして存在する。俺とお前では好き嫌いが違う。お前が好きだっていうんならそれでいい。でも、俺はこれが好きだと。ただそれだけのことで、芸術上の戦いでも何でもないと考えているわけです。芸術上の戦いを本当の意味での「疎外」にたいする戦いと考えていくならば、そこの問題に入っていかないと戦いにならんと思うんですよ。あなたがいわれるのは、即自としての対立ですよね。即自、つまり自分は何々を好むという問題をひとつの普遍性・一般性として出す場合、自己自身にたいするものとして出てこなければ争いにも戦いにもならないわけです。お前はこれが好きだ。でも俺はこれが好きだ。そこでは好き嫌い、つまり即自の問題としての対立が行われている。

資本主義は「疎外」を認めない人を生み出す一方で、「疎外」を認める人も生み出す。さまざまな人を生み出すということ自体が、資本主義の特性のひとつですからね。そういう意味では、百人いれば百人が対立する。あなたの言葉を使えば、そこで戦うわけですよ。即自としては、百人百色を生み出すっていうことがひとつの自由である。つまりそこには、資本主義とは自由であるという仮想性がある。即自としての百人百色を現象的に生み出す。資本主義社会というのは自由であり、社会主義社会というのは自由でない、人間はさまざまな即自・好みを生み出すということが、ひとつの論理の根拠になっているんですよ。僕は、そういうのを対立とか戦いと考えないわけです。それは戦いにもなってないんじゃないか。ただの好き嫌いじゃないか。好き嫌いのことにすぎないじゃないかと。僕らの考えでは、そういうふうになってるわけですよ。

あなたの概念でいえば、まずそれがあり、そこから問題が展開していく。あなたはそう考えられるかもしれないけど、実はそうではないのであって。まずそれがあるといっても、その人がそれを生み出したのではない。少なくともその人が生まれたときに、あるひとつの現実の中に存在してしまっている。基本的には、そういうことが対立の萌芽・芽生えを生み出しているんですよ。そこでは百人百色のイデオロギーが相対立し、好みの問題として相矛盾する。そこでは、そういうことが行われていくわけです。その人が偶然ある本を読んであれしたり、ある生活に当面したりして考えたことをひとつの対象として、対自として提起できない次元では、あなたのいう戦いは百人百色で起こり得る。たとえば「お前は野間宏が好きで、俺は安部公房が好きだ」という場合にも、ひとつの対立がありますよね。これは戦いといえば戦いで、そういうことを生み出していくわけです。

先ほどからいっているように、前提性の次元にとどまる限り、戦いには踏み出せない。それは戦いじゃなくて、ひとつの即自の違いの問題です。しばしば、資本主義は自由であるといわれますよね。貧乏する自由もあるし、儲ける自由もある。さも立派なことであるかのごとく、そういうことをいうでしょう。そういう前提が生み出したことはだいたい、存在したときにはすでに完全なかたちで生み出されているんですよ。あばら屋で育ったやつもいるし、そうじゃないやつもいる。資本主義っていうのは自由だから貧窮する自由もあるし、貧窮させてしまうものもある。それから、そうじゃない自由もありますし。こういったことを前提として、資本主義自体を生み出してるんですよ。だからあなたがいうような意味では、戦いにはなっとらんと思います。そういう意味では、戦いにはなっとらんのだと。それが僕らの考え方ですね。

質問者2　先生の論理ですと、作品はそれ自体としては現実を翻す力を持たないということになる。先生は芸術をつくる創作者と、創作者から出てくる創作の間にある橋を「自己表出」としていますよね。それが現実を切り返す原動力になるんじゃなくて、創作自体が現実を理解する原動力になるんでしょうか。

創造者にとってはそうでしょうね。そして、そういうふうにしてできた作品を多くの人が読むでしょう。たとえば、そこにひとつの闘争が描かれた。それを読んだ人が「ああ、俺も闘争しなきゃいけない」と思うか、そう思わないで、ひとつのつくり物として読むか。これはまったく分からないわけです。しかしその作品がいい作品であれば、何か残るわけですよ。「現象的にこう書かれているから、その通りにする」というかたちで残るのではなく、「自己表出」を通したものの全体として残るわけですね。その残ったものが積みに積まれて、あるひとつの切り返しになっていく。そういう意味で、有効性ということを考えなければならない。それははっきりしています。だからそれは、つくられたものと読む者の問題になりますけどね。

僕はプラグマティズムっていうのはあまり好きでなくてしょうがないんだけど。たとえば桑原武夫さんには「芸術の社会的効果」っていう非常にいい論文がありますが、ここではその点を非常にはっきりさせています。その場合、前提性だけでいうんじゃなくて。たとえば桑原さんなら桑原さんなりの方法論で、吉川英治の『宮本武蔵』を分析する。これこれの階層・年齢・職業の人に読ませてみて、項目を設けて○×をつけてもらったらこうだった。そういう調査はちゃんとやってるわけです。正確・不正確だという問題は抜きにしても、それはひとつの接近には違いないんですよ。どういう効果があったか、どういうところに感動を受けたかということにたいする接近には違いない。材料は現実の破片からできてるんだから、非常に反体制的な破片で材料をつくっておき、それで構築すれば反体制的な芸術ができる。それを読んだ人も、反体制的になるに違いない。そういう前提を何度も積み重ねていくのではなく、これこれの階層・年齢・職業の人、あるいは都会・農村の人に同じ本を読ませ、○×式項目を設けて調査してみる。そちらのほうがまだ、接近性としては測定されるんじゃないでしょうかね。そういうふうにやってみたら、近似値の近似値くらいは出てくるかもしれません。

さっきいいましたように、「自己表出」の構造によっては、革命的な政治運動家が、たとえばピカソの絵よりもシャガールの絵のほうが好きだったとか、そういう結果はあり得るんですよ。それは「自己表出」自体の構造によるわけです。シャガールの幻想的な絵が、そういう人を打った。現実のどこかを打った。そういう逆立した契機はあり得るわけなんです。もちろんそうじゃなくて、直通的な契機もあり得るんですよ。俺はやっぱり小林多喜二の『蟹工船』を読んで感動した。そういう場合も確実にあり得るわけです。しかし非常に逆立した契機で、政治的実践家が堀辰雄の小説を読んで感動するとか、そういうことはあり得るわけです。それはつくられたものと読む者との問題になってきますね。そことの関係になってきますね。

質問者3　さっき、マルクスの思想の中に現れた二つの□□についてお話しされました。マルクス的な□□主義についていわれたんですけど。それは今日《こんにち》に与えられた非常に大きな思想的課題だということで、見解をいわれたんですけど。それをできたら、もう少し展開していただければと。僕らがマルクスを読む場合、どういう観点・態度で思索を受け取ったらいいのか。これは非常に大きな問題になるんですね。歴史の法則性によって社会主義社会が生まれるというマルクスの方向性を、僕らはどう受け取ったらいいのか。特に今日、そういうことが非常に分からなくなっているわけです。そこのところをもう少し展開していただきたいと思いまして。

それを展開するのは難しいんですけど、なぜ分からなくなったかということはいえるわけなんですよ。たとえばマルクスというのは、人によって読み方が違うでしょう。僕らの読み方では、マルクスは人間の存在性から社会の法則性にわたる総体について、ひとつの原理的な問題・体系を提出している。初期の論文で「自分の立場は人間主義‐自然主義である」といっているところがありますけどね。自然というのは外界ですね。人間の存在・意識に対峙するものとして外界がある。そういう自然と人間のかかわり合い、たとえば自然の素材を加工して商品をつくるとか、そこのところが非常にポイントになっているわけです。

マルクスは「人間もやっぱり自然の一部だ」といっている。ここには、マルクス的自然主義、人間存在における自然主義があるわけですね。このマルクスのいう自然主義‐人間主義っていうのは、ますますこれから、複雑なかたちで問題になってくるわけですよ。自然的存在あるいは自然にたいする人間の存在と、人間が自己自身の意識性にたいして存在しているという意味での存在が乖離している。十九世紀と現在とを比べて、そういう距離・構造が複雑多岐にわたり、煩雑になっている。そういうことがあると思うんです。

マルクスの考え方の中に、自然的人間、自然的存在としての人間がある。人間にとって外界っていうのは、人間の肉体ではないひとつの肉体なんだ。しかし現在では、マルクスのそういう考え方が素直に通らないような発達の仕方をしている。これは、生産力の発達に伴う諸々の複雑さによるわけでしょうけど。そこのところで「こうだ」という感じで、はっきりと糸をつなげることができない。あるいは、はっきり糸をたどるのはなかなか難しい。そういうことが出てきているために、そういう困難が生まれるんだと思うんですよね。そこのところが、本当に問題になってきて。今、実存主義がひとつの存在権を持って出てくる根拠はそこにあると思うんです。

たとえばサルトルの実存概念では、自然という考え方は表面に出てこないほど微々たるものとしてしか存在しない。現在の社会では自然と人間とのかかわり合いの問題、あるいは自然に手を加えるか加えないかという問題がある。さらには人間の意識・精神が自分自身を何かに外化し、対象化していくという問題がある。そういう問題が非常に複雑になり、面倒になっている。これをどこでどうつかんでいいのか分からないから、困難な問題が生じている。そういうことはいえると思うんです。

マルクスの考え方のひとつの変わり身を考えていく場合、人間の存在性・現存性、現にこういう社会のこういう現実に生きているという問題をどのように介入させていったらいいのか。人間の歴史を分析していくことによって出てくる法則性から考え、得られるイメージにたいして、どういうかかわり合いを考えたらいいのか。そういう問題が、非常に複雑なかたちで出てきている。ひとつの補助学としての実存主義がひとつの存在権を持って出てくる理由は、そこにあると思うんです。人間と自然の関係というのは、なかなか目に見えるように簡単にはいかなくなった。現代社会のそういう問題が各自の中にウェイト・重量を占めていて、理解を困難ならしめている。マルクスの思想、つまり自然主義‐人間主義という考え方を検討する場合、それが大きな問題になっていくんじゃないかと。

しかし、そういう課題に接近していく方法はある。まず、マルクスの思想の根底にある自然主義‐人間主義っていう考え方がある。そこには自然と人間とのかかわり合いがあり、自然物を加工する労働についても外界と人間とのかかわり合いがある。そして、そこから出てくる「疎外」という概念がある。そのことにどのような接近の仕方をすればいいか、どういう問題意識を設定したらいいかという問題が出てくると思うんです。そういう複雑さだと思うんですけどね。

たとえばあなたは、現在の現実を絶対に放しちゃいけないという問題に引っかかってくると思うんですよ。たとえばマルクスを読む場合、あなたの中で現在の現実を絶対に放さないという問題意識が非常に重要になって出てくる。あなたの問題意識を先ほど質問された方の言葉でいえば、前提性から抜け出させるために、あなたが現在の現実で引っかかってる問題をできる限り普遍化・対象化していく、そういう問題の立て方ですね。あなたがこういう社会で、こういうふうに生きているという問題を手放さない。とにかくその二つの課題にかんしては、放さないで接近する仕方以外にないんじゃないですか。つまり、処方箋なんていうものはつくれないんじゃないですかね。だから、そんなに簡単じゃないと思いますよ。

たとえばマルクスの思想の全体系ってやつは、そんなに簡単なものじゃないと思います。日本のマルクス主義者は「こいつ馬鹿じゃないか」というようなことをいいますけど、マルクスはだいたいそういうことはいわないですよね。総体にわたって、人間の存在とか死とか生とかの問題から人間の歴史を発達・展開させてきた第一次的前提である経済過程の問題に至るまで、相当な湾曲を描いて、円を描いて展開されていると思うんです。その問題はそう簡単ではありませんが、接近する方法がないわけではない。自分の中にある現在性の課題と、その現在性の課題を絶えず一般化・普遍化しようとする問題意識を手放すことはできない。それを手放して読むことはできない。そうでなければ、接近することはできない。そういうことがあるんじゃないでしょうか。そこのところで、交点が結ばれることが出てくるんじゃないですかね。

質問者4　たとえば『資本論』を読むとします。その場合、そこに書かれている結論を体系的なものとして□□□。マルクスがどんなふうにして現実を分析して、『資本論』を書き上げていったのか。そういう見方が大切なんじゃないかということを、この間ちょっと友人と話してたんですけど。そういう読み方をすることによって、僕の中にある問題意識をぶつける。そこで問題意識をぶつける過程が、そういう読み方の中にあるんじゃないか。そんな気がするんですけど。

まず、そういう問題がひとつあるでしょう。でも僕がいってるのは、そういうことだけじゃなくて。たとえば『資本論』を読む場合、どういう読み方をすればいいか。あるいは、『資本論』以外のものでもいいわけですけど。その場合、どういう現実性の中でそれが書かれたかという問題がある。マルクスはどういう現実性の中で、それを書いたのか。個人的環境ということじゃなくて、どういう社会的現実性の中でそれが書かれたかという問題意識とですね。ところが「現在自分が考えてる、ぶつかってる問題はこうだ」という問題意識ですね。その二つじゃないですか。

あなたがいったように、ひとつは一種の追体験になりますよね。その場合、『資本論』の内的方法を追体験するだけじゃなくて、どういう現実の総体の中でそれが書かれたかということも含めて追体験する。それとあなたが現在まさに、非常にリアルにぶつかってる課題ですね。その二つを考えて読むということじゃないですか。

僕なんかは大ざっぱな読み方をしているから、よく分からないところもあるんですよ。たとえばマルクスは、国家というものに異常なほど引っかかる。国家というやつに、異常に引っかかってるわけなんですよ。ざっと読んだ限りでは「どうしてこんなに引っかかるんだろうな」と思って、僕らにはよく分からないところがあるんですよ。でもそれは、マルクスの時代の総体的な課題を考えてみれば分かるのではないかと。市民社会の隆盛期あるいは成熟期において、国家というのは非常に大きなウェイトで出てきたんだろうなと想定されるわけだけど、でも僕らが読むと「どうしてこんなにまで国家というものに引っかかるのかな。よく分からんな」と感じるわけで。つまり著者の追体験、非常に極端にいってしまえば当時の現実の総体も含めた追体験と、あなた自身が現実的に当面している問題についての意識――あなたはもう『資本論』と直接かかわりがないかもしれないけど――現実的に当面している現実的課題から考えていく。『資本論』なら『資本論』を読み、追跡していく場合、その二つが根本的な要点になるんじゃないでしょうかね。ただ方法的過程っていうことだけじゃなくて、その二つが問題になると思うんです。

〔音源あり。文責・菅原則生〕

【『コスモス』主催。日比谷図書館において】――――1966年4月2日

高村光太郎について――鷗外をめぐる人々

質問者1（聞き取れず）

その理由、モチーフは二つ考えられると思うんですよ。ひとつはやはり戦争ですね。戦争の詩を書いていく。高村光太郎の表現でいえば、「わが詩をよみて人死に就けり」というのがありますね。つまり、戦争についての責任を感じて引きこもるということなんですけどね。それからもうひとつは、まったくそれと矛盾するように聞こえるかもしれないけど、面白くないということですね。ようするに、くそ面白くないということだと思います。くそ面白くないという気持ちは政治や占領軍であった米軍、あるいは敗戦直後の迎合する雰囲気に向けられていて、そういうものにたいして「全部面白くない」という。その二つだったと思いますけどね。

そういう中で彫刻はそれほどやってませんけれども、詩の作品はわりあいに多く書かれている。

それは決して、戦争中に書かれたもののようではない。つまらない詩ではなくて、非常にいい詩だと思います。つまり、あまり死んでいないという詩だと思いますけど。ただ思想としては、自然ということの延長なんですけどね。人間というのは、あまり問題にならないという考え方になっていったと思います。自分はもう、人間を相手には何もしない。そういうような観点があると思います。そういうふうに映ってたと思います。もし思想というものが社会において、人間と人間との間に生まれてくるものであるとすれば、あるいは社会において初めて意味を持ち、問題になるのだとすれば、これは人間というものをあまり相手にしていない考え方ですから、思想とはいえない。これは、超越思想といえるかもしれません。つまりそういうところに自然思想、自然という概念を引っ張っていったと思います。

それからこれは、自然思想が超越的になっていったことと関係があるんですけど、世界にたいして、自分の存在について自信を持ったということだと思います。戦後、岩手県の山のところに引っ込んでいった後、自分に匹敵する芸術家は世界にいないはずだという自覚に達したと思いますね。そういうことがあると思います。それを裏付けるほど彫刻の作品を生んでいませんけど、そういう一種の自信を持ち、「人間を相手にするのは嫌だ。自然だけが相手だ」と思うようになった。そういうふうになっていったことと、非常につながりがあると思います。

彼は戦争にたいして「自分の詩を読んで死んだ人がいる」といっている。しかしそうやって戦争にたいする一種の自責を持ち、責任を取るために引っ込んだこととは裏腹に、「まったく面白くないことになっている」という考え方を持っている。この二つが、引っ込んだことのモチーフの中にあるんじゃないですかね。そういうところでいけば、追求していけるんじゃないですか。

質問者2　吉本さん自身にとって、高村光太郎というのはどのような人物なんですか。なぜ高村光太郎に、それだけの関心をお持ちになられたんですか。

これはいろんな偶然があって。まあ、最初は偶然なわけですけど。僕は青年時代、十六ぐらいの頃から高村光太郎の詩が好きで、ものすごく傾倒して熱中したわけですよ。それはほぼ、戦争が終わるときまで続いたわけです。とにかく非常に傾倒しまして、いろんな意味で影響を受けましたけど。それから敗戦に至り、戦後になった。戦後になって高村光太郎の作品がぼつぼつ発表され出したわけですけど、それらの作品と自分の理想、思い悩んでいたことが合わないというか。かつて戦争中に非常に熱中したものとは違って、非常に違和感を感じたわけです。その違和感は何か。その違和感を追求してみたいということが非常に大きかったわけです。その違和感を追求することによって、自分の問題だけじゃなく、日本の詩・文化に普遍的につながっている問題も摘出することができたら、つまりそれが何であるかということをつかまえることができたら、自分は生きられるだろうと。そういうことも含めまして、追求というのをやったわけですよね。

質問者3　先ほど、戦時中は高村光太郎に傾倒していたとおっしゃっていましたけど、当時はどのように読んでおられたんですか。

『道程』とか『智恵子抄』というのは、優れた詩集ですからね。当時、戦争そのものに関係がない文学作品はあまり出てこなかった。そういう作品はあまりないわけですよ。たいていは、戦争に関係があることが書かれてるんですよ。そういう中でたとえば『道程』とか『智恵子抄』を読むと、なおのこと惹かれていくわけですけど。自分が現に戦争の渦中に巻き込まれていて、農村動員とか工場動員とかしょっちゅうそんなことばかりやっていますと、文学・芸術にたいしてまったく逆の要求が出てくるわけです。つまり、文学・芸術まで戦争のことが書いてあるのかと思うとやりきれないというか。そういう逆の作用が働くわけです。そういう中で『道程』とか『智恵子抄』なんていうのは作品としても優れていますし、戦争を題材にした作品が多い中では非常に珍しいわけです。そういう二つのことがあるわけで。今現在の詩集ブームとは情況が違いますから、若干違うでしょうけど、それほど根柢のある読み方ではなかったと思います。ただそのときにはすでに、自分自身が詩をつくっていましたから。

質問者3　それは□□□ですか。それとも先ほど先生がおっしゃっていた内的リアリティー、内面の□□があったからですか。

内的リアリティーというのは思想性というよりも、詩の表現性だと思いますけどね。表現性として、それを感じたと思いますけどね。高村光太郎のそれらの作品は、戦争とはあまり関係がない。自分が戦争と関係していればいるほど、あまり戦争とは関係がないものを読みたいという欲求があるわけですよね。そういうことに適う、非常に少数のものだったということですね。

質問者3　つまり、美的なものが強いと。

そうですね。美的であり、倫理的であって。高村光太郎の作品には、倫理的な思想性がありますからね。そういうことだと思うんですね。

質問者3 （聞き取れず）

それは、こうだと思います。当時は『道程』とか『智恵子抄』が改訂版みたいなかたちで、いくらかの作品に代わって出された。そしてもうひとつは現に、新聞・雑誌に戦争詩が発表された。僕はその両方を熱心に読んだと思いますけど。戦争詩のほうは別にいい作品と思って読んでるわけじゃないんだけど、それを読むと、この人が戦争に傾倒している仕方が分かるわけですよ。つまり「こういうものを書かないと都合が悪いから書いてるんだ」っていうんじゃなくて、そこにのめりこんでいく生き方を了解できましたから。僕はそうやって、戦争詩と『道程』や『智恵子抄』の両方を読んでましたけどね。戦争詩を読むと、そののめり込み方がよく分かるわけです。つまり、なぜこの人はのめり込んでるのかということが見えるわけです。だから、熱心に読みましたけどね。

質問者3 僕はその前に、高村光太郎の内的なリアリティーが□□□。彼は、戦争とは違う道を考え出せなかったのか。（聞き取れず）

そういうことは、できないことはないでしょうね。違うように引っ張っていくならば、教訓が引き出せるわけですから。非常によく追求・検討することによって、「この場合、こういう引っ張り方をすればよかったんじゃないか」ということはいえると思いますけどね。でも高村光太郎という人にとっては一回きりの生涯なんですから、「もしもこうであったら」ということをいってもあまり意味がないと思いますね。ただ「じゃあ、お前だったらどうするんだ。このとき、どうできたのか」という場合には、さまざまな可能性が考えられるんじゃないですか。これでよろしいでしょうか。

質問者4（聞き取れず）関わるって何ですか？

質問者4　つまり先生は、高村光太郎というものとどのように関わっていたのか。たとえば高村光太郎はこう考えてるけど、自分はそうじゃないと思うとか。あるいは逆に、まったく同じだとか。そういうふうに考えて、□□□と関わってきたのか。

いや、それでいいですよ。そういうふうに考えていいと思いますよ。宮沢賢治には「人間も自然の一部だ」という言葉があります。マルクスにも、そういう言葉があるんですけどね。人間というのは、自然の一部分だ。自然の一部分である人間は、何らかの方法で観念を生み出して持っているわけなんですよね。持ってるけれども、その土台は自然物ですからね。それが自然物である限り、人間は自然の一部分なんです。自然の一部分である人間が観念を持って、今度はまた自然を見ていたり、あるいは観念を観念としてふくらませていったりね。そういうふうにしていると思っていますから。そういう意味では、自然というものについての僕なりの考え方というのはあって、それは高村光太郎の自然概念とは違うわけですよね。

じゃあ、高村光太郎の自然概念というのはどういうものか。自然というものに思想性、倫理性を与える場合、人間も含めた具体的な自然と一種の倫理的・観念的な自然の位置づけ・関係づけというのがどこかでうまくいってないんじゃないかなと思いますけどね。そこをはっきりさせたほうがいいんじゃないかなと思うんですけどね。

質問者5 （聞き取れず）彼が戦後、岩手に逃げたのは、敗戦後の日本を□□に見た□□じゃないか。

（聞き取れず）

高村光太郎の自然認識、自然思想でもいいんですけど、それは自然を愛したという感じではないんですよ。もっと即物的なんですよ。自然を愛したとか、情緒的なものが自然観の中に入ってくるのは、高村光太郎としてはあまり好きじゃないんですよね。あの人の自然というのは、非常に即物的なんですよ。人間なんか、別に地球上にいなくたって自然はあった。なんかそこにあった。そういう非常に即物的なものじゃないですか。

質問者5 むしろ彼には人道主義者という面があると思います。社会生活から逃れるのもいいけど、逃れても何もならない。そういう葛藤が自分の詩に表れてると思うんですよ。人間というものを深く考えたら、人道主義になると思うんです。彼はロマン・ロランなんかに、ずいぶん影響を受けたんじゃないかと思いますけど。

うん。ロマン・ロランに影響を受けてるということは、自分でもいっているわけですけどね。書いてもいますけど。

質問者5 （聞き取れず）

そう書いてもいますけど、あなたがおっしゃるように、彼は人道主義者という面を出したことがあるわけですよ。でもそれは、高村光太郎が自分で自分を少しだましたんだと思います。あるいは、だまされたというか。それは、自分の本質とはあまり関係がない。あの人の自然というのは、非常に即物的なんですよ。あるいは人間という場合、これは人道主義と混同されがちなんだけど、これもまた非常に即物的なんですよ。だから、本当はモラルっていうのは入ってないんですよ。もっと非常に即物的なんですよ。「人間というのはあるかたちをしていて」とか、そういう感じで非常に即物的なんですよ。そういう人間そのものが好きだというのがあって。ロマン・ロラン的な意味で人道主義と思わせた時代の詩っていうのはあるわけですけど、僕は案外、それは自分をだましていると思いますね。つまり自分で意識しないうちに、自分で自分をだました。僕はそう思ってますけどね。だから、もっと残酷無残なものだと思いますよ。

質問者5 （聞きとれず） 表面的にはロランのような活動をしなかったけれども、そういうところは充分にあった。だから、ポーに通じるような詩を書いたんだと思います。

それはありますよね。特に大正末から昭和初期にかけての作品の中には、あなたのおっしゃるような面がよく出ている作品があると思います。だけど、本当はだましてるんだと思いますね。本当はもっと残酷無残な面を持って、残酷無残に考えていたと思いますね。人間でも何でも、現にそこにあるものと考える。ピラピラとか情緒は全部なくて、ただそこにある。本当はそういうふうに考えてたと思いますね。それはニヒリズムにも通じますし、あなたのおっしゃる人道主義にもある意味では通じますし、物質主義みたいなものにも通じますし。そうやってさまざまな通じ方ができるわけですけど、非常に根本にあるのは残酷無残に人間を人間として見ちゃう捉え方で。

たとえば、奥さんにたいしてもそうです。奥さんを非常に愛しているわけですけど、そこにはもうひとつの目があって、その目は残酷無残に対象をつかんじゃう。それは見てちゃんと知ってて、つかんじゃってるといいますか。そういうもうひとつの目が、いつでもありますね。だから非常に強靱にいけば、ニヒリスティックなところにもいきますし、無為無策みたいなところにもいきますし。僕は、本当はそうだったと思ってますけどね。

質問者5（聞き取れず）いろいろな衣を着せますと、人道主義にもなりますし。ロマン・ロランに傾倒して、人道主義的な考え方で書かれた詩もありますけど、僕からすれば、彼はそういう詩を書くことによって自分自身をだましてるとしか思えない。

司会者　それでは予定の時間になりましたので、このへんで終わりにします。

〔音源不明。文字おこしされたものを、誤字などを修正して掲載。校閲・菅原〕

【東京都立大学附属高等学校第18回記念祭において】――――１９６６年10月22日

日本文学の現状

質問　さっき太宰治について、中野重治と堀辰雄の例をあげて、伊藤整の場合に、いちおうその伊藤整、政治以外に伊藤整というのは、その時代との関係でいうと……。

伊藤整のたとえば『生物祭』という作品があるでしょう。それから『イカルス失墜』という作品、それから『幽鬼の街』という作品があるんですよ。たとえば『生物祭』というのは、自分がなんといいますか、北海道に父親がいて、その父親が病気になって、それで危篤だというんで自分が帰っていくわけなんですね。青年である自分が帰っていく。それで、父親の看病をしたり、病院に行ったりするわけなんです。たとえば病院に行くと、看護婦さんがいて、そこでは若さにあふれて、笑いがいっぱい□□ている、しかし、なんか自分はいまそうじゃないと。青年であるけれども、自分はそうじゃないと。いま、父親は、まさに生きるか死ぬかということで、自分はそのことを絶えず心から離すことができない。それで、看護婦さんたちが白い制服を着て、若さにあふれて飛びまわったり、集まって笑いこけたりしている。そういうものと自分とは、なんと違う位相にいるんだという問題を精密に追究しているわけですけれどね。

そういうことは、もう堀辰雄なんかについていったことと、まったく同じことがいえると思うんです。つまり、そういうふうに主題を限定していかないと、なんといいますか、文学者の通俗的な安易さというものに流れていくということを自分でストップできないというような、そういうような一つの時代だと思うんですよ。そういうところで、そういうふうにもう狭めて、狭めて、狭めた□□をなんといいますか、つまり現実にその感覚、感じ、考えというようなこと以上に掘っていくというような、そういうような作業によってしか、文学として時代的な崩壊に耐えたり、それから、文学者として自分が時代に耐えたりというようなことができない、そういう困難さというものが、そこに象徴的に存在するわけです。そういうことは、現在でもそうですけれどもね、現在でもまたそういう問題というのはあるわけなんで。絶えず作家というものは崩壊にさらされる、それから、通俗化にさらされるということは、非常に良心的な作家といいますか、そういう人たちには絶えずつきまとっている問題で、それは現在でもそれがいえると思います。それで、現在どういうふうにそれが処せられるのかというような、どういうふうにすればいいのかというような問題というのはあるわけですけれども、それは同じだと思います。

質問　それは現在□□□。

同じだと思いますね。

質問　意味はまったくかなりむき出しで、時代に対する抵抗というものがあると思います。そこのところになってくると、ちょっとそうだと思いますけれどもね。少しあぶないというような感じになってきますね。それは、中野重治でいえば、たとえば『街あるき』とか『歌のわかれ』などというような作品なんて、ちょっとこうなんか非常に困難な場所から少し身を引くことによって、戦争というものに対処していくというような、ちょっとあぶないような感じがしますけれどもね。

質問　ぼくの後退も後退なんですよ。

後退でも、あんまり前進、後退というような言葉は、あんまり使いたくないんですけどね。まあ、ずれだと思いますね。また、ずれることによってしか保てないというようなね、そういうことだと思いますがね。

質問　さっき先生に伺った最後のほうで、文学者の本質というようなことで、精神的にも肉体的にも消化不良をおこさないために書くというのが、習慣的なものになったという指摘だったと思いますね。

ぼくは、もっと高級な意味でいったつもりですが□□□。

質問　先生のいった、いわゆるそれについてなんというのか、観念的になると。というのは、さきほどいわれたのと少し違った意味で、作家活動というものを進めている人が大勢いると思うんですね。

たとえばどういう人ですか、具体的に。

質問　現在でいえば□□□ぼくはそうだと思うんですが、武田泰淳なんかも。昔でいえば、太宰治、坂口安吾とか、織田作なんかでも、やはりたぶんにみられます。

で、どういう点ですか、どういうふうな□□□。

質問　（省略）

いや、ようするに話すように書くということは、話すように話すわけじゃないから、やっぱり書くことですからね。話すことと、また違うんですけれどもね。違う問題が出てくるわけですけれどもね。だけど、話すように書くというのは、その本質なわけですけれどもね。本質として共通だということ。それから、あなたのいわれる坂口安吾とか、武田泰淳とか、なんかそうじゃない吉行淳之介でもなんか神みたいのがあってというようなふうにいわれるけれども、それは、繰り返し書く、いやでも書くというようなそういうような問題を、非常に通俗的に受け取られたからそうなんであって、みんなそうだと思いますよ、ぜんぶ。ぜんぶそういう意味だと思いますよ。いやでも書く、つまり、そういうようなことがわかるということ、もうわかっているということが、なんか作家というものを成立させる最小条件なわけですよ。つまり、最小条件なわけで、その最小条件のうえに立って、たとえばそれぞれの個性なり、それぞれの観念的な問題だとか、そういうようなものが問題となるわけで。ようするに書くという限り、文学者、創造家というものの最小条件としてそれはだれにでもあるということなわけですね。

質問　□□□忘れてたという意味で□□□。

いや、そうじゃないんだな。やっぱりぼくはもっと高級なことですね。つまり、そういう危惧は、いつでもきょうも感じてきたんですけれどもね。なんか……。

質問　□□□少し□□□。

なんかぼくは聞き違いというふうに理解しますね、あなたの。なんか憂鬱になってきたな。

司会　いまの質問は、そのくらいで、次にほかの質問に移りたいと思います。

質問　いまの講演とは直接関係ないと思うんですけれどもね。ようするに、吉本さんが現在、たとえばある生活なり、主題を持っている。その主題を、そういったものについて吉本さんは語られてたわけですけれども、その中でちょっとばかり質問があるわけですけれども。たとえば最近、その中で吉本さんが、そういう姿勢をみながら、以前書かれた「前世代の詩人たち」の中に書かれている庶民と自分というような言葉が出て、その庶民は□□□。いま吉本さんが展開しているものと、なんか違うんだな。ある一つのきざしがあったんじゃないかということを考えるわけですけれども、そのへんのことを……。

いや、そういうことをいう人がいるんですけれどもね、ぼくはこう思います。つまり、一人のたとえば思想家というもの、あるいは作家というもの、あるいは批評家とかというものは、初期からだんだん中期へと、それぞれ考えを発展させていくでしょう。そういうものは、やっぱり総体的につかんでいかないといけないんじゃないでしょうか。そして、なんといいますか、そういうことは、たとえばあなたのような考え方をする人は、わりあいいるんですけれども、ぼくについてじゃないですよ。ぼくは、そういうことは問題にしないですからね、お話にならないんだけれども。そうじゃなくて、たとえばマルクスならマルクスというものをとるでしょう。そうすると、ちょっと晩年と違いますよね。つまり、晩年の『資本論』と、初期のギリシャ哲学について書いた論文とは違うわけですよね。そのように、たとえばどんな思想家をとってこようと、やっぱりその思想家はその思想家の追究してきた、その課題の必然というものと、その人、その思想家の現実体験というものとを、どうくり込むかというような問題と、絶えずからみ合わせながら、そして、体系というものは進んでいくもんだというような、そういうことじゃないかと思うんですね。

それで、たとえばあなたは非常に遠慮がちにいわれたですけれどもね。たとえば戦後、転向がなんとかかというようなことを論じている人たちがいるでしょう。ぼくの考えでは、そういうことをいっている人たちというのは、一番安易な人たちだと思うんです。それから、ぼくの考えでは、そういう人たちはぼくの記憶している限りは、まっさきに集団転向した人なんですよ、戦後。たとえば共産党から集団転向して構造改革論に移ったというような、つまり集団転向のはしりみたいな人たちが、そういうことをいっているんですよ。ぼくにいわせれば、もうそういうのは転向なんですよ。ぼくのどの著作・論理をもってきても、ぼくは、構造改革論ほど堕落したものを書いていないんですよ。つまり転向していないんですよ。つまり、そういう人たちがなぜ戦後、転向というようなことを問題にするかということが、もうそのことこそが問題なんですね。そのことこそが非常に重要な問題なんです。それは思想のほんとうの意味で、たとえば時代というものは、ある位相をとればいやおうなしに現実の問題として覆いかぶさってくるという位相を、何人がどうやって逃れたか、それで、何人はどうやって逃れなかったかというようなものを理解するためのひとつの鍵になると思うんですよ。

だから、非常に安易なところでそういうことをいっている人というのはいるわけですけれども、そのことは、かえりみてあなた自身に問えというふうにいうべきだとぼくは思いますね。つまり、そういう人たちは、ぼくにいわせればぜんぶ集団転向したと、個人転向したと、つまり、戦後転向のはしりっていうようなやつですよ、ぼくにいわせれば。だから、なんかそういう人たちは、自分が集団転向したと、なぜ、戦後すぐに、たとえば日本共産党民族解放統一戦線理論から、自分が構造改革論に転向したかということの内的必然というようなもの、それから時代的必然というようなものを自分に問い詰めないといけないと思うんですよ。それを問い詰めることによって転向というような概念が、一段と高くなっていくわけですよ。高くなっていくといいますか、一段とその概念が高度になっていくわけなんですよ。それを問い詰めないといけないと思うんです。問い詰めないで、たとえばなんといいますか、政治的な諸情況においては、まず転向があって、それで、転向が論じられるのではなくて、なんといいますか、政治的に排除したいという欲求があって、次に転向が論じられると、なんかそういうような倒錯というものが、政治の世界にあるわけですよ。それは、ロシア・マルクス主義の伝統なわけですけれども、そういうふうにしてたとえば転向を作るわけなんですよ。つまり、政治的必要が転向を作るわけなんです。しかし、それで作った当のご当人というものが、もうぼくの考えでは大抵まっさきに転向しているんですよ。だから、ぼくは、たとえば構造改革論者というものは、やっぱり自分が民族民主解放戦線から、どうして構造改革論に転向したのかということ、集団転向したかということを、自分に問い詰めないといけないと思うんですよ。あるいは自分たちの集団に。それじゃなければ、やはり滅亡すると思いますよ、ぼくは。亡ぶだろうと思いますよ。

つまり、それはただ日本共産党と同じ次元でもって、なんか少し政治的なセクトが違うというようなその程度のものであって、そんなものは、ぼくは潰れると思いますよ。だから、そうじゃなくて、そういう集団が、たとえば構造改革論者、改革派というものが潰れないためには、やっぱりなぜ自分がそういうふうに転向したか、あるいは自分たちが転向したかということを、そういうことを自分たちがよく検討して、つき詰めていって、まさに転向したという概念をやはり高めていかないと、高めて、次元を高めないといけないと思うんですね。そのときにやっぱり、転向というような概念が高くなるわけなんですよ。つまり、質がよくなるわけなんですよ。そうじゃないと、やっぱりそういうのは潰れると思いますよ。ただ、なんといいますか、量がたとえば大勢いるから安心だというようなその程度のもので、まあ問題にならないわけですよ。つまり、思想的に問題になりませんし、そんなやつは、いくらいたってしようがないわけなんですよ。そういうものが何かできるというふうには、ぼくは少しも思っていませんしね、そうじゃないんですよ。

それで、なんといいますか、転向というものは、ぼくは「転向論」というのを書いているんですけれども、六、七年前書いているんですけれども、それは戦前の問題を書いているわけですけれども、そのときにぼくが提示した転向というのは、そういう連中のいっているのと違うんですよ。ぼくは、最初から、現実社会の総体に対する把握のしそこねというものを転向というふうに規定しているわけなんですよ。つまり、現実のトータルに対する、総体に対する把握のしそこねというものを、転向というというふうに、ぼくは定義しているんですよ。だから、ぼくの定義からいえば、もちろん、日本共産党というのは、転向の筆頭なわけですよ。つまり、転向のし続けなんですよ。だから、構造改革論なんて、まっさきに共産党から転向しているわけです。集団転向しているわけですよ。だから、そんなのは転向の典型なんですよ。しかし、ぼくはそういうことをなにか政治的な具にしたくないわけですよ。つまり、政治的対立の道具にしたくないですよ。だから、ぼくの定義は六、七年前から決まっているわけでね。ようするに、日本の社会に対して、総体的なビジョンといいますか、そういうものの把握しそこね、そういうものを転向というんだというふうに定義しているんです。そうなんです。そういうことなんです。

だから、ぼくは、一人の思想家というものの理解というもの、たとえばマルクスならマルクスを理解する場合に、つまり初期にはたとえばギリシャ哲学の影響が濃くて、それから、少したってからヘーゲルの観念論の影響が強くて、それから、だんだん末期になったら唯物論になったというような、しかるがゆえに初期はだめで、末期はいいとか、なんかそういう理解の仕方があるでしょうが、一人の思想家の形成・発展というものに対するね。ぼくは、そうじゃないんですよ。人間というのは、いつでも誤ったり、誤らなかったりするわけですけれども、修正したり、しなかったりするわけですけれども、しかし、その中に筋というのがあるわけなんですよ。つまり、一貫性というものがあるわけですね。一貫性があるかないかということが問題なんですよ。思想というものは。だから、マルクスならマルクスをとってくれれば、その初期からヘーゲルの影響が濃かったときから、それから、末期まで一貫した論理があるか。もちろん、変わっているわけですよ。変わっている。考え方は、変わっているけれども、一貫性があるかと、一貫した筋があるかということが問題なわけですよ。

ぼくの書いたもの、たとえば総体的に検討されたらわかるけれども、そんな筋がちゃんとありますから、検討されたらいいと思うんです。だけど、しかし竹内芳郎の思想には筋はないです。つまり、筋はないわけですよ。それから、構造改革論者のあれの中には筋はないんです。筋がないというのは、なぜかというと、自分の転向を検討しないわけですから、自己検討しないからですよね。なぜ、民族解放戦線から構造改革論に自分たちは転じたのかという、そういうことの内的経路、あるいは現実経路というものを、自分たちで検討して、自分たちの思想を高めるということをしないから。だから、一貫性がないんですよ。そういうのはやっぱりちょっとだめだというふうにぼくは思いますね。だから、ぼくはそういう考え方は間違いだと思います。つまり、なんといいますか、マルクスでもそうなんですけれども、初期にあったもののうち、非常に基本的な要素というのは、やっぱり『資本論』の中にもあるんですよね。たとえば自然哲学というようなものは、『資本論』の中にもあるんですよ。つまり、ちゃんと通ってきているんですよね。なんかそういう意味で、ずいぶん変わってますけれども、ちっとも筋が途中でたどれなくなるというようなことはないんですけれどもね。なんかそういうことがやっぱり優れた思想家であるか、そうじゃないかというようなことの、まあそれだけじゃないですけど、なんか分かれ道みたいな最小条件みたいなものとしてあると思います。

つまり文学でもそうなんですけれども、初期の作品と中期の作品と、末期の作品と違うじゃないかという場合に、やっぱりこの人はこういうふうに出発して、こういうふうにいって、こうなったなと、ここでこう考えて、こうなったなというようなことが、やっぱりたどれるというのは、そういう人というのは、優秀だと思いますよ。そうじゃなくて、あるとき突然なんか中間小説書いてみたというような、そして、あるとき突然なんか純文学めいたものを書いてみたなんていうような作家というのは、大抵だめだと思ったほうがいいと思いますね。ぼくは、そういう問題だと思いますね。

質問　いまのお話の中で、一貫性がないのはだめだとおっしゃったわけですけれども、そうした場合に、戦後の荒地派の詩人たち、とくに鮎川信夫とか田村隆一とか、荒地派の持つ□□□と崩壊したわけですけれども、それを吉本さんも、それから北川透なんかも、社会が相対的安定期にはいったために、その戦争体験は希薄化してだめになったんだといったわけですが、そうじゃなくて、やっぱり一貫性ということからみた場合、田村や鮎川なんか戦後出発したときに、そういう兵士の受けた戦争体験をもとにして鮎川なら鮎川が敗戦とともに□□□田村氏が□□されるというふうに□□□したときに、実際はそうじゃなかったんで、それをもとにして、自恃として時世としての戦後を把握していくということで、彼らが、田村も鮎川も、ともに戦後現実に対する厳しさという立場に立ったときに、すでにそういう位相に立ったときに、「死んだ男」とか、優れた詩が書かれたわけだけれども、そういう位相の中に、すでに現在の崩壊の一部分の何かがあったんじゃないかというふうに考えるわけですけれども□□□。

ぼくは、両方とも崩壊しているという前提に、第一反対なんですけどね。つまり、詩の方法というのは、手法というのは、たくさんあるわけですけど、また、その中でまた固有に持っているわけですけれども、つまり、戦後の荒地なら荒地というもののそれぞれの個性があるので、個人的に違うんですけれども、共通の方法意識というのがあると思うんですよ。その方法意識というのは、現実の、何月何日なんとか、ベトナム戦争があってというような、そういうことじゃないんですけれども、やはり現実の感性的な把握でもいいんですけれども、現実の総体的な把握というのができて、その中での自分の位相が決まるというような決まり方をしないと、詩の手法として詩が書けないというようなことが、書きにくいというようなことがあるんですよ。だから、ぼくが思うには、つまり、荒地的な方法というもので、いま非常に詩が書きにくいわけなんですよ。どうしてかというと、現実というものの総体的な把握というものが、非常に難しいということがあるんですよ。その難しいというのはなぜかというと、なんかとっかかりがあればいいわけですけど、とっかかりが、たとえば思想なら思想というものがあればいいんですけど、あれば、それに賛成するとか、それに修正するとか、それに対立するとか、そういうような格好でもって、自己展開できるわけなんですけど、それで、なんか現実の把握というようなものに導き得るというようなことがあるわけですけど、そのとっかかりというものが、もうすべてなんか相対化してしまって、一律みたいになっていると。そういう情況の中で現実の総体を自己把握するということは、ものすごく困難だと思うんですよ。それで、ああいう方法□□□ぼくらもそうなんだけれども、ああいう方法だと、詩というのはものすごく書きにくい情況にあるということがいえるんですよ。だから、非常に詩が書きづらいというような位相に、いま、あるというふうに思いますけど。

崩壊というものを、あなたのおっしゃるように、崩壊しているというふうに、ぼくは思わないんですけどね。思っていないんですよ。ただ、やっぱり書きにくいときと、書きいいときというのはあるんですよ。で、書きにくさというのは、やっぱりなんとかして克服していかなけりゃしようがないわけですけれどもね。そういうことの難しさというものが、なんか詩を、たとえば詩作を少なくするとか、また、書くときは少し位相をずらして、安っぽいところで手慰みに書くというようなことをやるとか、そういういろんなことになってくると思うんですけれどね。その難しさというものに対する、なんか基本的な試みというようなものは、ぼくはなくなっていないと思いますね。だからあなたのおっしゃるようには崩壊しているというふうに考えないんですけどね。

いまいちばん書きいいのは、書きいいといったら、おかしいんですけどね。書きやすいのは、大なり小なりシュール・レアリズム的な方法の思想、そういう方法をとってきた人は、わりあいに詩が書きやすいんじゃないのかなとぼくは思っていますけれどもね。書きやすいから、それがだめだとかいうことじゃないんですけどもね。だけど、なんというかね、現実というのが、バーッとイメージとしてこう自分の座に引き寄せられないというような場合に、それがないと、どうも詩が書けない、書きにくいというような手法というのはありますよね。そういう手法をとってきたという人にとっては、やっぱりものすごく書きにくい時代だというか、現在だということはいえるんですよね。だから、あんまり詩作が出てこないとか、なんかさまざまな試みになってきたりというようなことがあると思うんですけどね。決して、そのことが崩壊ではないと思いますがね。ぼくは、だからその前提があれだもんだから、あまりあなたのおっしゃることはピンとこないんですけどね。ぼくは崩壊しているというふうに断定できないと思うんですよね。

司会　だいたい時間がきたのですけど、どうしても質問したいということがありましたら□□□。

質問　あの、作家の本質として、書いて書いて、いやでもおうでも書いて、とにかく書いて、とにかく本質、それを□□□そういう根本的にだいたいタイプ、その中にある時期に□□□。

そうじゃなくて、なんかそういうことと対応するということなんですけどね。そういうことは、なぜ、それじゃ、そういうことを強いられるのか、なぜ、いやでもそうすることを強いられるのかというようなことは、ひとつの思想的な問題であるとね。それはやっぱり作家というものが、たとえばそういうことを強いられるということ、また、そうせざるを得ない強迫感を感ずるというのは、そういうことは、なんなのかということ、なんか思想として取り出すということ、そういうことはできるということが、最初のその文学者なら文学者というものの条件であろうというふうにいうわけなんですけどね。

質問　こんどは逆からみて、いわゆる小説家ではなくて、ふつうのただの一般の□□□小説家、まあ一般にはわれわれと同じ人間というようなことになるんですけれども□□□ですから、自分たち、そういう人たちもわれわれも人間なんだ。少なくとも□□□とにかく、□□□根本的に自分たちの性格は本質的には同じなんだ、そういうような見方もできると思います。

そうだと思いますね。つまり、歴史というものは、マルクス流に巨視的にみてしまうと、巨視的にみますと、つまり、一つの経済構成の流れであり、そのうえに花を開く上部構造の流れなわけですけどね、もっとその中を微細に見ていきますと、なんか歴史というものの真の動かし手というのは、ごくふつうの人なんですよ。それで、そういうごくふつうの人というものの生涯の価値といいますか、生涯の価値、それから、生涯の意味というもの、つまり、生まれ、それから働き、結婚し、年をとり、それで死ぬというね、それで、その中で毎日のように働きというような、そういう人と、それから、マルクスみたいにちょっと優れた思想を生み出した、そういう何世紀に一度というような、そういう思想的な構築物を生み出した人とは同じなんですよ。同じ価値なんですよ。

司会 高校生の中で質問がある人、いますか。

質問 吉本隆明という人は継承者で□□□吉本氏というのは、『抒情の論理』のエリアンというあのへんのなんというか□□□あるいは鮎川信夫氏の書いている、この社会に生きるのはなんであるかというような、ああいうことができるかということ、あるいは江藤淳という存在と、そういうようなものと、それから埴谷雄高のニヒリズムとかデカダンスとか、ニヒリズムの□□の中でいうと、あらゆる変革者は□□□というようなことをしっている□□□。

埴谷さんという人は、たとえばぼくはこうだと思うんです。非常にわかりやすいあれでいいますと、埴谷雄高という人の思想の根底にある発想というものは、できるならば、自分の存在というものを、肉体をも含めて、そういうものはぜんぶ地上から抹殺したいとね、ただ、意識だけで生きたいというような、意識だけの生きものでありたいというような、ぼくは、そういうのが思想の根本にあると思うんです。できるならば、飯を食ったり、ネクタイしめたり、そういうような自分というものは抹殺したいという、そういう衝動というのは、根本にあると思うんです。それがあの人の思想の、展開の根本にある衝動だというふうに、ぼくは思いますけどね。ぼくは、反対なんで、できるならば、なんといいますか、できるならば、観念が生み出すことについて、もろもろの問題について考えたり、書いたり、それから、なんかそれをひねくったり、そういうのは、みんな抹殺してしまえというような、抹殺したいというような、そういう逆な衝動がありますけどね。つまり、だからあなたのおっしゃるそういうのは、それはニヒリズムであるというならば、そのニヒリズムというのは、まったく反対で、ぼくなら、なんか自分はシャツを着、ネクタイをしめ、それから、どこかへ働きに出かけ、そして、帰ってきて食べる。それで、また、明日もそれをやるという、なんかそういうふうにできるなら、そういうふうにしたいという、そういう衝動がありますね。埴谷さんなんかの場合には、そういうのはない。ぜんぶ抹殺したいという、ただ意識だけの生きものでありたいというような、そういう衝動があると思いますね。それをニヒリズムというならば、ちょっとニヒリズムというものが、なんといいますか、さかさまになっているというような、そういうことだろうと思うんですけどね。さかさまだと思いますがね。

質問　さかさまとしてのニヒリズムというのはあるわけですか。意識なら意識というものが、ぜんぜんなくなったほうがいいというような、そういうような衝動があった場合、それは、どういうふうな抹殺で解決されるわけですか。

いや、解決されないわけですよ。解決されないわけだ。

〔音源不明。文字おこしされたものを、誤字などを修正して掲載。校閲・菅原〕

【関西大学学生有志主催】――1966年10月29日

知識人――その思想的課題

司会　いま、いちおう基調のような形で、テーマとしてあげた「知識人――その思想的課題」ということにかんして、いわば「知識人とはなにか」ということの定義づけということから始まって、大衆の原型なりなんなりというところで、いろいろな用語なり、あるいはまた意味なりということが出てきたと思うんです。そういうことから、さらには知識人の思想的課題ということについても、最後のほうで述べられ、同時に、いわば全体的な今の情況の中における、いわば知識人としてのあり方なり、思想的な課題に対するひとつの要請ということが出されたと思うんです。

ただ、この述べられてきた基調というものを、ここでもし、ぼくのほうから再度、なんとかしてまとめようということになれば、逆にどこかですれ違いが起こる可能性があるということも考えられますんで、そうしたことはやめて、いちおういま出された基調というものをふまえつつ、それなりの用語なり、あるいはまた意味なりというものを、おのおのの形でもって、質問形態なり、あるいはまた主張なりという形で、どんどん出していただきたいと。

それじゃ、対論という形にはいっていきたいと思います。いろいろ用語でもなんでも、きわめてフランクな形でしか、逆にやっぱりこの会場では対論が成り立たないというふうに考えますので、どういう角度からであれ、どういう意味あいからであれ、とにかく対論という形でもって、おのおのの意識なり主張なり、認識なりということを出していっていただきたいというふうに考えます。

質問者　おそらく、「ベトナムに平和を」というふうな形で語られたときに、吉本さんの場合は、べ平連という団体をある程度意識して、そういうふうにおっしゃっていたように、ぼくはお聞きしたわけですけれども、その中で、小田実さんにしても、いわゆる参加の原理を個人原理に求めるという形で発言しているわけなんですけれども、それがちょっと残念ながら、ぼくのいまのお話を聞いたところでは、よくわからないんですけれどもね。いわゆる国家概念と対概念であると。

で、そういうものであるかぎりにおいて、国家そのものを止揚する原理にはなりえないんではないかというふうにおっしゃったように思うんですけれども、そのへんがまずよく理解できないということ。

つまり、個人原理をそのまま推し進めていくと、コスモポリタン的な内容に転化されてしまうというふうなことを、もう一度ここでお聞きしたいということと、それとももし現在のこういう情況に対して、メスを入れる原理というものは、はたしてなんなのかということですね。おそらく言葉としては、「自立」という内容になるだろうと思うんですけれども。ぼくは個人のそういう原理と、それから国家の概念が、いわゆるなんていうか、対概念だということにかんしては、おそらく同意できると思うんです。ただし、たとえば賃労働と資本ということがマルクスのいういわゆる対概念になるように、そういうものを徹底的に対立し、矛盾を激烈にしていくことこそ、その関係を止揚できるというのが、マルクス主義の哲学における考え方だろうとぼくは思うんです。そのへんがわからないんですけれども、あえてまな板の上にのることを宣言して、いわゆる個人原理というものを徹底的に追求していく中で、はじめてそこで国家との問題というのが止揚できていく問題として可能性が出てくるんではないかと。そういう意味で、ぼくはベ平連の活動をかなり高く評価しているわけなんですけれども。だいたいそういうことです。

ぼくはかなり低く評価しているわけですけどねえ（会場笑）。しかし運動っていうものはどんな運動であれ、固定的なものでありませんからね、ベ平連というものがぶっつぶれてしまうか、あるいはつまり個人原理対国家原理であるというような、そういう対置の仕方から、つまりもともと相互規定性しかないというような概念を、あえて対立概念であるかのごとく考える概念を、それ自体が、ベ平連自体が突き破ってしまうか、必然的に突き破ってしまう事態が出てくるかどうかということは、それはわかりませんからね、そういうことは。しかしそれはまた別のことですからね、別の次元の問題ですから。しかし個人原理と、つまり市民社会、近代市民社会における市民原理である個人の人格的尊重みたいな、そういう原理っていうものは、近代市民社会自体が国家の完全な成立、つまり近代国家の完全な成立っていうことを前提として、はじめて成り立ってきた概念ですから、もともと相互規定性にあるということは、非常に当然なことじゃないかというように思います。

それからもうひとつは、個人の原理というものは、個人の人格的尊重というものは国家原理、あるいは共同性の原理なんですけれどね、共同性の原理に優先するものであるという考え方は、一定の条件を考えれば有効性をもつと思うんです。一定の条件っていうのはなにかっていうと、それは過去なんですよ。過去っていうのは、つまり戦争中から戦争以前ですね、つまり天皇制なら天皇制というものを幻想の頂点とする、つまり国家概念というものが存在し、それからいまのたとえば中共におけるような、典型的な反動革命というようなものに象徴されるような、なんか社会の問題のほうに対しては、個人が滅私をもって奉公しなければならないというような、そういうようなひとつの反動的な究極形態というものがあるでしょう。それで日本のたとえば戦争中での概念というのはそういうものだったわけですよね。そういうものが、たとえば戦後に、現在においてもなお残留物を引きずっているっていうような部分が、つまり少しも主要な問題じゃないけれども、引きずっているというような部分があると思うんですね。つまり、いまでもたとえば、ともすればなんか非常に戦前的な保守主義者とか、戦前的な支配者というものが、国家というものは、たいへん大事なものであるぞというような、つまり国家は大事なものであるから、これに奉仕することは、つまりこれに対して個人をある場合には犠牲にすることは大切なことであるぞ、というようなことを、戦前型の保守主義者というものは、しばしば口にしたりしますからね、そういうものに対しては有効性をもつと思うんです。国家なんていうものは問題じゃないとね。あるいは共同性なんていうのは問題じゃない。個人こそが重要であるというようなね、そういう概念というのは、ぼくはそういう局面に対しては有効性をもっていると思いますよ。つまりそういうことの有効性まで否定しようとは思いませんけどね。

それから、あなたは一定の有効性をもっているっていうでしょう。しかしぼくはそうじゃないと思うんですね。たとえばどういう条件をあげるかっていうと、「ベトナムに平和を」というようなこと、戦争はやめましょうというようなことがあるでしょう。そうするとぼくはほんとうはベトナムの事情について、ほんとうに解析したことがないから、そういう意味では非常におおざっぱな、つまり原理的なことしかいえないわけですけれどもね。ベトナムにおいて、たとえばベトコンならベトコンというものが、ベトナム国家に対して、真に、不可避的に戦っているとすればね、平和が訪れた場合、平和がなんらかの条件で訪れた場合にどういうことになるかっていうと、そういう真に、不可避的に戦っているというものは消滅するわけなんですよ。消滅して、たとえばベトナム国家に弾圧されて消滅するか、あるいは北ベトナムに象徴される、つまり世界を資本主義圏と社会主義圏にふりあてるというような、そういう考え方の範疇にある北ベトナムというものに吸収されるか、そうじゃなければベトナム国家権力に弾圧されるか、どちらかしかないんですよ。もしベトコンが真にどうしたって、もう戦う以外にないんだというふうに戦っているとすれば、ぼくはそう思いますよ。平和が訪れたとき、やっぱり弾圧されるか吸収されるか、どっちかだと思うんです。それはぼくの思想原理に照らして、ぼくは否定するわけです。だから、だいたいそういうことは無媒介には問題にならないと。だから、日本でもし反戦運動というようなものが成立するとすれば、日本国家権力というものに正面から向き合って、そして□□する以外にないんだと。そのことがようするにベトナムの、たとえばベトコンに象徴されるベトナム人民というものの戦いに連帯する、ほんとうのゆえんはそういうものだとぼくは考えるわけです。つまりそこでは、さきほどからいっている関係概念というものが違うわけなんです。ぼくはそう思うんです。真に連帯することはそういうことだというふうに考えるわけです。

それからもうひとつ基本的にぼくがもっているあれは、たとえばべ平連なんか——ぼくもあんまり関心がねえから、ようするにヤジ馬的にしか読まないわけですけどね、拾い読みすると、よくいうでしょうが、つまり、なんていうんでしょうかね、こういうようにやっているうちに、社会主義圏と資本主義圏、とくに中共とアメリカと、なんか両方ともどんどん頭にきて、そして遂に核戦争か、あるいは全面戦争みたいに、エスカレーションで発展するんじゃないかっていうような、そういう現実的可能性っていうのがあるっていうようなことをよくいうでしょうが。

しかし、ぼくは原理として、核戦争というのはありえないということ、原理としては絶対に起こりえないというふうに思っているわけです。だから、起こりえないことを前提にしなければならぬというふうに思っているわけですよ。これは昔、黒田寛一と論争したときから、ぼくは一貫して変わらない。つまり革共同全国委員会が反戦インターというようなことを言い出したときから、「ナンセンス」というようなぼくの考え方は変わらない。つまり戦争なんかありえないんですよ。つまり戦争っていうのは全面戦争っていうことですよ。つまり全面核戦争っていうことです。それは資本主義圏と社会主義圏というような形で、そういうことは起こりえないんですよ。起こりえないということを前提にしなければならぬということなんですよ。現在の情況というものを考える場合、世界情況というものを考える場合にね。だから、そんなこと起こりえないんですよ、エスカレーションもへちまもないんですよ、ようするに起こりえないんですから。

しかし、こういうことは例外ですよ。気違いが一人いるとね、なんか飛行機に乗っちゃって、ボタンを押しちゃった。それでもっていきりたって始まるという、そういうひとつのなんていいますか偶然性みたいな、そういうことっていうのはもちろんあるかないか、そんなものはだれも予言者でないから予言できないですけどね。しかしそういうことをいっているんじゃないんですよ。原理としてありえないというふうに前提をもってくるわけなんです。だからそういう意味でも、なんかエスカレーションでそうなっていくなんていうのは、ぼくにいわせればもう神経症よ（会場笑）。つまり集団神経症よ。

しかしどうしてそういう考え方になるかっていう理由は、ぼくはよくわかっているんです。ぼくは年代的に人から戦中派みたいにいわれているわけですが、つまりなんていうか、そういう人たちっていうのは、戦争中ぼくと違って、戦争、嫌だったわけですよ。戦争嫌なんですよ。嫌で、人を殺すのも嫌だったんですよ、あんまりそういうことは嫌いなね、殺したり、自分が殺されるのも嫌だし、そういうのを非常にたくさんっていいますか、内面にずっともってて、しかし自分は鉄砲かついじゃったわけですよ。かついで戦争に行っちゃって、人をある場合は殺したり、あるいは仲間が殺されたりというような、そういうあれを経ているわけですよ。だから、相当神経症になっているんですよ。しかし、ぼくは戦争を嫌だと思わなかったわけですよ。つまり、「やれ」っていうほうだったわけですからね。だから「やれ」と思っているわけだから、心の中では嫌だと思いながら嫌々あれするという、そういうことぼくはないんですよ。だから「そんなにあんたたちうろたえてそういうことをあれすることないんだよ」ということを、やっぱりそういうところから、戦後なんか自分の思想原理というものを立ててきたというような、「そんなうろたえるものじゃないんだよ」というふうなことがいえるわけなんですよ。だから、エスカレーションで戦争拡大して、核戦争になりうる危険も多大にあるというようなことを、ジャーナリストやそういう人がいうでしょうが。そういうのはみんな情報通の情報というものをもとにする聞き込みなんですよね。聞き込みというのは非常に危険なんであって、また感染しやすいわけなんですよね（会場笑）。だから危険なことだと思うんです。聞き込みというのは、よーく普遍化しないと、できないんですね、原理にならないんですよ。

ぼくも聞き込みというのをもっていますよ。ぼくが聞き込んでいる情報というのは、まったくそれと違うんですよ。ぼくが聞き込んでいるのを参考のためにいいましょうか。それはだいたい、ソビエトが東独と西独の国境、つまり欧州に兵隊を展開しているんですよ、軍隊を。展開している軍隊をずっと外蒙のほうに回してきたんですよ。つまり中共との国境に対して、兵力を分割して、そっちに兵力を展開しているんですよ。つまり中共包囲の体制というのをソビエトはとるわけですね。そうすると、ヨーロッパのほうが手薄になると。手薄になったところを、たとえばあなたは覚えているかどうか知りませんけど、西独の政府が、いまこそ東独と、たとえばある条件のもとに統合する用意があるみたいな、パッと気球を上げるわけですよね。それからまた兵力が手薄になる。そうするとルーマニア共産党が、やっぱりちょっとソ連にたてついたようなことをちょっとやるわけですよね。そうすると、なんかそういうのを黙ってみていられないというんで、ドゴールがソビエトに、モスクワに行って、なんだかしらないけど交渉するわけですよね。そうしてそういうところで、ソビエト共産党の実力者である、たとえばシェレーピンっていうのが蒙古に飛ぶわけですね。蒙古と相互不可侵条約みたいなのを結ぶわけですよ。それだけのオルグしていくわけですよね。そうしておいて、オルグしていって、それで包囲するわけですね。それをみた日本のトンマな、いつも鈍い外務省がちょっとイシコフとかなんとかいう漁業相を呼んで、漁業交渉を有利に展開しようとするわけです。そしてそれはうまくいかないけど、しかし外蒙古に対して、墓参を許すというようなね。墓参を許すっていうことは貿易を許すっていうことですよ。そういうあれだけはとりつけるわけ。それでそういうことをキャッチしたアメリカが、北爆をやっても、絶対に中共っていうのは戦争をやるはずがねえっていうのをふんで、北爆をやるわけです。中共というのは、そういう包囲下の緊張下にあって、やっぱり内部的一掃っていうのが必要で、なんか、文化大革命かしらんけど、そういうことをやるわけです。それが、ぼくが情報通的情報家、よく世界情況を分析している、よく向こうの新聞を読み、それからそれを解析し、そして論理づけるということをやっている、そういう人からぼくが聞いている情報通的情報はそういうもんですよ。

そんなことを、別にぼくはどうだっていいわけですよね。そんなことはどうだっていいんだと、問題でないんだと。ようするに日本の国家権力の問題だというようにぼくは思います。だから、そんなことはどうでもいいし、そんなのは情報通の情報だから、聞き流すだけですけれどね。しかし、少なくとも情報をもとにして、「ベトナムに平和を」というんならば、そういう一方の、本当にリアル・ポリティックスに属する、つまりまさに当事者しか知らないようなそういうような情報だってキャッチしたっていいでしょう。つまりキャッチしてふまえてやったっていいでしょうが。たとえばいかにもリアル・ポリティックスというのはかくあるものだというふうな具合にみえる情報からみれば、そのエスカレーションが起こってなんとかというような、甘っちょろいどうしようもないような、そういう情報をもとにしているわけなんですよ。そういうんだって、ぼくは問題にならないと思うんですよ。なんか、あらゆる意味で、あなたのように評価することはぼくはできないですね。

しかし、さきほどもいったように、なんか運動っていうものもそうだし、個人というのもそうだと思うんですよ。つまりどういうふうに、ある情況に直面して、どういうふうに変わるかっていうことは予測できないし、変わる可能性っていうのはたくさんあるわけですよね。それこそが、やはり現実の行動っていうのはそういうものだと思うんですよね。行動の中の□□というものはそういうものだと思うんです。だから、それはどう変わるかわかりませんからね。それはまったくしょうがないんだというようなふうには決していいませんし、それを固定的にとらえるわけではありませんけどね。だけどぼくはあなたほど評価することはできないと、いまいったような理由で思いますね。

質問者　一般的に、たとえば日本で、もっと煮つめていえば関西大学で、「ベトナムに平和を」というふうな形で絶叫するというのはかなり消耗な部分が含まれると思うんです、エネルギーを消耗する。で、そういうことはいえると思うんですけれども、ただ、まだいまだに解明できない問題は、結局いまの日本の中にある、少なくともぼくなんかの関心をもつ運動の中で、いわゆる国家の概念というか、国家そのものを乗り越えていくというふうな視点をもっている運動というのは、残念ながらない□□□。

理念としてはあると思うんですよ。イデオロギーとしては。

質問者　イデオロギーとしてはもちろん□□□。ただ、運動の実体として、べ平連の場合は、ちょっとべ平連のほんとの姿かどうか、ともかく、ぼくの場合、ちょっと個人的な関係があって、鶴見（俊輔）先生を通じてはいってくる情報が多いわけですけれども、なんかそういう可能性をもっているような気がするんですね。そこでやっぱしうまく進めばいいというふうなのもあるわけですわね。それがちょっと□□□。

鶴見さん、あなたと同じようにうまく進めばいいと思いますよ（会場笑）。しかし、あのね、鶴見さんという人は、ぼくは天才的なところがある思想家だと思っていますからね、それはそれで尊重しますけどね、実践的にはゼロだと、ダメだと思います。見当はずれだと思うんです。それはやっぱりあの人の理念というもの、なんていうのかなあ、プラグマティズムというのは、哲学の原理としてそうなんだけれども、なんか理念が歩いているような、市民主義が歩いているような気がするんですよ。あの人、生きている人間が歩いている、行動しているというような気がしなくて、なんか理念が歩いているような、いつもそういう気がするんですね。

それからもうひとつ、そういうことは個人的なことだから、あまりいわないでください。つまりあの人はああいう、天才的な人ですからね、高揚しているように客観的にみえるときには、やっぱりぼくにいわせればダメなときなんですよ（会場笑）。非常に、精神病理学でいうと、デプレッシブブッタントというやつで非常に低下しているときなんですよ。ぼくにいわせりゃそうなんですよ。

質問者　本人、だいたい自覚していると思います（会場笑）。

そうなんですよ。

質問者　事実そうですよ。

うん、だからほんとうにいいときはあの人はやっぱりぼくは思想の表現者としてやったときに、ちょっとだれにもこういうことはできないなというようなことをできるという意味で、ぼくは尊重するし、資質的に嫌いでないと思うけれどもね、しかしなんかお祭り騒ぎしているときは、あの人はほんとはダメなときなんですよ、個人の内面としていっても、精神が非常に荒廃しているときだとぼくは思っていますよ。

それからもうひとつは、やっぱりあの人にはちょっと「サンマは目黒である」というようなところがあるでしょう。つまりそういう言葉をあなたがわからないとすれば、なんていうのかなあ、つまりおあつらえ向きっていうのかなあ、つまりサンマ食べるんなら、目黒のサンマじゃなければいけないとか、陶器は京都の何々屋じゃなくちゃいけないとかね、何々屋のほうがうまいんで、ほかのはダメだというようなそういう名店街意識というのがあるでしょう（会場笑）。なんか、すぐ名店街意識というのが、非常につきまとっているでしょう、べ平連というの。なんか、サルトルを呼んでみたり、サルトルからなんかくだらないメッセージみたいなものをもらってみたりさ。なんか、ああいうのをみていてやりきれないわけですよ。つまりなんていうか、人間っていうのをバカにしなさんなっていうのかなあ。なんていうのかなあ、そんならば、そんなことは全然関係ねえと、おれ明日食うことが重要なんで、明日どうやって食おうかと思い悩んでいるひとりの大衆というものを想定すればさ、なんかそのほうがずっといいんだと。もし、なんていうのかなあ、名店街意識というものに比べればね。それから名店街意識というものを出してくると、なんか員数が集まってくるような錯覚があるでしょうが。

それからもうひとつは、理念というものをゆるめていけば、人間というものは、大衆というものは、より多く集まるものだというような、そういう考え方があるでしょうが。それは鶴見さんだけじゃないと思うんですけれどもね、あるでしょうが。ぼくはそういうのは間違いだと思うんですよね。だから、いまあなたのおっしゃる意味で、真にたとえば国家の問題、国家を超える問題っていうものを具体化する、実践化する、そういう組織っていうものは、政治組織っていうものは、そういう運動っていうものは、存在しないじゃないかという問題についていうならば、ようするにやらないからじゃないか、ということだけなんですよ。つまり、さきほどの関係意識っていうものにも関係するわけですけれどもね。「明日どうやって食おうか」というふうに考えているそういう人たちは、確かに「ベトナムに平和を」もなにも、そんなことに関係ないでしょう。関心ないでしょう。それから、国家が自民党であろうと、だれであろうと、そんなことは関係ないっていうふうに思っているでしょう。しかし、だからそういう人はダメなんだというふうに思ったら間違いなんですよね。革命というものはそういう人がやるわけなんですよ。そういう人がやるんですよ。

ぼくはなぜそういうことをいうかというと、やっぱり大抵のときにそうなんですよ。それはマイナスの方向だっていえばマイナスの方向なんですけれども、戦争だって、たとえば国家が赤紙ひとつもって、こう出してくるとね、そうすると応ずるでしょう。応じて鉄砲かついで、バンバン、あるときには上級支配軍部の意図を超えて、残虐行為みたいなのをやっちゃうでしょう。やっちゃったりするまでやるでしょうが。それで自分も死ぬっていうこと、実際に死ぬほどの目に遭ってやるでしょうが。そういう人っていうのはそういう人なんですよ、ただ普通のときは。だから、そういう人は政治的にダメなんであって、だからして、ゆるいあれをもってくれば、そういう人が集まってくるんではないかという、そういう考え方があるでしょう。そういう考え方が間違いだっていうふうにいうわけよ。それは関係概念が間違いなのよ。そうじゃないんですよ。そんなことは関係ないんですよ。

もし、ほんとうに運動というものが、自己のほんとうに内発的にできるならば、国家を超えるっていうものが内発的にできるならば、いくら少数でもやればいいんですよ。しかし、ほんとうにやれるんだっていうのがいないわけですよ。いないからダメなんですよ。それだけのことですよ。それがもしひとつあれば、そうすればそういう人たちは、明日の生活はどうかというような人たちは、決して、ぼくの考えでは決して、必ずしも反対するとはかぎらないんですよ。決して参加はしないかもしれないけど、やっぱり、「やれやれ」「そうだ」って思ったり、心の中で応援したりというようなね、そういうふうな形であるんですよ。心の中で応援しているというのは、なにやら実効性がないようにみえるでしょう、そういう市民主義的関係概念からいって。

ぼくの関係概念からしていえば、そうじゃないんですよ。自分は行動に移さないけど、心の中で賛成しているというような、そういうような大衆がもし基盤としてあるならば、それはもう多数なんですよ。だから現実に動いている人が少数であろうとなんであろうと、そんなことはどうだっていいんですよ、そんなことは問題じゃないんですよ。ようするに多数の人が心の中で賛成しているっていうことが、基盤というものがあればいいわけなんです。それを包括した思想原理っていうものが、政治行動の原理となりうればいいわけなんですよ。そういうものがありうればいいのです。

それができないんですよ。ぼくはこういうことをしゃべって、たとえば安保闘争以後、なんか自立のなんとかというようなことをいい、それからいろんな諸運動があって、「おめえはなんとかだ」とか、「おめえは階級的裏切りだ」とか、「転向だ」とか、「おめえはスターリン主義」だとか、いろいろいっている集団があるでしょう。しかしほんとうの問題はそんなことなのかというと、そうじゃないでしょうが。ようするに、「おまえ。くたばったってやれるか」っていった場合に、「イエス」ということがいいきれない、そういう問題をかかえているでしょうが。思想的にもかかえているし、自己主体としてもかかえているでしょうが。それは、ぼく自身もかかえているし、あなた自身もかかえているでしょうしね、どんな共産党のだれそれをもってきたって、みんなそうなんですよ。ようするにそんなことはできないっていうだけですよ。「そういうのをおまえもっていないだろう」って問いつめた場合にね、それがないっていうだけじゃないですか。ぼくはそう思いますよ。

だから、そこの問題っていうのはなぜないかっていうと、ようするに、やっぱりそれはさまざまの要因がありますよね。やっぱり怯懦《きょうだ》もあるし、弱さもあるし、個人としてとった場合にはそれもありましょうし、共同性としてとってきた場合に、組織の問題というようなものがありますよね。組織論っていうのはどういう展開がされればいいのかっていう問題があるでしょう。しかし、なんかほんとうの問題というものは、やっぱり自己にそういう内発性を強いるだけの、なんていいますか、思想原理っていうものがまさに存在しないじゃないかっていうようなね、存在しないじゃないか、いま世界思想としてある、そういう国家を超えようとする、そういう思想原理というものは、大なり小なりみんな、相対感ですね、絶対性といいますか、そういうのをもたないで、みんな相対感にさらされているじゃないか、あるいは退廃にさらされているじゃないかっていう、そういう情況があるわけでしょうが、世界的に。それだからして、その中で、たとえば思想原理として、もう内発的にそうならざるをえないっていうような、そういうものがつかめないっていうような、そういう情況っていうのがあるわけでしょうが、思想的にも。そういうことを問題にしているわけなんですよ。

ようするにそういう次元になると、なんかぼく自身も、忸怩《じくじ》たらざるをえないわけですけれどもね。あなたのあれもそうなんだけれどね、なんかそんなことは非常によそごとよ、ようするにね。そんなことはどうだっていいことですよ。ほんとうの問題はそうじゃないでしょうがって。「あなた本気でやりますか」って、「あなたひとりでやりますか」って、「ひとりでできますか」っていうふうにいった場合に、できるっていう内発性っていうのはないでしょうが。つまりどんなふうになったってやりますかっていった場合にないでしょうが。そういうことが問題なんですよ。そういうことが情況の根本にある問題なんですよ。ぼくが、少なくとも安保闘争というようなものから、つかんだものはそういうものなんですよ。だから、そのことなんだっていうようなことは、たえず自分にも問わねばならないし、それはやっぱり思想的原理として、それは創造していかなければならないという、そういう課題に直面しているわけなんですよ。問題はやっぱりそういうところに、ぼくはあると思いますね。ようするに、ただ呑気なだけじゃないかと。おめえ呑気なだけじゃないかと。ようするに徹底的にやってみろったってやれないじゃないかと、やれるという内発性はないじゃないかと、究極まで追いつめたときにないじゃないかというようなね。ぼくはそういう問題だけだと思いますね。極端にいえばですよ。そういう問題だとぼくは思いますね。

ぼくはそういうことを思想の問題として、それをあれしなきゃならないというふうな、そういう衝動を、つまりそういう原動力でもって、ぼくは安保闘争を過ごしてきたつもりなんです。だから、あなたのいうような次元でぼくがいえば、たとえばべ平連というのは、あまり過大評価できないとか、一定の限度では有効性があるとか、なんかさまざまなことといいますけどね、ほんとうはどうでもいいじゃないですかっていうことは、そういうことはあまり問題じゃないんだっていうふうなことがありますよね。ぼくはそういうことだと思いますよ。

質問者　それから対概念の問題ですね、これはようするに、もろもろの概念の中で、究極的なもので、概念であるとおっしゃるわけでしょう。そうすれば、これを転向の関係ですがね、そうしてみると、対概念が究極的な概念であるということは、きわめて日本的な現象であるわけです。

ぼくはそうは思わないけど、まあいいですよ、おっしゃる通りだって。

質問者　対概念から、たとえてみてもいえることだっていったでしょう。

うん。

質問者　これなんか、戦前の日本の転向なんかみると、ずいぶん大きな問題として□□□を残しているわけでしょう。だから、対概念と転向の関係ですね、過去をふまえた未来性の問題ね、これをもうちょっと聞きたい。

それが究極のものだっていうのは、ちょっと語弊を生ずるので、それは残っていく、たとえば国家というものがなくなっても、階級というものはなくなっても、あるいはもちろん市民的な個人概念というような、個人原理というのがなくなっても残るだろうっていうふうな問題だっていうふうにいっているんで、究極の概念というようなふうにいっているんじゃないということですね。

それからもうひとつは、究極の概念というのは、人間っていうものは、身体的にいえば、やっぱり自然体なんですよね。自然体なんだけれども、人間がさまざまな観念とか幻想とかそういうのを生み出すでしょう。つまりそういう自然なのにもかかわらず、なんか単なる人間の身体以外の自然とかかわることによって、さまざまな観念なり幻想なりを、あるいは理念なりを生み出していくというような、そういうことも非常に基本的なんですけれどもね。最終に残るだろうっていう問題なんですけれども。そのことはそれとして、あなたのおっしゃる過去をふまえてというような問題、過去をふまえて未来へというような問題でいえば、ようするにそれが対幻想というような問題なんだっていうふうに、つまりそれをそういうふうに理解するっていいますか、そういうふうに設定するっていいますか、そういう設定の仕方が過去になかったということですね。だからそういう設定の仕方をするということが第一に未来への一階梯であるというふうにぼくは思いますけどね。

それからもうひとつは、やっぱり「家」っていうのはなんなんだっていうようなこと。近代的な家だとか、封建的な家とか、それから封建的な大家族主義とか、それから人民公社みたいなそういうような、中共のあれみたいなのがあるでしょうが。そういう中での、たとえば本質的な問題をなすのは、対幻想というようなことなんだというような、そういうことがもし問題として設定され、意識されていたならば、たとえ戦前においても、たとえば究極的に家の問題というのは、情念というものにひっかかってくるとしても、やっぱり違うひっかかり方をしただろうな、したがって、違う展開の仕方をしただろうなっていうことがいえると思うんです。だから、まずそれは、そういうふうに設定することが問題であるし、出発点であるし、またそういうふうに了解しうることっていうことが、やっぱり未来へのひとつの階梯というような、つまりそれを無視するのでもなければ、また桎梏と考えるのでもなく、共同性の対立概念として考えるのでもなく、それをそういうふうに設定するっていうこと自体が、やっぱり未来への階梯のひとつではないのか、段階なのではないかっていうふうにぼくは思いますけどね。

質問者　ただ、戦前における家の観念の破壊が、現在における日本の知識人のひとつの伝統でしょう?

破壊した場合に、個人原理で破壊するわけなんですよ。個人原理で破壊するから家っていうものは、ひとつの桎梏なんだというふうになりますしね。個人原理で破壊したつもりでも、ほんとうは、心情の問題としては残っていたために、またそこにひかれるっていうような問題になってみたりするわけです。だから個人原理によっては、破壊されない位相にあるものだっていうふうに了解することが問題なんじゃないですか。

質問者　そこで、対概念の評価の確立は、イデオロギー的な豊穣さですね。そのイデオロギー的な豊穣さによって、その対概念を超越しうる可能性も当然出てくるわけでしょ?

出てくると思います。しかし、どうでしょう。そういう男女の性関係っていうものは、非常に自然に根ざしたもんだっていうふうに考えると、なかなか、なくなっていかないんじゃないでしょうかね。

質問者　だけど理想社会、すなわち自由の王国においては、当然、概念という考えさえもないわけでしょう。人間の思考から概念ということが追い払われることが起こるわけでしょう。

いやあ、どうでしょう。ぼく、そう思わないんですけどね。そう思う人もいるんですけどね、そう理解する人もいるんですけれども、ぼくはそう思わないわけです。つまりさきほどいった、知的上昇というものを必然的というふうに考えれば、いったん起こったところの、いったん生んでしまったところの幻想性、あるいは幻想概念というものは、なくならないんです。階級がなくなっても、なくならないんですよ。なくならないと思いますね。そして、あなたはいま自由だっていうふうにおっしゃったけれどもね、そういうたとえば無階級というようなことを想定すれば、自由だっていうふうにおっしゃったけれども、ぼくは、あなたの「自由」っていう使い方が、自由という意味は、ごく普通いわれている自由という意味だったらば、そうじゃないだろうと思うわけです。自由であろうが自由であるまいが自由であるっていうふうなね、そういうことだろうっていうふうに思うわけですがね。

質問者　だったら、未開社会が理想社会であったとしても、対概念はなおないですか。あるわけですか。

あると思いますよ。未開社会というのは、つまり人間の歴史が二度と通ることができないわけなんですよね。そこへ帰ることができないんですよ、人間というのは。これは社会的にもそうなんだけど、それから人間の意識の問題、あるいは諸幻想の問題としてもそうなんですけれども、幻想の産物の問題としてもそうなんだけれども、もとには絶対に帰らないんですよ。いったん通過したものは、もう二度と帰らないわけなんですよ。だからね、そういうふうにはならないんですけれどね。そういうふうにはならない形になるわけですけどねえ。だから、あなたのおっしゃるのは、きっと原始共同性みたいな、そういうようなもの、たとえば動物性に近いような、そういう生き方というのを、たとえば未来の理想社会の原型というふうに想定できるんじゃないか、ということだと思うんですけれどね。ぼくはそういうところから、たとえば意識というものを人間が獲得してしまった。つまり手を使ったりなんかすることがうまくなって、人間が道具を作る道具をまた作るというようなことができるようになってしまって、意識みたいのが発生してしまって、そういうような過程がいったん発生してしまうと、もうそれが桎梏であれなんであれ、つまりマイナスであれなんであれ、どうしてもそうならざるをえないっていうふうな、つまり好むと好まざるとにかかわらず、社会をつくり、国家をつくりというようなふうになってきちゃうというような問題で、嫌だってそうなっちゃうんだというふうな、そういう問題だと思うんです。だから、そういうふうには、つまり動物性の時代に近いような形では、二度と未来は訪れないんですけれどね。だから、そういう意味では、ほんとうは原型にならないだろうというふうに思うんです。

質問者　だったら、どこの社会にも、対概念のほうが普遍性をもつんだったら、なんで、「転向」ということが日本だけにしか起こりえなかったか。

日本だけでしか起こらなかったんじゃないわけですね。たとえば三〇年代にはスペイン戦争というようなものを契機として、ヨーロッパの知識人の大転向が起こるわけですね。それは、たとえば□□□□□ なら□□□□というような人がそうですし、オーウェルがそうです。アメリカの三〇年代の文学というものを支えた人たち、いまも現存している人たちもいますけれども、そういう人たちはみんな、大転向がそこで起こるわけなんですよ。だから転向というのが起こるわけです。あなたが起こらないと思っていても起こるわけ（会場笑）。ただね、使わないんですよ。使わないと思うんですよ。ぼくも知らないわけだから、いいちょろかげんなことといっているわけですけれどね。つまりナチスならナチスっていうのを考えるでしょう。やっぱりほんとうに政治運動としてやったというような場合、日本の場合だと、つまりそこがあれなんだと。日本の戦前の天皇制というようなのを考えると、非常に苛酷なわけですよ、ある意味でね。それは、たとえば中野重治でさえ、政治を放棄したかっていうような、そういうふうなことを、たとえば魯迅が書いていると。そういうふうな位相でいえば、非常に日本の天皇制というのは、ものすごく苛酷なわけですよ。

しかし一方でいいますと、非常に、まあちょうど裏返しなんですけどね、非常に温情的なんですよ。ようするに悔い改めればよろしいというふうに、温情性というのが一方にある。その裏っ側にあるわけなんです。たとえばぼくの想定するヨーロッパにおけるそういう場合には、殺しちゃうか転向するかどっちかなんですよ。殺されちゃうか転向するかどっちかっていうような、つまり、極端にいうとそうなるんですよ。ただそれだけのことなんですけどねえ。別に転向がないっていうことないんですよ。

質問者　ヨーロッパの転向の場合は、各転向者の自発性は、希薄なわけですね。

つまり、それは対権力に対してはそうだと思いますよ。しかし、反体制内部の問題ね、たとえばスペイン戦争における、なんかスターリンのやり方がものすごく汚いっていうような、そういうことに絶望する転向っていうのがあるわけです。転向っていうか……。それで、こんなのはインチキだっていうふうなあれっていうのがあるわけでしょう、考え方があるわけでしょう。そういうようなものも転向っていうふうに、あなたがいうんならば、そういうのもあるわけです。だから、対権力問題っていうのは、たとえばそれはスターリン体制内部でもそうだと思うんですよ、やっぱり殺されるか、それに従うかっていうような、そういうような問題にあるわけですし、それからナチの場合もそうだろうと思うんです。

しかしそうじゃなくって、ぼくがいう転向っていうのはそうじゃないんですから。倫理的なものではないですから、つまりひとつの思考変換というふうに考え、倫理に対する直接性として考えないわけですから。そういう場合には、反体制運動というようなものを考えて、それの中での嫌らしさとか狡さとか、インチキさとか、まのあたりにみたというような、そういうふうなことっていうのはあるでしょう。そういうふうなことで、「おれは政治っていうのは嫌になった」というふうなあれもあるでしょう。つまり、「政治っていうのは、おれは嫌になった」っていうような思考の転換の仕方っていうのもあるでしょう。つまりそれが創造的であるか、創造的でないかということは別問題なんですけどね、あるいは倫理の問題とは別問題なんですけども、そういう問題というのはあるわけでしょう。だから、そういう意味も含めていえば、あなたのおっしゃるとおり、強制的というような一面じゃなくて、内発的、真に内発的なるものっていうのはありうるわけですよ。それはむしろ、真に内発的なるものというものは、かえってヨーロッパのほうが旺盛かもしれないという形でありうるわけですね。

質問者　日本人の転向者における自発性は、結局は「家」としてじゃないわけですか。

いや、ぼくは、それは非常にさまざまな形っていうのは、戦前でありえたと思いますね。そういうことの、たとえば分類っていうのは、それこそ鶴見さんやなんかの『思想の科学』がやった『転向』という研究がありますけども、それにはさまざまな類型というものが集められてありますから、そういう類型っていうのはたくさんあると思いますよ。

質問者　やっぱりぼくらが思うには、たとえば『獄中十八年』でいっているあの連中よりも、擬似転向してまでも、なお労農派とか講座派なんて問題になっている、擬似転向するまでやった人を、やっぱり評価するわけです。

たとえば日本の天皇制というのは、ある意味でかなり寛大であったわけです。それを最も逆に利用して、なおかつ、□□それを逆にいえば、たとえば『獄中十八年』でもいっている、ある意味ではあまりにも戦後評価されず、すると逆に擬似転向した人が、実際になおかつ、□□でやったにもかかわらず、これは不合理とかそういう意味じゃなしに、いわゆる□□社会の知識人という形で、ぼくは評価すべきだと思いますね。

それからもうひとつ、べ平連の問題ですけれども、ぼくはやっぱり、吉本さんがいわれたと思うんですけれども、知識人が特権があるっていわれましたけどもね、ぼくは絶対特権なんてないと思う。なぜならば、知識人というものは、やはり自己に□□明らかに疎外感のうちにあると思うんですよね。もしべ平連だったら、ベトナムに平和をというふうに、明らかにこれは自国の将来を□□した形になると思うんですね、ぼくはやっぱり、ほんまに知識人なら、自己の疎外というのを、現実的な疎外というような形で、自己の□□おかなきゃいけないと思うんです。そのかわり、ぼくは吉本さんのいった、自由人が特権があるとか、あるいはぼくたちは知識によって、インテリゲンチャになったといいますけれどね、明らかに知識そのものにおいても、明らかに□□疎外感ってあると思うんだよね、その形から考えるなら、ある最も自由な闘争っていうのは自己の疎外に対する闘争であり、あるいはそれ□□対する闘争として組み入れて、その最も重要な形としての国家の□□創造しなくちゃいけないと思う。吉本さんのいうのは、大衆は自然発生的にそれについてくると。その形で最も重要となるのは、国家の崩壊という形にいたると、階級性というのはどうしても存在すると思うんですよね。大衆とかインテリゲンチャがある意味での自己の疎外っていう形で行うなら、最も自己の疎外を評価する対象っていうものは、ある意味で最も階級的関係に出てくると思うんですね。その点では吉本さんとしては、どういうお考えをもつか。

初めの問題からいいますとね、ぼくは戦後一貫して、あんまり『獄中十八年』というのを評価してこなかったわけです。なぜ評価してこなかったかっていうと、もし獄中十八年だか十六年だか忘れたなあ、十三年かなあ。忘れたけれども、そういうものがそのことだけ、自体でもって評価されるならば、なんか、ぼくにいわせれば、ただ普通の人だって、やっぱり彼が獄中にいて、このフラフラして、差し入れして食べていたときに、やっぱりぞくぞく、ただのなんでもない青年だって、どんどん自分の命っていうものをかけて、突っ込んで死んじゃうわけです。もし獄中何年っていうことを評価するんならば、それだけを取り出して評価するならば、ぼくはそっちのほうが、ずっと評価するし、そっちのほうがずっとひっかかるんです、ぼくには。そっちの問題のほうがずっとひっかかってくるんです。

そういうことと、それから獄中に何年でもいてもいいわけですし、そのことはそれなりに立派なことだと思うんだけれども、そうしながら、たとえば、なんていいますか、優れた思想的な、あるいは政治理論的な、あるいは経済理論的な業績っていうものを、たえずその中で考え、あれして積み重ねたっていう成果があるならば、やっぱり評価してもいいと思う。それから、そうじゃなくて、ほかから絶たれた純然たる個人として、個人の節操として、それを獄中何年ということだったら、あるいはあなたのおっしゃるとおり、擬似転向しようが、あるいは転向の形態をとって、しかしその中でねばるということによって、非常に創造的な仕事をした人がいるでしょうが。たとえば、それは戦争中の神山（茂夫）がそうだ――いまの神山はダメですけど、戦争中の神山はそうですし、それから、戦争中の中野重治がそうでしょう。非常に創造的な仕事だと思うんです。いまからだって、ちょっと神山のたとえば『天皇制に関する理論的諸問題』なんていうのは、「うーっ」とちょっとぼくはうなりますよね。ああ、こういうふうにやった人いたかっていうようなね、戦争中に。それはやっぱりそれだけの仕事だと思うんですよね。やっぱりそれだけの創造的な仕事っていうのはするでしょう。それから中野にしてもそうですよね。『歌のわかれ』以降の仕事があるでしょう。それは非常に創造的な仕事で、いまの仕事より、もっと創造的な仕事だと思うんですけれども。やっぱりそういうことはあると思うんです。だから、擬似転向云々というのだけを取り出して、またこれを比べるわけにいかないのでね、だけどそうじゃなくて、そういうことの中で、だいたいなにを創造したのか、あるいはなにをなしたのかっていうような、そういうようなことを含めると、あなたのおっしゃるとおり、獄中十八年だから偉いというより、そうじゃない擬似転向、あるいは転向の形態をとりながら、なお執拗に情況に対して粘っていくというような、そういうことのほうが、そしてそこで創造的な仕事をすることが、どんなにいいことかわからないというような、そういうあなたの考え方には、ぼくは賛成ですね。

ぼくはいつでもそういうことに、あんまりコンプレックスを感じたことがないんですよ。なぜかって、ぼくは心の中で、たとえば、おれ、戦争やりたくねえとか、嫌いだとか、人を殺すのを嫌いだと思いながら、別に抵抗もできなくて、鉄砲かついで人殺ししたっていうような、そういう知識人とぼくは違いますからね、あんまりひっかからないわけですよね、ひっかからないですよ、そんなの。なにいってやんだ、というふうに、そんなの評価するんなら、ただ赤紙一枚で引っ張られていって、それで自分も人を殺したかもしれないけども、自分も殺されて死んだとかね。あるいはみずから自分の命は絶っていいんだというような、共同性のために絶っていいんだというような形で、ほんとうにみずから突っ込んで死んでしまったというような、やっぱりぼくにひっかかるのは、そういうほうがひっかかりますね。ひっかかってきましたよね。だから、あなたのおっしゃるような意味で、ぼくは一度もないですよ、そんなこと評価したのは。コンプレックスをもったこともないですよ。それから中野重治やなんか、そのときの仕事を、そういう意味で、なんていいますか過小評価したこともないですけどね。

そういう意味でなら、ぼくは正当だと思うんですよ。それでだいたい今ごろになって、獄中何年がちょっとえばってきて、それでなんかそれに対して、中野というのは時として変節して、「よくない」というようなことをいうでしょうが。しかし、そんなことを自慢にするなっていうように、ぼくは思うんですよね。そんなことを自慢にするなら、日本の戦争における、いわば帝国主義侵略戦争ですよね、天皇制下における、そういう中における大衆の死っていうものを、一度だって考え、それを思想の問題として取り出したことがあるかっていうふうにぼくは問いたいですね。それから今ごろになってそんなことを対談かなんかで自慢するやつは、ぼくにいわせれば、ちょっと祖先帰りだと思うんですよ。なんか戦争中帰りなんですよ。つまり、もう自慢することがなくなると（会場笑）、「過去、おれこうだったぞ」というような、「おれ昔こう……」それとおんなじなのよ。つまりわからないのよ、未来っていうものは。つまりこれからどうなんだと、どういう思想的課題があるんだと。あるいはどういう政治的課題があるんだと。どういう政治的課題に対してどうしていいかっていうような問題が、なんかぼくらが考えているような意味では、ほんとうはわからないんだと思うんですよ。自分はわからないとは思ってないと思うんです。しかし、ぼくの考えではわからないと思うんです。つまりわからないというのは、それを問題にするっていう問題意識自体すらないと思うんですよ。だから、なんかしようがないから戦争中の自慢して、なんかあれする場合に、中野っていうのは、よく変節するんでけしからんっていうような、そういうような形でしかいえないわけです。ほんとうはそうじゃないですよ。そういうことじゃなくて、獄中何年って、そんなのが自慢なら、だいたい戦争で死んだ大衆のほうが、もっと自慢じゃないか、ぼくはそう思いますね。だから、これからの問題がほんとうの意味でわからなくなってきたから、祖先帰りするっていうような、そういうようなことが、ぼくは情況としてあると思うんです。だから、そういうことが問題なんだろうなっていうふうに思うんですね。

それからあなたのおっしゃるべ平連云々の問題というのは、あなたのいうとおりでもいいわけなんですよ。つまりぼくはそういう次元ではおっしゃるとおりでいいわけですよ。ただ、「よくやってください」というだけで。なんかそうじゃないんですよ。そうじゃないっていうことを、うまく論理化することはできないし、もし論理化するとか思想化するとすると、ぼくはずっとやってきた問題は大部分はつまらないかもしれないけど、なんかその中にところどころでもいいから、ハッとするものがあると思うんですけれどね。そういうものがあるんですよ。だから、あなたのおっしゃる意味では、いいわけですよ。べ平連を評価しようがしまいが、ほんとうは「まあ適当にやってください」というふうにしかないわけで、なんかそうじゃないんですよ。日本のそういう反体制的な運動とか、反体制的な思想、あるいは反体制的な諸個人というものが、ほんとうに当面している問題っていうのは、そういうことじゃないと思うんですよ。そういうことじゃないっていう、それを解決できなければ、ダメなんだというような、あるいはふまえられなければダメなんだというようなことがあると思うんです。運動自体としてもあると思うんです、だから、あまり意見がないわけです。あなたのおっしゃることでもいいじゃないですかというふうに、ぼくは思うんです。つまり、いいじゃないですか、それはそれでいいじゃないですかっていうふうに、そう思うだけなわけですよ。それはいいんですよ。

つまりそのことは、たとえばほんとうの意味での論争点というか争点とは、ぼくの考えではならないと思うんです。そういうことでは争点にはならないし、問題にはならないだろうなっていうふうに思うわけです。なってもなんていいますか、ロジックが自己回転していくっていうような、そういう問題としては、ロジックの相違とか対立点とかというような、そういう次元では問題になりうるとしても、もっとほんとうに、たとえば現在、情況的に必要のある課題っていうものに対しては、なんかを生み出すというような、その契機っていうものは、そこにはないだろうなっていうふうにぼくは考えます。だから、あなたの理解の仕方でいいじゃないかっていうふうに、それでもいいじゃないかっていうふうに思いますね。そこでは意見がないと、ほんとうの意味でぼくが思想的な課題として、そして自己自身の課題に対しては、あまり□□□。

（テープ中断）

その考え方、つまりそれがたとえば外部からイデオロギー、政治理念っていうのを注入していくっていうような考え方っていうのは、ぼくがさきほどからいっている意味でいえば、ほんとうは自然過程だというふうに思うわけです。つまり自然過程であって、したがってそれはそういう言い方をすれば、半分だけ真実であるだけなんだっていうふうに思うわけです。

もうひとつ裏っ側をあれしますとね、大衆なんか獲得しなくてもいいんですよ、前衛っていうものは。前衛組織っていうのは大衆なんか獲得しなくってもいいし、獲得するために、なんていいますかオルグする、あるいは啓蒙することなんていらないんですよ、もうひとつ裏っ側を返せば。

ただいるのは、そういう啓蒙されかかっている大衆、つまり組織労働者みたいなものですね、大産業の組織労働者みたいな、いちばん啓蒙されかかっているんですけれども、そういうものじゃなくてね、もっと基底にあるもの、つまりもっとユニットに近いもの、つまりなんか非常に単純労働のくりかえしに近いような形で存在している大衆の、なんていいますか、さっきからの言葉でいえば大衆の原型なんだけれども、そういうものの思想的問題というものを、根こそぎさらえればいいということ。それがさらえれば、別に啓蒙なんかいらないっていうことなんですよ。啓蒙なんかいらないっていうことが、つまりレーニンなんかのいう組織論の、ちょうど裏側の反面にちゃんとあるんです。その裏側の反面でいえば、そんなことはいらないんですよ。別に啓蒙して、ちょっと組織労働者を政治意識に目ざめさして、そこへ拠点をつくってなんていうことは、そういう裏っ側からいえばぜんぜんいらないことなんです。ただ、絶対必要であるし、レーニンが考えもしなかったことは、ようするに、非常にもっと原型にある、大衆ですね、原型的なあれをくりかえしている大衆っていうものを想定するとすれば、そういうふうにしか存在しない、あるいはそういうふうに存在しているところの大衆っていうものの思想的課題というものを、前衛なるものがたえず、自分の問題として、時々刻々に、つまり情況的にも繰り込んでいかないといけないし、原理としても、それを包括していなければならないということがあるんです。そういう課題があるんですよ。そういうふうな位相というものがあるわけなんですよ。そういうことが問題だと思うんです。

そういう問題というのは、どこにいちばん出てくるかというと、文化の問題というのに出てくるんですね。文化の問題に出てくると、いろんなのがいるわけだけど、ロシアにもいたわけだけれど、つまりプロレタリア文学、労働者出身の文学者みたいなのが出てくるというような、いろいろさまざまいるでしょう。そして、ほんとうは文化の課題が、つまり社会主義政治革命後の文化の課題というものは、そんなことじゃなくて、そういう知的な過程にちっともはいってこないような大衆の課題というものを、ちゃんともっているというような文化というものが、問題になるわけですね。文化の創造というのが問題になる。ところが、なんか労働者がちょっとサークル活動かなんかして、少し文化づいてくると、なんかそういうのが集まると、労働者のプロレタリア文化だみたいなことをいうような風潮はロシアにもあったし日本にもあったわけですけどね、そんなのはちっとも労働者文化でもなんでもないわけなんです。

そういう意味では、文化というものは知識人によってしかになわれないわけなんですよ。それで、レーニンなんかそういうことに気がつくわけでしょう。気がついて、プロレタリア文学なんていうのは、プロレタリア出身の、なんか物書きを集めてきてね、純粋培養したって、そんなものでできるものじゃないんだと。文化というものはなぜそういうふうにできないかっていうと、文化っていうのは、少なくとも遡行されるかぎりでは、少なくとも数千年の歴史があるんですよ。歴史の累積があるんですよ。そういうものに対して、たとえばレーニンの政治革命なんていうのは、わずかに四、五十年しかないわけですよね。つまり幻想性として四、五十年しかないわけですよ。それで、四、五十年が数千年の歴史過程のひとつの累積物である資本主義文化というものに結集される、そういう累積物に対してどういうふうに処理していたかっていうふうな、どういうふうに対処していくかと考えた場合に、けっして、労働者のあれを集めて、「これがプロレタリア文学」なんていったって、文化的に人類が数千年たくわえてきた、そういうようなものの集積の上に立っている、そういう文化というものに、絶対にかなうわけはないのですよ。絶対に克服することができるわけがないんです。

それだから、プロレタリア文学・プロレタリア文化なんて、そうちょろくいうものじゃないというようなことを、レーニンなんかも強調するわけですよ。トロツキーだって強調するわけです、そういうことを。そんなものはナンセンスだっていうふうに強調するわけです。文化っていうもののむつかしさっていうのは、やっぱりそういうことなんですね。いまでもそういう理念っていうのは勝っているでしょう。あるでしょう。いまでも、反体制文化みたいなのと、体制文化みたいなのがあって、反体制文化人と体制文化人がチャンバラして、そして「おめえ反動だ」とか「転向した」とかいっていると、なんか文化の問題が解決したみたいな、あるでしょう、そんなのはウソっぱちよ。ようするにそんなもんじゃないんですよ。

文化っていうのはそういう意味でいうならば、幻想性としていうならば、非常に根強いものなんですよ。なぜ根強いかっていうと、数千年の累積があるからですよ。そういう数千年の累積っていうものが、たとえば資本制文化の中に、ある場合には変節しながら並列し、ある場合には、資本制文化の中に込められているからなんですよ。それだけの強固なものを資本制文化っていうのはもっているんですよ。だから、それに対して新たな文化、それを止揚する文化というようなことを考えるっていうことはものすごくたいへんなことなんです。それを考えるっていうことの現実的な意味っていうのは、まさに組織労働者に拠点をもって、というようなことじゃなくて、まさになんでもない、文化なんてものに関心をもたない、政治にも関心をもたないっていうような、そういうような単純生活過程っていえばいえるような、そういうようなもののもっている思想的意味っていうものを、くりかえしくりかえし繰り込んでいくというような、そういうことに対応するわけなんですよ。それがもし、完全な形で、たとえばレーニンの思想の中にあったならば、やっぱりスターリン主義に凝固していくっていうような、そういう過程っていうのはある意味で避けられたっていうふうに、ぼくは思いますがね。

それだけ文化っていうものは、くだらんものというか、現実の政治的実践というもの、あるいは政治的な行動、権力に対する政治行動っていうものは、いずれにせよ、げんこつで頭をなぐるっていうようなことだからね。なぐるか、なぐられるかということなんだけれども、それに比べれば、文化なんていうものはどういうふうにふるまったって、別にげんこつじゃない、なぐれないわけですよ。なぐったって痛くもかゆくもない。なぜならば幻想なんだから。痛くもかゆくもないというような、そういうふうなものですよ。しかしそういうような意味では、非常に無効なものですよ。あるいは直接的な意味でいえば、無効なものですよ。しかし、別な意味でいうならば、ものすごく強靱で、強固なもので、ものすごく根深いものなわけなんです。だからけっして単に政治革命が成就したっていうような問題でもって、文化の問題が解決されると思ったら、とんでもないまちがいであって、そんなことじゃ全然ないっていうことがあるわけなんですよ。

また、こういうものに対して政治権力を獲得したものが、新たな、たとえば文化的組織みたいなのをつくって、それで、なんか資本制文化に結晶されたそういう文化に対して、闘争してそして勝つかっていうと、文化的には勝たないわけなんです。強制したって、そんなものは一時的に頭をひっこめた、それだけの問題であって、ただ止揚することによってしか、それは超えられないっていうような、そういうむずかしさっていうのはあるわけなんですね。それは現在にもあるわけなんです。現在、日本にもあるわけです。それでぼくらがみているものは、文化的茶番をみているわけなんです。しかしそんな文化的茶番で文化が進歩したり、そういうふうになるなんて思ったら、とんでもないことなんであってね、そんなのはほんとに茶番にすぎないっていうような、そういうことがあるわけなんです。茶番っていうのは、過去にくりかえしたんだから、もうふたたびそういう問題というのは、うーんと考えて、別な問題っていうのを出せばいいはずの問題というものがあるわけなんですよね、現在。それを出さないわけよ。それを出さないで、「あいつはやっぱり保守的文化人で、保守的小説を書いているから、こんな野郎ぶったたけばいいんだ」っていうようなそんな調子で文化っていうものを考えているんですよ。そんなもの一人ぶったたいたってまた出てくるだけなんですよ。そんなことじゃなくて、なんかほんとうにそれを止揚していくというようなことは、やっぱりたいへんなことで、その意味では非常におっかないことなんですね。別な意味でいえば、げんこつにもならないし、小説書いて作品つくったからといって、別になにも佐藤（栄作）が驚くわけでもないしね、佐藤が読むのはようするに、『徳川家康』とか『宮本武蔵』とか、そんなのに決まっているわけですよ（会場笑）。いつだって、大衆文化にしか目をつけないわけなんです。

しかし、そうじゃないんですよ。ほんとうの文化、根深い文化というものは、そんなものじゃなくてね。インテリ・知識人というものは、いまさきほどからいっているように、そういう問題において、そういう位相においてつくられる作品っていうものが、それはほんとうに根強いっていうあれをつくるわけなんですよ。そこで大衆の問題っていうのを、原型の問題っていうのを思想的に繰り込むっていう、そういう位相が必要になってくる。政治支配者なんて、どこだって決まってますけどね。資本主義社会における政治支配者なんてものは、文化においては、たとえば非常に大衆的なもの、ようするに『徳川家康』とか、吉川英治のとかそれしか読まないわけですよ。ほかのには関心がないですよ。しかし、読む読まないなんていうのは、そこの場合問題じゃない。根強さっていうものはそういうものじゃないっていうようなことがあるわけです。つまり『徳川家康』とか吉川英治なんていうのは、これはやっぱりある時期における大衆の感性、あるいは上昇感性というものに、ピッタリと適合するように書かれているわけですし、また倫理でさえも、そういうふうに適合するように書かれているわけですけれども、なんかそんなものがどうにかなるっていうようなことは全然ないわけで、やっぱり知識人の問題、課題として出てくるということがあるでしょう。

だから、あなたのいわれた組織論というような問題で、レーニンのあれを考えれば、その裏側に必ずそういう問題を含んでいると思うんです。そういうことは、やっぱり現に、たとえば組織的な運動をやっている人たちがほんとに考えて、創造していくっていうような、ひとつの課題があると思うんです。それをやらないと、ちょっとどうしようもないんだというような、そういうような問題っていうのはあると思いますがね。だから、半面性っていうんですかね、半面性しか語っていないというふうに、ぼくはレーニンの組織論というようなものを考えていますけどね。

質問者　だったら、その課題というのはどういうのですか。インテリゲンチャの課題というのは□

□□。

何回もいわせないでください。ぼくはくりかえしくりかえし、きょう最初からいっているわけなんです。

質問者　さっきから聞いていてね、べ平連なんかの、原理的に□□□、ただ、小田実とか、そういう□□□、たとえば彼らの考えていることを裏をかえせば、□□□材料になるだろうと思うし、でもそれは、なんかさきほど出たように、国家なら国家の□□□の幻想性みたいなもの、そういうものを□□□たところにおける平和の問題を、または反戦とかね、そこのところを自己論理を展開すれば、やっぱりやらなくちゃならないということは□□□に対して思う、ただ、知識人というものは、一方においては、確かに一般的な□□□。

それはブルジョアジーなりの、いわば□□□から疎外されている□□□をもつしね、さらに自己の展開している論理というものは、たとえば幻想性そのものが、実際的な概念、肯定的な面における中に、幻想性を内包するという形でいっているかぎり、それをまた大衆からも、知識人そのものが疎外されていくわけです。そういうふうな、やっぱり現実があるわけです。そうすれば、いわば知識人というもの、自己の思想、自己の論理というものを□□□するもの、一方においては大衆□□□しかしながら、知識人そのものに、一般大衆とは、やはりたとえば、かるはずみに判断して悪いんですけれども、たとえば吉本さんなら、その中には自己の論理展開、そういういっさいの内容が大衆に対して、いわば平行線でなくするか、交わっているというひとつの願望をおもちだろうと思う。たとえば□□□の中でも書いておられたように思うんですけれども、たとえば知識人そのものが自立しながら、そしてから知識人における共同体というものを、やはりすべての自立したところにおいて観測しながら、それから今度は大衆に接近していくというひとつの願望というものが、ありうる。それがまさに今度はひとつは、たとえば民衆から疎外されている原因の中で、今度はまた平行線をたどらざるをえないというふうに、問題点がありうるような気がするし、ただ吉本さんに聞きたいことは、知識人、そして大衆というところの、いわば接近されるところね、その内容ね、なんかぼくにははっきりわからない。はたしてそこのところがどういう形なのかということを聞きたい。

あなたのおっしゃる知識人とか大衆というのは、ぼくの考えている知識人と大衆というのと違うんですね。全然違うんですよ。規定が違うんですよ、だいいち。その概念規定が違うんです。だから接近しないんですよ、永久に、知識人は大衆と。接近しない原型ですね、そういうものを大衆っていうふうに、ぼくはいっているわけなんですよ。それから、知識人っていうのは、そこから絶対接近しないんですよ。だから、レーニンは絶対に大衆に接近しないんですよ。離れる一方なわけなんですよ。それから、これからも接近しないんですよ。だから離れるんですよ。だからあなたのおっしゃるのでいえば、たとえばなんていうのかなあ。接近する、離れるっていう意味をたとえばひとつ背広を作業服に着替えて、少しどこか、なんていいますか、西成かどこかへ行って、ひとつ接近しようか。あるいは学歴を捨てて、ひとつ工場労働者に応募して、労働者になってなんかしようかとか、身体的接近を意味するような気がしてしょうがないんですけれども、なんか接近、接近じゃないっていうのは……。

質問者　あのね、ぼくは確かに□□□ぼくはそれなりにだいたい理解しているつもりなんですけれども、ただ接近っていうのは、労働者が服を着て、それからまたくわもって掘ったりそういうことは別としても、しかしながら、やっぱり　吉本さんなら吉本さんの思想というもの、それからいわゆるそういう先駆性というやつね、たとえば物質的な、ひとつのなんか、それを読んで、感銘を覚え□□□それをやっぱり物質力という形で転化していくところにやっぱり使命というやつが、全体の知識人としては、根本的に要求されている。ぼくは知識人の問題として、現在あると思う。

だから、ぼくはたとえば思想的な課題っていうものを解いていく場合に、ぼく自身がたえず開いて、つまりたとえばアカデミックな、なんか研究論文分献というふうには考えてないわけで、たえず開いて書いているわけですから、必ずそれは、それがあなたのおっしゃる物質力というような、あるいは現実力といいますか、そういうものとして対応させた場合に、どういうふうな形と対応しうるかというような問題というのは、そういう問題に対しては、たえず開かれた形で展開するというのが、ぼくは、思想というのはそういうものだと思うんですけれどね。だから、そういうことはできるわけなんですよ。

ぼくがたとえば文筆業者をやめまして、たとえば政治運動というのをやろうとするでしょう。ぼくはできるわけです。ぼくはそういう組織論と、そういうあれをやるっていうことはできるわけなんです。つまりそういう対応性っていうのは、いつだって思想的追求というのは、いつでもそういう問題、現実の問題というものに対しては、いつでも開いた形でというようなふうに展開されていくわけなんです。だから、ぼくにいわせれば、こういう位相でのぼくに、そういうふうにいうのは、それはそういう問題をあなたがおっしゃるのは、それは少しあなたのほうの怠慢ではないかと思うわけです。なんていいますか、そんなことはやりゃできるわけですよ。あなたがやろうと思えばできるわけですよ。やらないというだけで、できるわけですよ。そういうのは、こういう位相でのぼくに、そういう問題をいうっていうのは、ちょっとナンセンスに近いわけでね。たとえばぼくがこの位相をかなぐり捨てれば、ぼくはできますよ。即座にできますね、そういうこと。だから、それはあなたの問題じゃないですか、そういう問題というのはぼくにいわせれば。で、あなたべ平連、べ平連っていうから、べ平連っていうのは、ぼくはさきほどいいましたように、なんかどうでもいいじゃないかっていうように思うんです。

質問者　この□□□、確かにどうだっていいですけどね、ただ、たとえばサルトルが日本にきて、それから日本の知識人に対して彼は「知識人の政治参加うんぬん」いっているけどね、でもやっぱり、ぼくが感覚的に考えれば、それはサルトルは日本にきて、□□□の限界を、なんか暴露したようにに書いている。□□□ではないんですけれどね。結局そういうことをいわないかぎり、なんか知識人の内容を語れないというところに、やっぱりサルトルならサルトルなりの限界というものもあるんじゃないか。まさにそういうことをぼくたちが乗り越えるという問題として、ぼくらはみんな

□□□だと思うんですね。

わかりますよ。ぼくはね、やっぱりこれは日本の場合だけじゃ、きっとないと思うんですけどね、やっぱり政治運動に伴う諸現象の中には、なんていうかなあ、祭壇に供するっていったらおかしいんですけれどもね、つまり、なんか現象的にいって、政治的な情勢っていうのは、刻々に変わっていって、政治運動っていうのは、刻々にそれに対応していかなければならないっていうようなことがあるでしょう。そうすると、たとえばその中で、くりかえしくりかえし突撃がなされ、また逃亡がなされ、いろいろさまざまなことがなされるわけだけれども、そういう場合に、ある情況における政治的な、なんていいますか発言っていうものの中には、なんかを犠牲にするっていうんでしょうか、祭壇に供するっていうような、供することによって、なんか勢いをつけるとか、□□性をつけるっていうような、そういう習慣があるでしょう。たとえばそういうものの、現在でいえば、いわば、マイナスシンボルとしていえば、マイナスシンボルとしての、たとえばいけにえに供されているのは、たとえば清水幾太郎さんだと思うんですよね。

だけど、ぼくが考えるのには、そうじゃないと思うんですよね。それはあとの問題としてもいいんだけれども、プラスのいけにえに供されているっていうのは、供されたっていう感じがするのは、やっぱりサルトルなんてそういう感じがするんです。つまり、マイナスとプラスの位相の違いがあって、なんかいけにえに供されたっていう、そういうことをおおえないと思うんです。だから、ぼくにいわせれば、ぼくは抜き出したようなものしか、しゃべった内容っていうのは読んでないですけれどね、あんなことをいうんならば、あの人の、たとえば文学理論とか、哲学問題とか、そういうものについて、やっぱりしゃべるべきであったし、そういうように追求すべきだった、というように思うんです。つまり、あの人はそういう発言じゃないような部門では、たとえば『想像力の問題』みたいなものとか、あるいはもっと基本的な哲学である『存在と無』というようなものでは、やっぱり現存する屈指のインテリゲンチャだっていうような、それだけの仕事っていいますか、創造的な業績をしていると思うんですよね。やっぱりそれを抜かしちゃうと、やっぱりダメだと思うんですよ。

それはたとえば、マルクスから『資本論』を抜かしたら、やっぱりダメだっていうのと同じだと思います。ダメだっていうのは、こんなには長い間、しかも広範に影響を与ええなかったであろうというような、永続的に生きなかったであろうというのとおんなじように、『資本論』を抜かしちゃったらダメなんです。ところが『資本論』の中には、別になんていいますか、政治参加がなんとかとか、そんなことはないわけなんですよ。もっと基本的な問題なんですよ。あれはだいいち、マルクスはようするにパリ・コンミューン以後の挫折感の中で、掲げたもんなんですよ。挫折感の中で――いまでいえば転向ですわな。そういう中で、毎日毎日図書館に通って、何年も通って、それでやったという、そういう仕事なんですよ。それはパリ・コンミューンの挫折というものは、ようするに、そんなに早く回復するはずがない、ないっていうことをふまえたうえで、それであういう仕事をしているわけなんですよ。だから、まさにいま流行の言い方でいえば、

「挫折感の産物」なんですよ。あるいは「転向の産物」なんですよ、マルクスの。マルクスは、ちゃんとそういうようにいってますよ。ようするに「今後はトンマたちの片棒をかつぐ必要もなくなった」ということを、ちゃんとエンゲルスへの手紙の中でいっていますね。エンゲルスはまた、ばかどもはしょうがないっていうような、どうしようもないっていうようなことをいってますしね。つまりその当時、まさにマルクスは、「おまえは政治家からの転向者だ」というように、その当時祭壇に供されたわけよ、マルクス自体が。その中で書いたわけ、『資本論』を。しかし考えてみれば、『資本論』というものがなければ、やっぱりダメなんですよ。そんなに永続的な、そんなに長い期間、広い範囲で、やっぱり影響を与えなかったと思いますね。つまり『共産党宣言』なんていうのは、あれは頭と心臓を抜きにして、手と足とをくっつけたようなもので、あんまりいいものじゃないと思いますけど、なんかそんなもんじゃなくて、やっぱり『資本論』なら『資本論』というものがなければ、やっぱりこんなに長続きはしまいなあっていうような、影響の長続きはしまいなあ、っていうような、ぼくはそういうものだと思う。

それと同じように、サルトルだって、たとえば『存在と無』とか、「想像力」について書かれた論文とか、真に創造的な、基本的なあれがなければ、あんな、なんでもないんですよ、ようするに。だから、ぼくにいわせれば、そういうところでこそ、問題を展開してもらったら、読んで役立つというふうに思うんですけれどね。なんか日本にきて、急にテーマを変えたとかいってきたのを、ぼくは熱心でないですから、ピックアップしたやつだけしか読んでないわけですけどね、そんなのはどんなバカでもチョンでもいえる程度のことしかいってないんですよね。バカでもチョンでもいえることを、少し精密にいったという程度しかいってないんですよ。そんなことね、なんでもないんですね。そんなことやったってなんでもないわけなんですよ。だから、そういうことがなんでもあるというふうに、まさに問題なんだということがありうるとすれば、たとえばサルトルはもっと日本のこと、知らなくちゃダメだと思うんですよ、日本の思想情況ね、社会情況ね、文化情況ね。そういうものをうんとよく知らなければ、知ったうえでなければ、ああいう発言っていうのは生きてこない。あの種の発言っていうのは生きてこないと思うわけです。

だから、あなたのおっしゃる意味で、サルトルを超えるっていうようなことは、ぼくにいわせれば、サルトルがたとえば日本でそういう発言をしたとしているという意味での、サルトルを超えるっていうことは、きわめて容易だと思いますしね、そんなにたいした問題じゃないんだと思いますけど。しかしあの人のやった基本的な哲学っていうもの、また芸術理論っていうもの、文学理論っていうもの、そういうものを超えるというのは、やっぱりたいへんなことだと思いますよ。そう簡単にはいかねえっていうようなね。そう簡単なものじゃない。そういう意味ではやっぱり世界に何人と現存していないというような、そういう仕事をした人だと思いますけどね。

そういう問題があると思うんですよ。だから、なんていうのかなあ、関西学院大学でもなんか問題になったけども、ずいぶんいろんな、たとえば学生運動といわなくても、学生というものの考え方っていうものは、ずいぶん変質したんじゃないか、変質したっていいますか、変わったたんじゃないかっていうようなことが出てたけれども、ぼくがうんと変わったたっていうふうに思うのは、そういうところですね。たとえば北小路君なら北小路君というような人が、ああいうところに出ていったりするでしょう。ぼくがイメージの中にある全学連の幹部とか、共産主義者同盟の幹部とかなんかは絶対そんなことしないわけですよ。それからなんていうかなあ、ようするにそんなことしたら、「やめろ」っていうふうにいうわけですよね。「おまえ、バカなことやめろ」っていうふうに、必ずいうわけですよ。なんかそういうものがあったと思うんですよ。だけど、なんかそこらへんが薄ぼんやりしてくるでしょう。そういうところがやっぱりひとつの変わり方であると思うんですよ。変わり方っていうのは、やっぱりよさ悪さの問題じゃないと思うんですよ。やっぱり必然的なひとつの変わり方だと思うんですけれどね、そういうことはあると思うんです。

なんかぼくはイライラするわけですなあ。なんか、例えば北小路君なんかはいつも思うんだけれど、自分をおとしめていると思うんですよ。だから、「そんなことやるな」って、ぼくだったら止めますね。ぼくがあれだったら。ああいうものは、そういう位相からじゃなくて、ひとつの日本の現在の文化全体を透視しうるというような、ひとつの視点からみると、非常におろかなことなんですね。だからそういうことはやらんほうがいいっていうふうにぼくは思うんですよ。それは、よけいなことなんだけどね。もっとよけいなことじゃなくて、身近なことでいえば、谷川雁なんていうのは、なんか出てくるでしょう。ベトナム・ティーチインとかなんとか。そうすると、「やめりゃいいのになあ、バカだなあ」って思うわけですよ。やっぱり、このごろは少し会ってないから、そういう機会がないからいわないけれども、ひと月に一度でも、ふた月に一度でも会っているあれだったらば、やっぱりぼくは「絶対そういうことはやめろ」っていうふうにいいますね。そんな、いまさらそういうのにつきあうことはないのであるっていうように、「やめろ」っていうふうにやっぱり止めると思いますね。それはね、その中でたとえばそういう場をひとつもって、ここでたとえば自分の意見あるいは自分の共同性の意見というものを述べるので、いわば対立的な意見を述べるので、あるいはよりよき方向への意見を述べるのだっていうふうにいったって、それはその次元というのは、まったく同じなんですね。同じ次元なんですよ。同じ次元における批判的意見であり、対立的意見で、それ以外のなにものでもないわけです。だから、もう谷川君なら谷川君が、ああいうことをすると、「あいつはしょうがないやつだな」というようにぼくは思いますね。「そんな、出ていくやつあるもんか」っていうように、ぼくは思いますし、「あいつはああいうことするからダメなんだ」っていうような、そういうふうに思いますね、そういう意味では。なんか非常にオルガナイザーとして非常にりっぱな人なんだけれども、りっぱな人で、ちょっと日本にそんなにいるはずがないぞっていうようなりっぱな人なんだけれども、能力のあるりっぱな人だけれども、しかしああいうことをやるというのはよくないですよね。なんか、やっぱり「やめろ、やめろ」っていうように、ぼくならいいますね。そういうことっていうのは、あるでしょう。で、なんていうのかなあ。わかんないな。つまり、そういうことが、ちょっと、思想っていうような問題と、それからあなたのおっしゃる政治的な物質力というような問題との次元の違いっていうようなものじゃないかなっていうように、ぼくは思いますけどね。

質問者　吉本さんね、最初に知識人が上昇してきて、そういう上昇していく中で、対概念とか、共同概念とかあげられたわけですけどね、その中で、共同概念の中の国家幻想について、やっている中で、ぼくは国家幻想というのと、それから吉本さんがいわれた職業的生活というのと、いやでもおうでも、毎日毎日同じことをくりかえさんとあかんという、そういう職業的生活と国家幻想というのは、職業的生活を強いるような、そうような資本主義があるから、国家幻想もあるんだと思うんです。そういう国家幻想を□□□それとペアとなる形ではなくて、□□□前衛党なら前衛党という上昇した知識人が集まって、そういう□□□をする、ある程度の共同体をつくる場合に、そういうふうな思想的なものと、そしてその職業的生活とのかかわりあいっていう意味で、その中ではもし、できた幻想的なものが、現実の国家幻想というのを、打ちこわすようなことをくりかえしくりかえしできる職業的生活というものを、そういうふうなものを、ぼくはあれするはずだと思うわけですね。

ところがその場合、そういう幻想と職業的生活というものが、非常に現象的な意味でかかわってくるわけですね。そのかかわってくるときの、その段階的な関係というのを、どういうふうに導いたか、詳しく□□□。ぼく、わかんないんだ、吉本さんの□□□。

そういう場合では、非常に簡単といえば簡単なんですけどね。つまり知識人というのは、そういう知的に上昇してしまうっていうような、あるいは幻想として上昇してしまうっていうような、そういう過程を、つまり自己自身の中に、まさに大衆と知識人っていうのを二重にもっているということなんですけどね、二重に生きているということなんですけどね。それがたとえば共同の問題じゃなくて、個人の問題だとすれば、やっぱりたえず二重性というようなものが、ちゃんと存在するわけです。それがまた二重性というものが意識されねばならないと思うんだけども。だから、職業的にいって、たとえば靴屋さんとか、魚屋さんっていうような言葉は、ほんとうは実体がないんですよ。抽象なんですよ。なんか、生活する人間がいて、靴屋さんなら靴屋さんをやっているっていうような、そういうあれがあるんですよ。しかし靴屋さんがある程度非常に実体的な職業のごとくみえるでしょう。つまり、非常に実体的な職業にみえるところがある。それは非常に、なんていいますか靴屋さんなら靴屋さんっていうような、そういう言い方でぼくらが想定するものは、非常に具体的な、靴を作り、売って、修理し、っていうようなことをくりかえしている、そういうものを想定するからですよ。だから非常に実体的になる。ほんとうは「靴屋さん」というのは非常に抽象概念なんですよ。靴屋さんなる人間っていうのは存在しないんですよ。同じように、文学者なんていう、そんなものはないんですよ。たかだか文学をやっている人間、あるいは文学をたとえば職業としている人間とか、そういうものが存在するだけなんであって、「文学者として」というような言い方をするでしょうが、そういうふうなのは、ほんとうはない、抽象だと思いますがね。それから「知識人として」というような、「知識人の役割は」というような、そんなことというでしょう。その知識人、そのときいわれる知識人っていうのは、非常に抽象的なものだと思うんです。

質問者　だからね、そういうふうな……（テープ中断）概念を、知識人は概念として、獲得して、そしてそれをいろいろ研究すべきっていったらおかしいけど、いま必要なものをやっていくわけですよね。その場合、たとえば革命党なら革命党というものならば、そういうふうな抽象を乗り越えたところでの実体的なものというのを、ぼくはくつがえすものだと思うわけです、それがほんとうに革命的であるならば。つまりくりかえす人間というものが、靴屋とかそういうものも、抽象ももっと具体的なそういうもの自身にふれあって、実際的なものをくつがえすと、ぼくは思うんですけどね。そのときの前衛党の幻想性と、その実体的なものをくつがえしうるというようなことの関係が、なんか明確じゃないわけです、ぼくの場合。

前衛党っていうのは、別に実体としてみられた、つまり幻想性としては、前衛党というものが想定されるとすれば、幻想としては、実際にそうであるか、現にあるかどうかは別としてね、前衛党っていうふうにいっているものがそうであるかどうかは別として、前衛党っていうものは、なんていいますか、幻想としては、すでにくつがえしているわけなんです。現存するたとえば国家なら国家の権力っていうものを、ちゃんとくつがえしているわけです。すでにもうくつがえしてなければならないわけなんです。また、くつがえしてしまっているという原理を、ちゃんと思想原理というのはもっていなければならないから、すでにそれは幻想としてはくつがえされてなければならないっていうことは前提です。いまあるものはくつがえしているかどうかは別ですよ。

そういうことは別として、そうだと思うんですね。

それから今度は、しかし国家といえども、また幻想性といえども、それを守るべき員数もいるし、さきほどのこちらの人でいえば、物質力がある。たとえば自衛隊もあるしね、警察隊もあるというような、あるいは官吏もいると、そういうような実体としてあるじゃないかと。それをくつがえすことができるかどうかっていうようなね、それは別に前衛党には、くつがえす能力というのはないわけですよ。それは大衆がくつがえす以外にないわけでしょう。もっと極端にいえば、なんか靴屋さんなら靴屋さんである大衆とか……。

質問者　その大衆とね、そういうふうな普遍性においては、すでにくつがえしている前衛党なら前衛党というものとの関係がそこにあるわけでしょう。

ありますか。だからぼくがさっきからいっているように□□□。

質問者　そこで吉本さんは、大衆を繰り込んでいくというわけだったんですけれどね、繰り込んでいくということの□□□意味が□□□ぼくの場合だったら、ちょっとイメージがおかしいけども、そういうものとしちゃ浮かんでこないわけです。

しかし、実感としても浮かんでこないですか。そうかなあ、ぼくは実感として浮かんできますけどね。繰り込むことはこういうことなんだということが、なんか実感として浮かんでくるように思うんですけどね。そういう課題というもの、日常的な、あるいは職業的な、日常生活みたいなものをくりかえしていく、あるいは原型といえば、労働者が単純生産をくりかえしていく、そういうものは、いま、たとえば現在のこういう経済社会構成の中で、どういうふうなことを考えて、そういうことをやっているのだろうっていうふうなことっていうのは、感じとしては理解できるわけでしょう?

質問者　それはわかるわけです。

そうすると、ぼくはそう思うんだけど、それはたとえば、あなたの身辺なら身辺における一つのあれを、典型なら典型的なあれを、ちょっと了解すれば、その全生活過程で起こる問題っていうのは、取り出してくれれば、すぐに□□□。

質問者　ええ、それはわかるわけですけどね、ただそれを、繰り込むということ自身が、繰り込むという言葉の実感がないわけです。

だから、そうしたらそういう世界にたとえば自分自身がなんていいますか、そういう世界に移っていくとか、そういう世界をどうするとかいうことじゃなくて、たとえば、自分が二重に生きている大衆性っていうのがあるでしょう。その大衆性っていうのが、なんかひとつの基点になりますよね。そういうものに対する自分の考える意識の位相っていうものがありますね。そういう位相に対して、たとえばAなるそういう典型は、どういうふうにその位相が違うだろうか、そういうことっていうのは、さっきからいっている関係概念というようなことから、すぐに拡張して考えていけるわけでしょう。そうしたならば、そこに凝集してくるじゃないですか。自分が二重に生きている大衆性っていうものと知識性っていうようなものですね。そういうものとの相関関係と繰り込むか繰り込まないかっていうような、あなたが現にやっている生活に対して、あなたの知識はいかなる位相にあるかっていうようなことは自分の中では、少なくとも自己分析はできるわけですからね。そこで自己分析された枝葉っていうのは、みんなとられるとしても、そこでは繰り込むとは自分にとってどういうことかっていうことは、ぼくにいわせれば、明瞭に理解されるんじゃないでしょうか。

質問者　そのことでわからないんですけど、前衛と、それからそういうふうな大衆の原像を繰り込むということを考えた□□□。

だからその場合には、たとえばさきほどからいっている、自己幻想というものと、個々のある社会的構成の場面にはめ込まれた人間の自己幻想というものと、それから国家なら国家というものとして結ばれている共同幻想というものを、いかなる原理によって、あるいはいかなる構造によって、接続するものであるか、あるいは拡張することができるものであるかということがわかれば、それはいいわけじゃないですか。できるわけじゃないですか。そういうことはひとつの課題であるわけですけどねえ。つまり、自己幻想っていうのは、個々の場面に、社会構成の場面にはめ込まれた個々の人の自己幻想っていうもの、あるいは自己幻想が自己自身のあれを繰り込んでいくというような、自己自身の大衆っていうものを繰り込んでいくっていうような、そういうことは共同幻想というような場面に対して、どういうふうに構造的にかかわっていくかということは、それは原理的に確立することができる問題だと思うんですがね。

質問者　それは自分で考えていかないといけない□□□。しかし、ぼくはそういう問題を追求してきたつもりでいるわけなんですけれどね。

質問者　（質問者が遠いためよく聞きとれず）

あると思いますよ。あなたのおっしゃる意味では、戦中派的な問題であるっていうふうな、戦争体験の問題であるっていうこともあるでしょうし、安保体験の問題であるっていうこともあると思うんです。あなたはどう感じられたかしらないけれども、ぼくはそう思いましたけれどね。

それから、もうひとつは、死者っていうものに対して寛大であるっていうような、寛大であるっていうか、寛大であるっていうようなことはあるわけですよ。それは、やっぱり死者っていうのは、別にもうなにも物をいいませんから、そこで止まったところが全体性なんで、その全体性として取り出していかなければならないっていうようなことがあるわけだから、そういうことはあるわけですけれども、なんか戦中派的な負い目であるし、また安保闘争的な負い目であるし、またその中間にある労働運動における負い目であるし、なんかそれはさまざまな負い目がひっからんでいると思いますけれどもね。ぼくはそれがあなたのおっしゃるように、ぼく個人の問題に還元されるというようなことじゃないと思います。つまり、あなたは、それをぼく個人の問題だというふうに、たとえば考えられて、すまされるだけの度胸は、あなたにはないでしょうがっていうふうに、ぼくは思いますね。あなたもまた負い目を負うか忘れるか、どっちかであるし、あなたはそれじゃよく戦いうるかというような場面において、あなたがよく戦った思い出をもつか、あるいはよく戦わなかった思い出をもつかは、まあ、そのいずれかだと思うんです。つまり、人間っていうのは大なり小なり、そういうふうにしか、思想の原動力っていうものをつかむことができないと思うんです。だから、そういう意味で、けっしてぼくは普遍性のない問題ではないというふうに思いますけどね。

質問者　吉本さんが書かれている中で□□□「日本社会の総体のつかみそこねた」という形で、さっき述べたように、それは『転向論』の中で、中野重治の作品の中で、擬似転向をなした一人の男の人が村へ帰ってきたときに、男の父親から、なんていうのかしら、いままであんなふうな、共産主義の論理なら論理を、きれいごとを並べて、恥をさらして帰ってきたというのを、やるのなら徹底的にやれというふうな形でもってしかりとばすわけです。それに対してその息子が、なんていうのかな、生き恥をさらしたっていうような形でいわれながらも、それでもなおかつ□□□きたのは、自分自身のそういう行動の中において、自己をさらしておかなければならないという形で、父親に対するところがあるわけです。その中において、その父親に対して、日本の民衆っていう一形態を、おそらくその小説の中で扱ってたように思うんですけれども、それ自身がなんていうのかな、初志貫徹というか、あるいは思想と行為が一体化していなければ醜いとか汚らしいというふうな感じが、□□□そして、□□□擬似転向した息子そのものをひとつの異端としていくんだと思うけど、おそらくそのイメージを。だから特攻精神についても、結局それとおんなじだと思うけれども、そうすると日本社会の特攻隊的な行動そのものをつかみそこねたという空気があって、さきほど出てきたところの共同幻想の問題なり、あるいは対関係の幻想の問題なり、あると思うんですけれどね、そういう日本社会において総体的な行動に対して、そういう対関係、あるいは共同幻想がどういうふうな役割を果たしてきたのかという問題がひとつ。

それと同時に、これはその小説には関係なくなるかもしれないけれども、さきほど個人原理という問題は、結局相互規定関係からなされるところのひとつの市民的な原理だっていう形でいったと思うんです。ところが生存権というのは、これは基本的な人権であるわけですけれども、その□□□□自体が結局なんていうのかしら、生きたいという本能すらも、国家原理で抹殺できるのかどうかっていう場合になったら、これは革命時における暴力の発生の形態の問題にもなってくると思うけれど、そうすると、なんていうのかしら、そのこと自体、ひとつの市民的な権利として、形式的にか、法律的な形でいちおう保障されているものだけれども、それとはまた別個に、現実に生きている人間として、生きたいという欲望があるわけでしょう。それとの関連をどういうふうに吉本さんが考えているのか。それと生きたいっていう本能と反対に、それを抹殺した芥川とか太宰みたいな形でも、そういうことを抹殺するほうであるわけですけれども、それは二次的な問題としても、そのふたつを聞きたいわけです。

ぼくはその『村の家』のたとえば勉次が孫蔵っていうオヤジさんから、とにかく小塚原で殺されて帰ってくると思ったら生きて帰ってきたんだから、これからものなんて書くなっていうようにいわれて、書きます、ってなことでやっていって非常に創造的な仕事をしていくわけですけれども、創造的であり、また現実に対して、なんか非常に抵抗していくっていうような、そういうような作品を書いていったっていうことを評価しているわけですけどね。その評価していると同時に、たとえば、なんかものを書いていく、文学なら文学でもいいわけですけれども、あるいは思想の表現でもいいわけですが、そういうものは、たえず、たとえば『村の家』の孫蔵っていう、それはどこにでもいるオヤジさんだと思うんですけれども、そういうものに、たえず打ち負かされない、つまり思想自体の力で、あるいは文学作品自体の力で打ち負かされないというような、そういうことをたえず考えられなければ、やっぱり文学者としても、文学作品としても、ダメなんだっていう考え方があるわけですよ。ぼくはそう思いますね。やっぱりいるんですよ、偉い人はたくさん。ようするに隠れていて、ぼくらみたいのを小僧扱いにするような、そういうオヤジっていうのはいくらだっているわけですよね。そういうものはある意味で、非常に強いんですよね。やっぱりそれに対して、たえず、なんか、それじゃ自分の書くものは、たとえその人が読まなくても、あるいはその人に象徴される大衆というものが読まなくったって、しかしおれはたえずその人の問題というのは、おれはたえず書くものの中に、問題にしなけりゃならないっていうような、そういうふうに考えてしかるべきだと思うんですよ。

それから倫理の問題としていいますとね、なんか現在のあれっていうのはもっとひどいわけですよ。たとえば、ぼくはそういうことを書いたり、弁護したりしたけれどもね、清水幾太郎さんなんていう人がいるでしょう。そうすると、なんか、ほかの文筆業者っていうのがいるでしょう。

文筆業者で、しかもなんか金もうけとなんかといっしょにしているような、そういうのは、さっきいいましたマイナスのいけにえに供するわけよね。清水幾太郎は転向した、転向したとか、くだらんそういうことばっかりいって、それがひとつの現実に対する批判になんかかかわりがあるようなことをいうでしょうが。しかし、ぼくは一貫してそれを擁護するわけですよ。つまり清水幾太郎っていうのを。

ところで、安保闘争時において、たとえばぼくならぼくは清水幾太郎にいささかも関係はないわけです。つまりそんなものは関係がないし、ちっともいいと思ってないんですけれどもね。しかし、そうじゃないところからなされる批判に対しては、あれは転向したとか、あれはダメだとかいうような、そういう批判に対しては擁護されなければならないんです。なぜそうかっていいますと、そういうことはきっとあなたたちにはわからねえと思うんですよ。もう実感としてわからないと思うんですね。実感としてけっしてわからないと思うけど、あるいはあなたたちの位相からは、絶対どういうふうにみようとしてもわからないと思うけど、わたしらの位相からみるとよくわかるんです。つまりわかることがあるんですけど。つまりそれは清水さんが、たとえば安保闘争なら安保闘争時に、たとえば「全学連はいい」と。それで「自分は全学連といっしょに戦う」っていうことをたとえば述べたり書いたりしたっていうようなことは、ほんとうはね、さっきからこっちに疎外された、疎外されたっていうようなことをいっているけれどね、べ平連が疎外されたっていってるけれどもね、疎外の問題だなんていってるけれどもね。そのことはそんなものと全然比べものにならないんですよ。

つまり、職業的な「もの書き」としてはね、ほとんど全ボイコットを食うっていうことね、何々新聞からも、何々世界からも、なんとか書店からもね、全部ボイコットを食うっていうことを前提としなければ、そういうことができない情況にあったんですよ。そういうことは、ぼくはやっぱり、いささかそのときまでにもの書きの体験があるからね、そういうことはよくわかるわけです。清水さんほど、別にそれを職業としているというようなあれじゃないですし、いまも別にぼくは勤めていますから、半分しかあれじゃないですけれども、つまり、それでもよくわかるんですよ。どんなにたいへんだったか。つまり、あす食う道を閉ざされるということを、清水さんという人は、ちゃんと考えたうえで、ぼくの考えでは、やったと思うんですよ。そのことは、あなたたちが考えるよりも、はるかにたいへんなことだとぼくは思うんですよ。あなたたちが想像のかぎりを尽くしたって、ちょっとぼくらの実感には、マッチしないだろうというほど、たいへんなことなんです。そういうことをたとえば清水さんがやって、それにどんなイデオロギー的なあるいは思想的な批判があろうと、当時もあったし、いまもあろうとも、しかしそれをたとえばマイナスのいけにえに供して、そしてなんか現在の反体制文化人と自称する、そういう連中がそういうことをするっていうことは、ぼくにはちょっと許せないわけですよ。そういうのはやっぱりなんとか書店、なんとかテレビとちゃんと結合して、それで政治運動まがいの、なんか「ベトナムに平和を」みたいな、そんなことを、そういう情況でやっているんですよ。それはいいですけど、やれないよりはいいけれども、なんかそういう位相にある人が、自己内省の問題っていうものを加えずして、その当時清水さんがどんなにきつい、たとえばほとんど文化人の世界、学者の世界からはもちろんスカンピンに排斥されるし、もちろんジャーナリズムからも糧道を断たれるしというような、そういうようなことを、やっぱりいちおうは覚悟のうえで、清水さんがやっているっていうことは、ぼくらにはよくその位相が理解できたわけですけどね。そういう人を、マイナスのシンボルみたいなものとして自分が知りもしないくせに、というのは清水さんの著書を読んだこともないくせに、そんなことを伝染病みたいにいいふらして、いい気になるなっていうような、それがぼくらにあるわけですよ。

つまり「書く」ということの職業性とか、中野重治が、「書いていきます」ということの問題につながるわけですけどね、それだけの問題というのはあるわけですよ。それをマイナスのシンボルとしてあれするっていうのはよくないではないかっていうことはあるでしょ。そういうこと、ぼくは関連すると思うんですけどね。

質問者　その最初の部分と多少関連すると思うんですけれどね、わたしの聞きたかったのは、初志貫徹とか、あるいは思想と行為自体が一体化していなかったら汚いっていう形で、そういう日本的な美的意識みたいな形でもって、そういう擬似的な転向をみるというのが、一般の民衆のひとつの形態であるっていうように、勉次の父親もそういう形であらわされていたわけですけど、そういうふうになんていうのかしら、あるいは赤の他人だとか血のつながりだとかいう、そういう民衆意識のそういう概念ね、そしてそういう擬似的な転向の中におけるそれ自身の苦しさをいっさい察知することなしに、行為と思想自体が一体化しなければ汚いっていう形でみる、そういう民衆自身の意識に対して、さきほどいわれたところの対関係の幻想、あるいは共同幻想、そういうものがどういう役割を果たしてきたのかっていうことをお聞きしたかったんですけど。

なるほど、それはぼくの考えでは、非常にマイナスの形っていうものとしても、あらわれてきたと思うんですけれどね。しかしプラスの部分というのもあるわけです、対幻想というものにはね。たとえば、あなたは女性だから困るわけですけれどね、たとえばぼくが思想的な共同性を結ぶとするでしょう、そういう組織を。そうすると、たとえば「おまえ、おれといっしょにどこまでもついてくるか」っていうふうに、「いっしょにやるか」っていった場合に、「どんなことがあってもやるか」っていった場合に、「イエス」っていうのはぼくの考えではいないわけです。つまり、そういうふうに、共同性っていうのはそういうふうには存在しないわけなんですよ。ところがたとえば対幻想で、たとえば自分の奥さんなら奥さんでもいいですよ。それでやっぱり「おまえ、例えばおれがどうなっても、どうやっても、死んじゃっても、どうなってもついてくるか」っていうふうにいえば、「イエス」という。いわない人もいますけどもね（会場笑）。しかし、「イエス」っていうあれがあるんですよ。そういうものがあるんですよ。

質問者　対幻想が強いから、□□□の部分を含む□□□というような形で、さきほど□□□ましたけど。

そういうことがありうるんですよ。だからあんまり軽視してはいけないっていうこと。つまりその問題を無視してはいけない。つまり共同性の問題ということに対して、そんなことはたいしたことじゃないんだというふうに無視してもいけないしね、またそれは桎梏なんだというような面でだけみてはいけないと。なんかやっぱりプラスっていいますか、それがまた非常に別な面で出てくるっていうような、そういうことがありうる。

それはたとえば政治の共同性の中ではけっして、ぼくの考えでは、そういうことはありえないんです。たとえば宮本顕治なら宮本顕治といっしょにどこまでもやると。心中してもいいというような共産党員というのは、ぼくの考えではひとりもいないわけです。それは共産党じゃなくても、ほかの政治組織でもそうなんです。そんなのいないの。

しかし、自分の奥さんに、「おまえ、おれと心中するか」っていった場合に、「イエス」っていう。「おまえ、どこまでもおれがあれするときついてくるか」と。「イエス」っていう。そういう共同性っていうのはありうるんですよ。それだけの、ある根深くて、しかもある特異な、特別な位相っていうものが、対幻想の中にあるっていうことを、とにかくひとつ認識としてもってこなければ、出してこなければいけないっていう課題はあるんじゃないかっていうのが、ぼくのいうことなんですけどね。

質問者　ひとつ、ちょっと聞きたいんですけれども、吉本氏がいわれる中に、さきほどから再三再四、知識人のひとつの思想的課題として、いわばもっとも基底の部分にあたるところの、単純な作業なり労働なりという形で、現実の生活をくりかえしていく大衆、そうしたものを、いわば現在の知識人が獲得していく知的上昇の極点である最も先端の部分、そうした部分に至るまで、再三再四にわたってくりかえしくりかえし繰り込んでゆかなければならないというところに思想的なひとつの課題がある、というふうにいわれるわけです。

ところがそうすると、いわば大衆の原像というふうにいわれたその原像の問題、それが歴史的にわれわれ自身がたとえば文化の問題が数千年の集積をもっているというふうにいわれますけれども、それでは数千年の集積の内容っていうものを、たとえば吉本氏自身がいかなる過程でもって獲得するのかということを考えた場合に、数千年の集積といわれる文化的な遺産なり、あるいは内容っていうもの自体が、はたしてそれが大衆の原像っていうものを、いかなる形で内包しているのかどうか。それに関しては、吉本氏自身の著作の中に、少なくとも歴史上、いかに素朴といわれるところの大衆文化なりなんなりを問題にしたとしても、それ自身がすでに、大衆からの幻想としてしか映し出されていないという限界性が一方であるだろうと思うんです。そうすると、そうした幻想の上に乗っかった形でしか、実は大衆ということをとらええないというひとつの限界も同様にあるだろうと思うんです。そういうふうな内容からいくと、知識人が最も単純なひとつの基底におけるところの作業なり、あるいはかかわりあいという、そういうふうな日常生活のくりかえしの過程、それを思想化するということの意味をなそうとしても、おのずと、幻想の上に立った作業しかできないという、おのずと限界があるんじゃないかという気がするわけです。その点について、どういうふうに考えておられるか。

だから、ぼくはたとえば〝生活つづり方運動〟みたいな、つまり大衆がものを書くというような次元にすべり込んだ大衆というものを、大衆の原像とは認めないわけです。もの書きの次元とはまったく関係のない、まったく切断されたもの、そういうものを大衆の原像としてみるわけで、それはみることは容易なわけですね。つまり自分の中にもありましょうし、自分の周囲にもそんな人はたくさんいるわけですから、みることは容易だから、その問題っていうのはとらえることもまた容易に可能だというふうに、ぼくは考えるわけです。

それから、もうひとつ、文化っていうものは幻想性として数千年の累積をもっているならば、それじゃ数千年の累積を、全部、知識人なら知識人というものが、全部こうやっていちいち読んで検討してあれしないと、それが把握できないかっていうと、そうじゃないんですね。つまり、文化の現存性っていいますか、現在性っていうものの中には、それが可能なかぎり、内包されているというふうに考えることができるわけなんです。だから、可能なかぎり内包されているということと、それからまさに現在の情況的な問題というものがそこに出ているっていうような、ふたつの問題が現在の文化の中にあるわけですけれども、両方がやはりそこに内包されて存在しているというふうに思うわけです。

だから、もし文化の世界で、われわれが一歩でも先へ突き進めようとすれば、現存性の文化がもっている歴史性的な問題っていいますか、そういうものと現在的な問題を拡張していくといいますか、拡大していくっていいますか、そういうことによって、だいたい数千年の累積をもった文化というものが、ほんの一歩だけ先へ進めることができるということがあるわけです。

それを、どういう動因によって先へ進めることができるかっていうその知識人の思想的な課題に照らしていえば、それはまさに文化の圏内に介入してこない大衆の原型というものですね。介入してしまえば、それはひとつの知識的な過程ですから、介入してこない大衆っていうものを、大衆の原型っていうものの問題っていうものを、やっぱり文化の創造なら創造というものに繰り込んでいくということ、つまりその問題をふまえていくということによって、ほんの一歩だけど、数千年が一年になるっていうような、そういうような形で、なんか先へ行くと思うんです。

だから、そういう作業というものを課していかないと、それを体制の問題にして、たとえば資本主義体制が生んだ文化というものを止揚していく課題は、そこからしか生まれてこないわけです。その課題をもし放棄するならば、単なる数千年に対して、単に数千一年の歴史と、現在性というものをそこに加えたというようなことにすぎなくなるわけです。それがいちばん典型的にあらわれたのは、たとえば二〇年代から三〇年代にかけてのヨーロッパでのシュールレアリズムに類する運動というもので、ぼくの考えでは、それは数千一年を必然的にふんだっていう、そういうことなんです。

もし、シュールレアリズムっていうような問題が、たとえばもし批判に値するとすれば、どういう方向に行けるかというと、それはそういう文化の次元、あるいは文学の次元にすべり込んでこない大衆の問題というのを、文化の次元に繰り込んでいくというような、そういうことがもしできるならば、個人なら個人の創造主体が、それをなし遂げることができるならば、おそらくそれは数千一年を、一年に進めたと同時に、現在の情況的な課題というものを推し進める、つまり資本制文化というものに結晶された文化を止揚するひとつの一歩というものをふみ出したっていうことを、ぼくは意味するだろうって思うんですね。それがなければ、ただ数千一年なんですよ。シュールレアリズムというのは、典型的にぼくはそうだと思うんですけれども。だからシュールレアリズムまで行っちゃうということは、ひとつの必然みたいなもの、二十世紀にはいってからの必然みたいなものなんですけれども、一方に、シュールレアリズムに象徴されるそういう文化というものに最高の象徴を見いだす文化に対して、たとえば社会主義リアリズム文化というもの、理念というものを想定することは、それに対するひとつのアンチテーゼといいますか、対立概念としての意味しかないわけです。しかも、社会主義リアリズムっていうものがシュールレアリズムまで結晶した全文化的象徴というものを、社会主義リアリズムがもし考察の中に入れえないならば、その対立において勝つことすらもできないというような、対立において勝ることすらできないというような、そういうふうな形でしか存在しえない。それはまさに、いま存在している社会主義リアリズムの文化というものが、いま遭遇している、当面している問題というのは、そういう問題だと思うんです。

ぼくはそうじゃないと思いますね。そういうものは、いくらやったってダメなんだと思います。

だから、数千年っていうやつは、必ずふまえていかなければならないし、ふまえたうえで、問題を次に推し進めなければならない。その次に推し進めるっていう課題には、どうしても文化外の大衆のもっている思想的問題っていいますか、大衆自体の生活過程がくりかえしている、そういう問題っていうものを、文化の中に繰り込んでいけるっていうような、そういう知識人的な文化っていいますか、知識人的な文学っていいますか、そういうものの問題を推し進めることが、どうしても必要なんだというふうになっていくわけです。そこでは、別に体制文化に対して反体制文化とか、そういう問題の次元というのはあまり起こってこないわけなんですよ。そういう意味では……。

質問者　そういう意味じゃないわけです。ただぼくの場合には、大衆原理——大衆ということの原理的な意味ということを、もっといった場合に、たとえば現在、ひとつの情況の認識ということにもかかわってくるだろうと思うんですよ、ところが大衆ということ自体、いまいわれたような内容でいけば、知識人の知的な内容におけるいわば大衆とはなにかという、ひとつの吉本氏なら吉本氏の、ひとつの大衆という像が、その全体的な知的な範囲内に位置づけられたということは、一定程度意味されたとしても、しかしながら、そういうことで思想化したとしても、現に大衆自体の生活の次元なり、その中に現に、生に存在しているところの思想およびそういうものが日常生活の中であやをなして、混在しているというところの意味そのものには、いささかも微動も与えないんじゃないかという感じがあるわけです。なぜかというと、それはおそらくはいかに大衆の、日常的な単純な作業をくりかえす生活、それを思想化するんだといったとしても、そういうことをいうことだけが、なんかいえたとしても、それ以上に大衆のひとつの思想なり日常性なり、生活なりにまでかかわることができないという、明らかに限界じゃないかという感じがするわけです。

ぼくはそう思わないんですけれどもね。あなたのおっしゃる「かかわる」っていうことの意味が問題になってくるわけだけれども、ぼくはそういうことが可能だと思うわけだ。それで、「かかわる」っていう意味を、たとえばあなたがどういうふうに解釈しているか、どういう意味でいっているか知らないけども、「かかわる」っていうことは、実際にたとえば大衆のそういうくりかえされている生活を、たとえば大衆のところにいって、少しぼくならぼくが、そういうように繰り込むっていうような課題を思想的な課題として展開したがゆえに、大衆の生活というのは、いささかもよくもなってなければ、悪くもなってない。なにもなってないじゃないかっていう、そういう意味で、ちっともかかわりないじゃないかっていうような意味でいうんなら、ぼくはそんなことはないっていっているわけですよ。

そんなことはないんだと。そんなことはいいんだといっているんですよ、そんな個々の大衆が、もちろん文化の次元にはいってこない大衆を想定しているわけですから、だからかかわってくるわけがないわけで、ぼくがいくら文化的な、思想的なあれを展開したところで、そんなもの全然無関係なわけですから、そういう意味では無関係であっていいっていっているわけなんだ。無関係であっていいっていうのはなぜならば、つまりさっきからいっているように、関係概念というものが違うんだから、関係概念というものの考え方が違うんだから、そうじゃなくて、ここに思想的に繰り込んでいるということ自体が、ほんとはこれにかかわっているんですよ。この問題を包括しているんですよ。

だから、具体的に、実際的に、つまり目にみえる形で、なんにもかかわっていないじゃないか。なぜならば、ちっとも文化の次元にはいってこないんだから、無関心だから、全然かかわってくるわけがねえじゃないかといったって、そんなことはいいんですよ、どうだって。そんなことは問題じゃないわけです。しかし、もしそれを繰り込めるならば、という課題を展開できるならば、その中にはもうすでにこの問題、大衆の日常生活のくりかえしの中から出てくる問題、つまりなぜくりかえさなければいけないのか、なぜたとえば、あるいは職業的な人間としてしか生きられないのかとか、なぜ単純労働をする人間としてしか生きていけないのかっていうような、そういう問題っていうのは、すでにこの中にはいっているわけだから、これは包括できているというのが、ぼくの考え方です。だから、関係概念というものを、たとえば非常に可視的に、あるいはプラグマティックに解釈すれば、あなたのおっしゃるとおりなんだけれども、しかしプラグマティックに解釈しなければ、そうじゃないと。非常に本質的に解釈すれば、そうじゃないんですよ。つまりすでにそれで包括しているのですよ。それでいいんですよ。

質問者　いや、そうなると、文化の範囲にはいってこない大衆とか、それからはいってしまえばもう知識人だとかいう、そういう意味での大衆に対する位置づけそのものが、ぼくは成立しないいんじゃないかと。逆にそういうふうにいうんならば、文化的なものに、逆に携わっているということ自体も、すべての人間にはいりうるだろうということです。

「すべての人間にはいりうるだろう」っていうことはなんですか。すべての人間がそうするだろうっていうことですか。

質問者　いや、それは意識的にか無意識的にか、別にして、まったくなんか自然な形でもって、逆に一方で接しているだろうと。文化なら文化に対しては。

接しておりましょうね。接していますよ。だから、あなたはそこでもまた非常にプラグマティックに理解しているわけです。なぜならば、現にそういう接している人がいるじゃないか。たとえばぼくがいう接していないところの文化外の生活をしているっていうような、文化にまったく接していない、たとえば新聞さえも読んでいない、あるいは新聞に載せられている程度の、たとえば文化というものに対してさえ、接触していない大衆というものを想定して、現実にいるかどうかというふうに考えてみれば、それは非常に山奥のどこかにいるとか、島のどっかにいるとか、そういうところしか想定できないわけでしょう。だから、現実にいないじゃないかといっているのと同じだと思うんだ。

しかし、問題はそうじゃないと思うんですよ。つまりいるかいないかじゃなく、それが原型だっていうことが問題なんですよ。その原型を繰り込むっていうことが問題なんです。そのことは、たとえばあなたがプロレタリアートの問題とか、あるいはプロレタリアートとブルジョアジーとの問題をいったって、やっぱりおんなじなんですよ。現実のプロレタリアートっていうのは、なんだっていうふうにいった場合に、どこを基底にしてプロレタリアートというものを考えていくかっていうと、ひとつはやっぱりそんな人がいるかどうか、また別なんですよね。いるかどうかは別だけれども、たとえば非常に単純に手を使ってものを作って、作ったものをたとえば、だれかが集めてそれを売って、それから労賃を受け取って、それでその集めたやつが少しも資本制過程にはいっていかないというような、その集めたやつは、まただれかに売るという単純過程をするというようなね、そういうような単純過程を基底にして、それから現に現実的にいるところのプロレタリアートというものの実体というものに近づいていくというような接近の仕方をしないかぎり、できないわけですよ、プロレタリアートっていう概念自体が規定できないわけなんですよ。それだから、あなたのおっしゃる意味では、そんなふうなのはいるわけはないと。手で作って、ものをどこかに、問屋的な人に預けてそれで自分は労賃をもらって、それはなんか売っているると。そんなのいたって数えるほどじゃないかっていうようにいえば、数えるほどしか現存していないかもしれない。つまり小部分しか存在していない、大部分は大産業の機構の中でやっているような、そういう状態で、それも手でやっているのと機械でやっているのといろいろいるというような、現実的にはそうかもしれないけれども、しかしプロレタリアートならプロレタリアートという概念を規定していく場合には、どうしてもそういう単純な、なんていいますか単位っていいますか、ユニットっていいますか、そういうものから接近していかなければ、現実のプロレタリアートというものは、ちゃんと実体をもって出てこないでしょうが。

それとおんなじように、現実の国家というものが、たとえば新憲法なら新憲法というものは、法的な国家っていうものを象徴しているわけですけれども、そういう国家の幻想性を象徴しているわけですけれども、そういうものと、個々の個人がたとえば現実に働きながら、そこで生み出している幻想っていうものにいたる、そういう接近の仕方っていうもの、つまり国家の幻想性っていうものから、どういうような経路で、たとえば個々の人間が、個々の職業的、あるいは産業的労働者、あるいは大衆っていうものがいだいている幻想にどういうふうに関係しているのかっていうような形で、幻想性のほうからそういうふうに接近していくっていうような接近の仕方を同時にしなければ、やはりプロレタリアートっていうものは、規定できないわけですよ。実体をもって規定できないわけですよ。そういう問題というのはあるわけです。

だから、あなたのおっしゃることは、終始一貫、非常にプラグマティックなことをいっているわけですけれどもね。しかしぼくがいっているのは、事物の関係っていうものは、プラグマティックなものじゃないっていっているわけですよ。プラグマティックにあらわれることは、非常に事物の関係意識の中における非常に一面的なものであって、本質的な関係意識っていうものは、本質的な概念を含むとすれば、必ずプラグマティックじゃない、つまり現実に少数しかいないじゃないかとか、どこにもいるかいないかわからないじゃないかっていうような、そういう基底から攻めていかなきゃ、実体としてのプロレタリアートとか、大衆とかね、それから知識人とか、そういうものっていうのは規定しようがないじゃないかっていうようにいっているんですよ。そういうことを考えるっていうことは、そういうことを問題にするっていうことは、課題であるっていっているんですよ。

なぜならば、ロシア・マルクス主義っていうものは、そういうふうにやってこなかったわけですから。たとえば、資本主義社会では、プロレタリアートとブルジョアジーというのは階級対立しているんだというようなことが、それが先験的に提起されてくるわけでしょうが。しかし、ほんとにプロレタリアートとは現代においてなにを実体的にさすかというふうにいえば、そういうふうに攻めていくより仕方がない、つまりそういう規定から、つまり単位から、実体としての、現に実体としている、そういうプロレタリアートというものを規定していく以外に規定の仕方がないっていうようなことがあるでしょうが。そういう問題っていうものを過大に評価すれば、ひとつの構造改革論っていうものに行きつくわけですね、現代におけるプロレタリアートの実体というものは。

だけど、それはまちがいである。なぜまちがいかっていうなら、幻想性としてのプロレタリアートっていうもの、プロレタリアートの幻想性っていうものを、国家の幻想性、つまり国家の共同幻想性っていうものから接近して考えていくっていうような、そういう考え方、そういう接近の仕方と、個人労働を基底として接近していくというプロレタリアートの実体の把握の仕方っていうものが、そこで重なるというようなところで、プロレタリアートっていうものを規定しなければ、ほんとうには規定できないわけですよ。だから、すでにそれは規定できないものを先験的に使っているならば、それは単なる概念にすぎないわけで、概念として使っているにすぎないわけだから、それを実体的に規定できる方法をみつけることは、あるいは実体的に規定すること自体は、非常に重要な課題であるというように、ぼくはいうわけです。

それに対して、たとえばあなたの考え方は終始、ぼくにいわせれば、非常にプラグマティックなんですよね。だけど、事物の関係っていうものは、必ずしも、プラグマティックに出てくるとはかぎらないわけです。つまりプラグマティックな関係づけの仕方っていうものが、事物と事物、あるいは人間と人間の共同性っていうものの、少しも本質概念をなすものではないっていうこと。それはひとつの面をさすでしょうけれども、本質概念をあらわすものではないっていうことが、基本的にぼくはいえると思うんです。だから、あなたのおっしゃる疑問っていうのは、ぼくにいわせれば非常にプラグマティックな問題っていうものを、いつでもプラグマティックに出してきているんであって、ぼくにいわせれば、少しも実体性をもたないっていうのが、ぼくの考え方になりますけどね。だから、あなたが、まさにぼくの考え方は実体性をもたないって考えている、まさにその点で、ぼくはあなたの考え方は実体性をもたないっていうように、ぼくは考えるんですよ。

質問者　たとえば、「インテリゲンチャ理念の終焉」という中で、知識人のひとつの定義みたいなものを与えて、そうしたいちばん基底におけるところの大衆と、そして現在の世界なら世界の最先端にあるところのひとつの思想というものなんかを自由に昇り降りできるところに、自立の思想なら思想の原型が作られなければならないというふうにいわれるわけでしょう。

そうすると、そのことを、たとえぼくがこれは正しいんだと認めたとしても、それは客観的に描かれたひとつの基底的な大衆の部分と、そして先端的に語られようとするひとつの思想との間を、これは客観的には結びつけているというひとつの像はできあがったとしても、くりかえしくりかえし繰り込んでいくんだということ自体はやっぱり依然として成り立たなくて、大衆の現実の実生活なら実生活、その実生活がさまざまな形で、歴史性の規制を受けながらも、あるいはまた現実の情況の中で、きわめて鮮烈に誘発されながらも、あやをなしているという、そういう過程までもひっくるめて、根底からくりかえして繰り込んでいくという作業は、おのずと必然的限界としてもっているんじゃないかということなんです。

そうかなあ。どうして必然的限界としてもっているのかなあ。つまり、それが必然的限界としてもっているとすれば、こういう場合においてのみなんです。つまり、ぼくならぼくの思想的展開が不充分であるとか未熟であるとか、そういうような、個人に還元される意味でしか、ぼくはもちえないと思うんですよ。あなたのおっしゃるような意味はもちえないだろうと思う。しかし、それは普遍的な問題、あるいは真に客観的な問題とは、ぼくにいわせれば関係ないことであってね。つまりそれはまったく個人にしか還元されない問題であるというふうに、ぼくは思うんです。だから、ぼくがそういう課題を提起するとすれば、ぼくが主観的に、あるいは主体的に提起しているわけだけれども、しかしぼくの主体なるものは、少なくとも、現在性といいますか、現在の思想情況における現在性っていうものについては、これを繰り込むひとつの材料といいますか、素材といいますか、そういうものとして繰り込む操作をしたうえで、そういう問題を打ち出してきているのだから、たとえばぼくの主観性においていわしめれば、それは絶対正しいのであると。絶対それは課題なのであると、ぼくはそう主張しますね。

それで、ぼくの主張が、たとえばそういう自己主張の内部で破れるとすれば、ようするにぼくはただ不充分にしか展開できてないとか、未熟であるとか、なんかそういうようなことにおいてのみしか、それはいいえないのであって、ぼくはそういうことを信じているわけですよ。つまり、確信しているわけでしてね。そういうふうに確信するから、展開するわけなんですけどね。だから、ぼくにはあなたのおっしゃる、つまり批判、あるいは疑念というようなものは、たとえば、ぼくが自分自身を未熟であるというふうに自己内省する、その内省の内部でしか受け取ることができないということがありますね。客観性としては受け取れないというふうに、ぼくは思いますね。

質問者　なんか、まだ少しずれているような感じがするわけです。それはどういうことかといいますと、ひとつはたとえば、『言語にとって美とはなにか』なんかで自己表出と指示表出という言葉が出てくるでしょう。そういうふうな形で、ひとつはなんか大きなふたつの部分に分けて、そういうものを追求すると。で、いずれもが、攻めあげたときに、結節点、あるいはまた交差をするときの問題、そこが中心点なんだというふうに追っかけていくわけでしょう。ところがさらになんかそういうふうな形で、ひとつの思想的な言語の中で規定する自己表出・指示表出というふうにとらえかえす事象なり、思想の内容なり、そのこと自体の中に、すでに何重にも重なったところの幻想が存在するだろうということです。そうすると、そうした何重にも、幾折りにもなったところの幻想をかかえたうえで、ひとつの論理をなしていくときに、ますます、とらえたところの大衆というものが、宙に浮いた幻想の過程にひとつは高まっていくということが、これはインテリゲンチャがひとつの思想的原理をもって、なんらかの形で思想的な作業として完結すればするほど、ますますそうした描かれたものは、三重、四重の幻想をもたざるをえないだろうと思います。

そうしたものに対するところの、なんかそういう性格をもたざるをえないところに現実の実体として、たえずひとつの流れの中で、歴史のひとつの規制力を受けながら、しかもなお現実の、みずからの目の前に起こるところの情況に対して、衝撃的なひとつの動作を行うという、そういう大衆の原像というやつが、なんかその何重にも幻想をもったところの時点で分析されたとしても、距離は開いているという点と、それからなんか範囲においても、論理展開の緻密さにおいても深まったということができたとしても、むしろ大衆のそうしたものに、必ずしも接近したということはいえないんじゃないかという感じがするわけです。

「接近」ということがちょっとよくわからないですね。

質問者　「接近」ということは、さきほどいった、ひとつの思想的に駆けのぼり、下っていくという、そういう思考方法、現在のところぼくの場合にはそうなんです。その部分は認めつつ、しかもなお、そういうふうな展開をやったとしても、依然として、現実と幻想ということの格差の問題、これ自身がいかような形であれ、思想的言語という形で表現された場合には、この距離は埋めるべくもないという、ひとつの限界性を、必然的にもつんじゃないかということ。

そうですか。そうだとすれば、ぼくの考えでは、それは思想性っていうようなもの、あるいは人間の生み出してきた芸術やなんかも含めての幻想性っていうものの、それは基本的な性格なんだと思いますね。だから、それをチェックすることができるかどうかという問題があるわけです。そのチェックするための、ぼくがもっている原理というものは、絶対に、たとえばいまいいました文化というような過程に、けっしてはいりこんで、すべりこんでこないところの大衆っていうものの初めから終わり、あるいは終わったところからまた次の年代が始まるっていうような歴史、これもまた数千年の歴史があるわけですけど、そういうものの、なんていいますか、そういう大衆の初めから終わりまでの過程の価値と、たとえばマルクスならマルクスみたいに、数世紀に一度ぐらいの思想的構造物を作り上げた、そういう人間の思想的構造物も含めた初めから終わり、生まれたときから死ぬまでというものとは、価値がイコールであるという、そういう原理があるわけなんですよ。イコールとしてみなければならない。つまり、こっちのほうがいいのであるとか、こっちのほうが、たとえば人類の歴史に対して寄与したのであって、こっちは寄与しないのであるっていうことは、そういう観点は成り立たないっていうこと。つまり、それは絶対にイコールなんだっていうこと。そういう価値観があるわけなんです。そういう価値観によってチェックしますよ、ぼくならば。そういう価値観というもので。そういうふうにチェックしますね。

質問者　いや、たとえば、いまいっているようなことは、ぼくの考えでは、さきほどここで展開された討論の中自体に、たとえば清水幾太郎氏の安保闘争のときにおけるひとつの情況判断□□□、これは現実体験として知っている自分と、それを知らないところのきみらとには、いかに理解したといったとしても、位相の違いというものはどうしようもないんだというふうにあらわれてくるわけでしょう。

いや、それはその闘争を体験した、しないってことじゃなくて……。

質問者　いや、闘争じゃなくって、いわば生活のすべてを含んだところの段階の問題として……。

位相性の問題が□□□。

質問者　そうですね。

つまり、ある位相から、それはみえないっていう問題、たとえばある位相からはみえないけれども、ある位相からはみえるっていうような問題っていうことですね。

質問者　そうするとですね、一方で幻想過程としての、ひとつの思想的言語の、どういうふうな範囲に下ってまで、基底的な思想の根源にまで下ったのか、あるいはまた世界の先端の言語の段階にまで昇ったのかという範囲内で、ひとつは規制されつつも、決定的にその原理というものが、現実のみずからが生活上の問題として体験したかどうかによって、いわば判断の位相なり、あるいはまた思想的言語の中に加えられた重さなりということが、決定的に違っているということがいえる。

違ってきますよ。

質問者　そうすると、それが違ってくれれば、いかに、たとえばさきほどの問題に帰った場合に、大衆ということはこうなんだということをいったとしても、すでにそこにおける位相のずれというのは、いかようにも埋めがたいと。体験というひとつの問題がはさまる以上は。

そのとおり、あなたのおっしゃるとおり。つまり体験という位相、あるいは現実体験というような位相がはさまるかぎり、それはあなたのおっしゃるとおり、つまりいかようにも違うわけですよ。しかしそのことはけっしてその位相の違いっていうものは、体験による違いっていうものは、あるいは評価の違いうんぬんというような問題っていうものは、ほんとうは普遍性をもちえないんですよ。

だから、ある例をひきますけどね、文学作品があったと。そしてAなる生活体験をして育った男と、Bなる生活体験をして育ってきた男、それからそういうふうに知識を蓄積してきた人間っていうものは、この同じ作品に対しても評価が違うわけですよ。そういうことはあたりまえのことですよね。だから、それが百人いれば、百とおり違うわけですよね。そのことは、当然のことでしょう。いまこれは比喩でそういうふうにいっているわけですけれどね、当然なことです。だけれども、そのような、たとえば百人のうちのAならAという観点から、なんていいますか、この作品の総体的な価値っていうものを断定することは絶対できないっていうこと。それからBならBっていう体験をして、知識をもったそういうやつから、この作品の価値いかんというようなものを規定するっていうことは、絶対にできないっていうことがあるわけなんです。つまり体験の次元における相違っていうものを考えるならば、それは絶対に普遍化されないっていうことなんですよ。しかしながら、われわれは体験の中に生きているわけだから、体験の中に生きているかぎり、「おれはこの作品をこう思う」とか、「おれはベトナム戦争をこう思う」と。しかしBなる人物は、「おれはベトナム戦争をこう思う」と。そこにはもう妥協の余地はないわけでね。それで、「おれの観点から、どうしたってこうみえるんだからしかたがない」っていえば、それまでの問題。「おれの観点からみればこうだから、しかたがない」っていえばそれまで。しかし、その個々の観点というものは、観点といいますか、現実観点といいますかね、体験観点でもいいですよ。そういうものからは、ベトナム戦争というもののもっている世界性といいますか、世界的な問題性っていうものを、とらえることは絶対にできないっていうことなんです。これをとらえるためには、知的過程っていうもの、あるいは幻想過程にはいらなければならないということ。つまり幻想過程にはいって、個々のAならA、BならB、CならCというものを、なんていいますか、繰り込んでいかなければならないんです。そういう位相を想定することによってしか、ベトナム戦争の総体性、つまり世界的な総体性というものは理解できないっていうことなんです。

それは作品についてもそうなんです。だから作品の価値なるものは、そういうような意味では、体験的に百人なら百人とも違うっていうようなものが、それぞれ価値判断が違うっていうような、そういう問題の次元からは、絶対にこの作品の価値っていうものは出てこない。だから、この作品の価値っていうものを、文学作品の価値っていうものを十全に把握するためには、AならAっていうひとりの読者、BならBっていう読者、その読者っていうのはそれぞれ違うわけだが、それらの問題っていうものを、包括的に繰り込めなければ、あなたのいうように、つまり幻想に上塗りする位相をひとつ設定しなければ、この作品の価値は、総体的に出てこないっていうあれがあるわけなんですよ。そういうことを、だから思想的な課題についても、まったくおんなじことなんですよ。AならAっていう位相から、あることがこうみえたと。BならBっていうことからこうみえたと。それが違うっていうことは、まったく当然なこと、なぜならば、体験が介入するから。体験が介入するっていうことは、体験の歴史も介入するから。つまり、その人が生まれ育って、どういう知識の蓄積の仕方をしてきたかっていうような、そういうことでももう違ってくるから、必ずそれは違うに決まっているわけ。つまり体験の次元が介入するかぎり、それは違うっていうことは、まったく当然なことなんですよ。

しかし、その体験のさいに違うっていうものは、けっして普遍性をもちえない。だからAならAは、たとえば「おれのほうが正しいんだぞ」ということはできるけどね、Bに対して。「おれのほうが正しいんだぞ」ということはできても、それは主観的な対立にしかすぎないっていうこと。そういうことがあるわけなんです。しかし、本当にこれの総体に対する判断っていうものの総体性というのは、AならA、BならB、CならCというものを、つまり繰り込むっていいますか、棄揚するっていいますか、いろいろ言い方はありますけど、繰り込むという観点をひとつ獲得するっていうことによって、それによってのみしか、これはつかめないっていうことがあるわけですよ。だから、そこでは、つまりあなたのおっしゃる体験による差異が出てくるだろうっていうような問題は、そこでネグレクトされてくる、つまり包括される、つまり捨てられるんじゃなくて包括されて、それがそこで繰り込まれてくるという問題があるわけなんです。

だから、ぼくらが、たとえば『言語にとって美とはなにか』というようなひとつの文学理論をなぜつくったかっていえば、それはやっぱりいろいろあるわけです。ぼくがかかわってきたことでいえば、日本でいえば、プロレタリア文学理論というものがあるわけですけれども、プロレタリア文学理論、また戦争中の文学というようなものがあるわけだけれども、そういうものに、たとえばぼくは批判的にかかわってきたわけだけれども、そういうかかわり方をするかぎりは、やっぱりAに対してBじゃないかと、おまえと観点が違うっていうような、そういう次元でしかかかわれないっていうところで、それじゃいかにしてこれを止揚しながら、しかも単にこれを止揚するっていうことじゃなくて、プロレタリア文学なら文学というような問題だけ、あるいは社会主義リアリズムならリアリズムっていう観点だけじゃなくて、あたかもアンチテーゼのごとくしてある、いわゆるブルジョア的な諸文学の理論っていうようなもの、そういうものも包括しうるところの、さっきのあれでいえば、意識的なる大衆、階級意識にめざめたる大衆だけではなくて、大衆の原型たる大衆というようなものまでも包括できるっていうような、そういうような問題として、いかに文学の理論が展開できるかっていうように考えてきた場合に、それは文学の理論を表現の理論というような位相で提起することなしには、その差別性っていうものは止揚できない、そういう観点が根本にあって、それがそういうようにつくられたわけです。だから、それはAに対して、おれはBだというふうに主張している、そういう人たちからみれば、なにをやっているのかわからないというような問題がぼくはあると思うんです。

しかし、ほんとうはそうじゃないのであって、そういうものを止揚しうる観点というもの、AじゃなければBじゃない、つまり体験的自己主張の世界というようなものを離れて、やっぱり包括性の世界といいますか、それを普遍的に繰り込むという世界はどうして可能かといえば、文学の理論でいえば、それは表現の理論というものによって、つまり表現という段階・位相でそれを問題にすることによって、はじめてそれは可能だというのが、ぼくらの考えで、それをモチーフにして、できあがってくるわけですよね。

だから、そういうのはみんな、ぼくにいわせれば、ぼくはけっして別なことをやっているとは思っていないわけです。つまりみんなおんなじことをやっているわけなんです。つまりおんなじ原理からおんなじことを推し進めてやってきているわけなんです。だからそういうことは、体験的リアリズムからいくと、そうじゃないんです。それから、ぼく自身でさえも、体験者の次元っていいますかね、たとえば自分が文学をつくるものとしての次元で、つまり文学的実践というようなものの次元に自分が身をおけば、やっぱりBに対してAだっていう、そういう対立的位相でしか存在しえないんですよ。しかし、ぼくはそういうものと違うのは、〝表現〟という位相において、やっぱり自己自身の問題をも含めて包括しうる位相というものを設定するというような、そういうことについて、問題を展開しているっていうことだけが違うわけなんですよ。

しかし、ぼくは体験者としては、やっぱりおんなじですよ。「おまえAと主張するのか、この作品を悪いというのか、おれはいいと思うんだ」というように、そういうふうに主張する以外にないし、「おれがつくるのはこういうものだ、おまえがつくるのはこういうものだ。違うじゃないか」「違う、まったく違う」と。そういうよりしかたないですね、自分自身でさえも。つまり体験っていうのは、ぼくはそういうふうにあるし、しかしそれはけっして普遍性をもちえないっていうふうに思うんです。それはだからマルクスだっておんなじなんです。非常に当為っていうか、倫理っていうか、体験っていいますか、そういうものが非常にあらわに出てくるような著作っていうのは概してよくないとぼくは思うんです。概してよくないし、そういうものだけしかもしなかったら、そんな大きな影響力をもちえなかったに違いない。

しかし、『資本論』っていうのは違うんですよ。『資本論』っていうのは、猛烈に直接体験の世界がどういうふうにはいってくるとか、直接的にプロレタリアートの倫理とか論理とかいうものが直接的にそこにはいってくる、つまり党派性の論理が、あらわな形でそこにはいってくるというようなものではないんです。ある媒介における自己論理っていうような、自己展開される論理っていうものがそこにあって、それを媒介にして現実の問題が出てくるっていうふうに、それは展開されているわけなんですよ。しかし、それがなければダメだっていうことが思想的にはいえるわけ。だから、あなたのおっしゃる体験の次元では、問題が出てこないじゃないか。あるいは幻想性に対して幻想性が積み重なっていくっていうふうに出てくるそういう問題っていうのは、やはり現実の大衆の原型というようなものと違うんじゃないか。あるいは、それを問題に繰り込めないいんじゃないかっていうような疑念に対しては、ぼくはやっぱりそうじゃないんだっていうふうにいいたいと思いますね。

質問者　そうすると、文学の内容としては、そういう理論が成り立ったとしても、たとえば音楽みたいな形で、問題が出てきた場合には、はたしてそれが適合できるのかどうかっていう問題。

ぼくの考えでは適合できると思うわけです。ただ、ぼくが音楽っていうものについて無知であるから、それをいうことができない。あるいは絵画なら絵画について無知であるからいうことができないっていうだけの問題です。しかしぼくが文学について展開したそういう表現の理論というものは、たえず芸術一般の普遍的性格というのをふまえているわけだから、必ずそれは適合できると、ぼくは思っていますね。ただぼくは知らないっていうだけであって、それは適合できると思っていますね。できると思いますね、音楽の場合でも。それから絵画の場合でもできると思いますよ。

質問者　絵画と音楽と、いまのところわかりません、適合するのかどうか。

適合できると思いますね。というのは、価値の問題っていうのは、方法の問題っていうのと、ちょっとだけ次元が違うんです。だから、リアリズムで書いたから、その作品が、先験的にダメだってことはないわけですし、シュールレアリズムの方法で書いたから、先験的にダメだってことはないわけですし、また先験的に価値が少ないってことはないわけですし、それから社会主義リアリズムで書かなければ価値がないとか、そんなことは絶対ないわけです。そういうもんじゃないんですよ、芸術というのは。

質問者　そうすると、『言語にとって美とはなにか』というあのひとつの作業が、いわば文学に対するそうした作業であったとすれば、次に『心的現象論』ということを、なんか心理学なり、あるいは幻想論の問題として一方でたぐっていくという作業は、はたして同じことをくりかえしている、単に分野が違うっていう、それだけの理由で、はたして同じことをくりかえしているのか、そうでないとすれば、新たな意味が、おそらくはなければいかん。もし新たな意味があるとすれば、同時に現在の表現の問題というやつが、必ずしも絵画、彫刻、あるいは音楽という分野にまで適合できるのかどうかということも、これは証明の必要があるんじゃないかという感じがするわけです。

ぼくは適合できると思っているわけですし、それは証明すればできるであろうと思っていますけどね。それから『心的現象論』みたいなものは、これは本質的な意味では、人間の個体の幻想性っていうものの、やっぱり一般理論っていうものが、確立可能であると考えて、その展開というものをめざしているわけですよ。つまり、その個体の幻想性っていうものは、非常になおざりにされてきた問題であって、それの一般理論というのは確立可能であるというような前提をもって、それを展開するっていうことが本質的にはあるわけです。

それから情況的には、一般的にいって、なんていいますか、個体の幻想性の種々さまざまな異常とか病気とか正常とか、そういうものについての理論というものは、現在の水準で存在しないと、つまり満足すべき形で存在しないというものに対する解決というようなものがひとつあるわけですけれども、それは、言語における表現理論というものと、おんなじなものでありながら、しかし言語の表現の問題と、それから心の表現、幻想の表現の問題は違いますから、だからまさに違うというところで、違う個別的な問題に、あるいは特殊的な問題に遭遇するであろうということがあるわけですよ。だから、それはそういうふうに展開していくということが、ひとつの残された課題であるというふうに考えられるわけ。だからおんなじであるといってもいいわけです。おんなじでありながら、内部では非常に特殊な問題に遭遇するんだ、そういうことがあるわけです。

それから、共同幻想というような問題については、マルクスは放棄するわけですよ。つまりその問題は非常に副次的な問題であるっていうような観点で放棄するわけです。しかし、少なくとも中期までは放棄しないわけです。だから、ヘーゲルの「法哲学」を批判するとか、それからヘーゲルの「国法論」について、いちいち条文ごとに批判を展開するとか、そういうところでは共同幻想性というようなものについて問題を立てていくわけです。ぼくの考えでは、それは副次的なものにすぎないというのは、やっぱり時代の問題でもありますし、またマルクス個人にしていわしめれば、すでに副次的な問題における展開が、有効性をもちうるという情況は終わったっていうこと、つまりパリ・コンミューンの失敗で終わったんだということ。しかし終わったけれども、さまざまな政治組織は、さまざまに乱立して存在しているわけです。

しかし、彼は終わったと考える。終わったと考えたときに、ヨーロッパというのは、今後、パリ・コンミューンの敗北という問題からそんなに早急に立ちあがって、ヨーロッパの労働者運動というものを立て直していくだろうということは、近いうちに起こることはありえないだろうという判断を下して、しかるのちに彼は経済学に没頭していくわけです。つまり彼にいわせれば、経済学批判としての経済学、経済的範疇は、彼にいわせれば、人間の歴史の第一次的な範疇なんですよ。だから、そこへものすごく突っ込んでいくということを彼はやるわけです。そこは彼の個人体験というものと、ヨーロッパの全運動の体験というものとがないまざった形で、『資本論』なら『資本論』っていうものに結晶していくわけですけどね。

そこで、たとえば幻想性の問題、共同幻想の問題というものは、そこでオミットされていく。つまり第二次なもの以下といいますか、つまり彼のいう上部構造の問題であるというふうに、ずっと捨象されていくわけです。捨象されて、経済範疇というのが一次的なものだというんで、そこへ突っ込んでいくということが、彼個人としてあるわけでね。だから、もし問題にするならば、もしマルクスの理論のその後の、たとえばロシアにおける展開、たとえば中国における展開、そういうように問題にするならば、どこに問題があるのかっていうのをつきつめていくと、それはやっぱり弁証法的唯物論というものと、史的唯物論というようなひとつの定式化として結晶していったソビエト思想、あるいはソビエト哲学思想っていうような問題が、やっぱりもうひとつ問題になるわけです。なぜかっていうと、まさにマルクスが最終的に、つまり個人の思想の問題、一人の思想家として、あるいはヨーロッパの全運動の体験として、彼がまさに考えて、そういうように没入していった、まさに没入していったところを自明の前提として、そこでまた定式化というのが起こるわけです。

その定式化というのはレーニンによってなされるわけなんですけれども。定式化が起こっていくというのは、そういうところに問題があってね。やっぱりそこで共同幻想というような問題、つまりマルクスが中期までは少なくとも、非常に執拗にこだわっていった共同幻想っていうような問題というものを、やっぱりここで問題にしなければ、いま、現にそういう思想的な系譜が当面している退廃とか、停滞とか、それからまた相対性といいますか、つまり絶対性をもたない、有意性をもたないでウロウロしているというような、そういう情況に対して、そういう問題を回復するあれになるかっていうと、ひとつは共同幻想という問題を問題にしていくことが必要であろうということが提起されていくわけですよね。

なんか、ぼくは思想というものは、そういうふうに存在しているっていうふうに考えますけどもね。だから、直接体験っていうものがそこにはさまって、そこに差別性が生ずるというのは、まったく理の当然であるけれども、しかし直接体験を介入させたまんま、それを普遍化することはできないっていうこと。たとえば、そうすればAなる部分の大衆の問題というのは出てくるだろうけど、Bなる部分の大衆の問題というのは、まったくそこに繰り込んでこないっていうような、そういうふうなことになるだろうっていう問題があるわけです。だから、そこではやっぱりひとつの位相・位置というものが必要なんで、その位置でもって繰り込んでいく場合には、一見幻想風にみえても、その中に大衆の原型の問題はちゃんと繰り込まれていくというような、ぼくはそういうことになると思いますね。そんなことは、なにも価値がないじゃないかっていうような、つまり最終的な意見っていうのが生じうると思うんですけれど、それに対してはぼく自身の価値観として、たとえばマルクスみたいな思想的な巨匠みたいなものを典型にあげれば、そういうものとぼくのいう原型としての大衆みたいなそういうものは絶対に等価値であるということなんですよ。おんなじ価値だということなんです。こっちのほうがいいんだとか、こっちのほうがダメなんだとか、そんなことはないっていうことです。絶対、等価値としてみなければならない。つまり、歴史というのはそういうふうにみなければならないというふうな、そういうことがあるわけですよ。つまり価値観の問題としてあるわけですよね。

〔音源不明。文字おこしされたものを、誤字などを修正して掲載。校閲・菅原〕

【大阪市立大学社会思想研究会・大阪市立大学新聞会共催】——1966年10月31日

国家・家・大衆・知識人

質問（欠落）

生活共同性にまつわるそういう思考から、当然抽象的な思考へ、それから、より自分に直接関わりのないようなところの問題を自分の課題としうるというような、そういうものをたとえば知識人というふうにいいますと、そういう知識人の存在自体が、なんか今度は大衆自体のもっている課題というものを自分の思想の中に組み入れるというそういう課題をなしうるということが、とにかくひとつの時代を次の時代へ移す発端であるというふうにぼくは考えているわけなんです。原理的にそうなんです。

だから今日の課題・問題だけではなく、たとえば文学・芸術についてもそう考えているわけなんです。だから文学・芸術においても、まあ戦前も今もあるわけで、芸術の大衆化とか大衆芸術の問題とかいうふうにいわれている問題意識は、ぼくにいわせればまったくナンセンスなんであって、そうじゃなくて依然として知識人のたとえば文学・芸術の問題があるわけなんです。その知識人の文学・芸術の問題というのは本質的にどこにあるかというと、それがいま申しました、つまり生活思考というものを離れることができない、そういう大衆の孕む問題ですね。そういう問題を本質的な意味でも現象的な意味でも、そういうものを自分の知識人的な文学・芸術の課題として、それを繰り込むことができるというような、そういうことがたとえば文学・芸術というものを次の時代へ移していくひとつの核であると考えています。

そういうものが成就されるならば、そういうことが知識人文学によって実現されるならば、それは必然的に新たなる文学・芸術というものを、必然的に誘発するであろうということ、つまり必ずそれを誘発していくというふうにぼくは考えているわけなんです。そういうことはひとつの原理なのであって、なんかそういう思想的課題だけではなく文学・芸術の課題についても、やはりぼくは同様に考えるわけなんです。それがきっかけであるというふうにぼくは考えているわけですけどね。

質問（聞き取り不能）

それはもう、逆の、逆過程っていうものに該当すると思います。そういう場合に、自分がたとえば思想の課題でいえば思想の大衆化ということで、大衆思想の位相に自分が移動していくというような関心をもち、政治参加とかそういうことをいわれるでしょう。自分が関心をもってそういう課題に接近していくというようなことではなくて、まさにこの知識人がそういう自分の位相で目指すのは前のほうなわけですよ。こっちのほうじゃなくてね。前のほうなわけです。前のほうを目指すということで、ただこの課題は、前のほうを目指すという課題の中に組み入れていくというようなね、そういうひとつの逆過程を意味するわけですけどね。けっしてこの課題に接近していくというような、たとえば文学・芸術の場合でも、大衆芸術というのを突き出してそこからなんか見つけて意識化していけば、大多数の大衆にとって有効なる芸術が生み出されるなんていう発想ではないわけです。まさに知識人っていうのはやみくもに、また必然的に大衆の生活共同体というようなもの、共同性というものから疎外されて知的に上昇してしまうわけなんです。その知的に上昇してしまうというのはある意味では必然過程なんで、どうすることもできない、止めることもできないという問題で、やはりそういう課題として知識人が自分の課題として追求していくわけですけれども、その中にこの問題は組み入れられていくというような、そういう逆過程というのか、裏面の過程といいますか、そういう問題だと考えますがね。

質問（聞き取り不能）

つまり、仮にね、幻想領域というものと現実領域というもの、いいかえれば、晩年のマルクス流にいえば、土台というものと上部構造というでしょう。それで、現実の土台、つまり経済社会構成というようなものですね、つまり土台の中で土台と関わる生活過程においては、人というものはだれでも、知識人であろうとなんであろうとしゃべることによってしか生きないわけです。

しゃべることによって生きているわけです。で、幻想過程に入ると書くっていうふうになるわけですよ。だから書くということはだれがどうであろうとすでに幻想過程にすべり込んだということになります。そうしますと、ぼくの知識人と大衆というものの規定の仕方によれば、それはすでに知識人なわけなんですよ。つまり知的な上昇過程にすべり込んだってことを意味するんです。だから書かない大衆ですね。つまり生活過程そのものの中でしか思考をめぐらさないんだからね。そういうものを大衆と考えれば、書く大衆っていうのは、もうすでに文化的大衆というやつなんです。別な言葉でいえばもうすでに知識人なんですよ。知識人になってしまって、そういう過程にすべり込んだことを意味するわけです。

そのことはまったく違うんだということなんですけどね。そのことの違いということはもう普遍性でして、幻想性の領域というものと現実の領域というものとは違うということなんですけどね。違うということを考察に入れなければならないということを意味するわけです。書く大衆の位相というものはそういう知的な過程にすべり込んだ、入り込んだということを意味しているわけですけどね。

だから、プラグマティックな考え方、つまりそういう哲学によれば、大衆の日常生活の経験が対象化されて書かれた場合に、これはそれを書いた大衆の現実過程といいますか、生活過程と同一である、イコールであると見なすわけですけれども、ぼくはイコールでないと見なすわけです。もちろん書くっていうことは一般にそういうことがいえるわけですけど。つまり、書かんと欲する内的な問題があって、つまり自分の生活体験上の問題があると、そのことは書くという表現の中でストレートに、直線的に出てくるかというとそうじゃなくて逆に出てきたりするわけです。つまり、たとえば「あいつは馬鹿であるというふうにわたしは思った」というふうに書いたとすれば、ほんとうにそれを書いた大衆はね、あの人は、ほんとうにあいつは馬鹿であるというふうに思っていたかどうかということはわからない。ほんとうは利口だと思っていても、「あいつは馬鹿であるというふうに思った」と書くことがありうる。そのことは何を意味するかというと、書くという過程にすべり込んだ大衆というものと、大衆そのものとは区別されなければならないということ。つまり、区別されたうえで書かれたものと書いたものとの関係構造というものをちゃんと明らかにしなければならないという、そういう課題としてあると思うんです。そういう意味なんですけどもね。

質問 （聞き取り不能）

いやそれはぼくにもないですけどね。それはどういうことでしょうかねえ。どういうことをいってるわけでしょうか。ぼくが受け取ったなりにぼくの考えをいいますとね、あなたのいわれるのは、たとえば『荒地』の詩の運動があったと。で、そのあとに続く運動というのはちっとも現れてないじゃないか。それであなたがあげられたのは『凶区』ですか、『凶区』による詩人ですか、そこにもなんにも方法意識も思想も感じられないと。それでそういうことはいったいどういうことなんだというふうにいっていると理解するわけですけれどもね、ひとつは。

それに対するぼくの考え方をいえば、なんていいますか、芸術においてもその他の問題においても同様なんだけれども、たとえばひとつの世代があって、それを継ぐ世代が自分の詩の表現というものを獲得して出てくるというのはね、あなたのおっしゃるほど早急なことではないということ。つまりそれにはやはり十年なり十五年なりの間が必要なんだということ。必ず必要なんだというふうにぼくは考えているんです。だからそういうのが出ていないじゃないかという疑問というのは、ぼくはそのとおり受け取ることができないんです。そんなことはあたりまえだ。そんなのが簡単に出てくるはずがないじゃないかとぼくは思っているんです。それから『凶区』の詩人は方法がないじゃないか、思想が感じられないじゃないかとあなたがいわれるとすれば、ぼくはそれをまだ未完なるものと了解するかね、あるいはここ数年来の情況の、ネガティブさといいますかね、そういうものをそれなりに意識化していこうといいますかね、意識的に表象していこうというような、そういう意味での意図とか思想とかは、ぼくは感じられるように思うんですよ。

それからもうひとつ、たとえば『荒地』なら『荒地』っていうのはすでに終わったじゃないかっていうふうに、で、ぼくは同人のひとりなんですけれども、終わったじゃないかと、そしてそれはなぜ終わったかといえば、それは単独者の夢だったからだというふうにあなたがいわれるとすれば、ぼくは、なんていいますか、それは終わったかもしれない、そういうことはわからない。つまりその問題は個々の人間の肩に移し植えられたという問題で、終わったかもしれないと。しかし、その終わったという問題はなかなか考えれば難しいと思うんです。たとえばそれは小説なんかの分野でいえば、いまでもそういう論議があるけれども、第一次戦後派の文学というのは終わったんだとか終わらないんだというような論議が現に存在しますけれども、しかし終わったか終わらないかということは、ほんとうは作家なり詩人なりそういう人自身に問うてみなければわからないと思うんです。つまり傍からはわからない。つまりなんといいますか、つまり依然として作品は書かれているわけ、個々の作家は書いていると。そしてまたそれはある意味で成熟もしていると。しかしほんとうをいえばそこにはハートというものがすでになくなっているじゃないかということ、つまりハートはどこにあるんだ、ハートをどこでなくしてきたんだという問題というのは、それはやっぱり作家自身の問題であって、作家自身がそのことはよく知っていると思うんです。つまり終わったか終わらないかということは作家自身がほんとうはよく知っていると思うんです。

それからあなたは詩人の詩が単独者の夢であったからだといわれますけれどもね、ぼくは文学・芸術というものは、いつの時代、どうなってもやはり単独者の夢であるというふうに考えますね。つまり芸術・文学というのは元来そういうものであって、別に集団的な夢でもなんでもないということ、つまりいつだって単独者が単独に机の前で坐って、作らなきゃ作れやしないんだというふうな問題、それはやっぱり芸術・文学の本質ですから、だからどんな時代が来たってやっぱり単独者の夢であるということにはいっこう変わりないというふうにね、ぼくは思いますけどね。

質問　単独者の夢というのは、どこまで引きつけられていたかということが、ひとつの問題じゃないかと思うわけです。だからその引きつけ方が不充分であったということをいいたいわけです。『荒地』の運動は終わったんじゃなくして。（以下聞き取り不能）

待ってください。そのくらいでやめておいてください。つまりね、たとえば『荒地』というものが運動の自覚を初めからもっていたかどうかということは別なんですけどね、運動らしきものとして客観的にみえるっていうものが終わったか、終わって個々の詩人の問題になったかというものの、ひとつの現実的な必然というものはね、その詩の方法というものがあるわけですよね。たとえば、『荒地』なら『荒地』というものに共通して流れる詩の方法というものを抜き出すことができると思うんですよ。その方法の思想的基盤っていうものは、たとえば主題をどういう主題にとろうとしても、現実社会の総体性というものをね、ひとつのビジョンっていいますかね、幻想として現実社会の総体性をつかめなければ詩を書けないというね、そういう方法的基盤が『荒地』にはあったと思うんですよね。

ところで少なくとも現在、そういうことが非常に困難になっているということがあるわけです。そうするとね、詩を書くことが難しいわけなんですよ、方法的に。つまり違う方法を取らないかぎり難しいわけなんですよ。つまり方法というものをその詩人の固有性と考えればね、けっしてその方法は簡単に変えることはできないわけですよ。その方法っていうものはね、やっぱりたとえば花や鳥を主題にするという場合でも、やっぱり現実社会の総体的なイメージというものがないと書けない方法だと思うんですよ。そのことが非常に難しくなっているということはいえるんですよ。だから共同性としては解体したようになっていると。しかし模索っていうものは個人の中で続けられているかどうかというのは、各人に問わなければわからないというようなね、そういうことがぼくはあるんじゃないかと思います。つまり非常に難しいわけなんですよ。

で、その難しさというものは、けっして詩の問題だけにかぎらないのでね。あらゆる思想的課題においてそういう難しさは現在あると思うんです。つまりその難しさを克服していくという課題が、やっぱりあらゆる分野において存在するんだということ。だから、そういう難しさを詩の方法としてなんか定着できないと書けないのです。だから書こうとすれば、習慣的にといいますか、非常に手慣れた技術をもっているというような意味で、習慣的になら詩を書くことはできるんですよ。しかし習慣的に詩を書くことを拒否して新たなる現実的な問題を少なくとも詩の方法の中に繰り込もうと考えれば、それは非常に困難である。だから、やっぱりよく書けないというようような、そういう問題がぼくはあると思うんです。そういう意味でならぼくは承認しますけれどもね。

質問　困難であることの意味なんですけどね、ぼくが問題にしたいのは、なぜ困難なのかということ、ひと言でいえば論理化された伝統とか組織とかいうものが現在の日本にはないわけです。ないというか、たとえば『凶区』にしても一種のひとつのサロン的なグループであって、けっしてそれ以上のものではないということが、彼らの話を聞くとわかるわけです。論理化された組織とか伝統とかが□□□□段階にはたしてそれらの単独者が□□□現れるだろうということにぼくは全然期待をもってないわけです。それはヨーロッパの知識人と日本の知識人を比べればある程度いえるんじゃないかと思うわけです。

あのねえ、あなたのいわんとするところはなんとなくわかるような気がするんですけれどもね、ぼくにいわせればあなたの発言っていうのは非常に無責任な発言だと思うんですよ。無責任なという意味はね、あなたが詩の、なんていいますか、詩の創造者というものがね、現在、創造する過程で当面している困難さというものに少しもふれないで、たとえば周辺のことにだけふれて、それをいわば断罪するといいますか、そういうような位相でしか、ちょっと受け取れないんですけれどもね。しかし現にたとえば自らを詩を創造するものっていうような位相で自分自身の問題ということを基盤にして考えていけばね、その困難さがどんなものであるか、あるいはまたどのように困難であるか、あるいはどれだけ大きい困難さをもっているかというような問題に、ぼくは必ず当面しているはずだと思うんですよ。そうしますと、あなたのような断罪の仕方というのは、いかなる意味でもなされえないだろうというふうに、ぼくはそう考えますけどね。そういう感じをもつわけなんですけどもね。

司会　ほかの質問がなんかありませんか。

質問　先生と同世代といわれる三島由紀夫が一方の極にいるわけなんですけれども、話に聞くと吉本さんは戦争中はかなり体制側の幻想過程の中におられたということを聞きますけども、同じような戦争体験から出たふたりの人間がふたつに分かれたということに興味があります。そこでさっきの話に関して聞きたいのは、文学というものはリアリティをもたなければならない。吉本さんのいわれるような方法論でしか。（以下聞き取り不能）

ぼくは戦争中□□□つまり三島由紀夫という人は非常に天才的な人ですからね、戦争中から作品を書いていたんですよね。で、あなたが非常に大ざっぱにいわれましたけれどもね、つまり体制側にというふうに大ざっぱにいわれましたけれども、しかしぼくの印象では三島由紀夫は戦争中非常に近代的な人だったんですよ。で、近代的な作品なんですよね、ぼくにいわせれば。『花ざかりの森』なんていうのは戦争中に出されたわけですけども、それは主題を、たとえば中には古典にとった作品もありますけれどもね、非常に近代的な意識の持ち主なんですよ。だからぼくの考えでは、三島由紀夫の戦後における本質といいますか本筋というものは、たとえば『仮面の告白』とか、なんでもいいですよ、『美徳のよろめき』でもなんでもいいですけども、『美徳のよろめき』はサドに影響を受けた作品だけども、それとか『金閣寺』とか『鏡子の家』とかね。要するにぼくはそういうのがあの人の本筋だというふうに思っているわけなんです。

そしてたとえばいま騒がれたりしている『憂国』とか『英霊の声』とかいう作品があるでしょう。ぼくはそれを本筋と見ないわけです。あれはぼくの考えでは、一種の挑発というかな、つまりアンチテーゼというふうに理解するわけです。だからああいう作品を書いて、ああいうのをまともに論じて、「ここにはなんかそういう時代を肯定するなんかあれがある」みたいなふうな論じ方をする人たちもいますけれどもね、ああいうものを書いた三島由紀夫というのは、なんかこう陰ではペロリと舌を出して笑っているというふうに、ぼくは思いますね。つまり、それだけのゆとりをもってアンチテーゼとして出すというようなね、そういうふうに書かれていると思いますね。

だからぼくの考えでは三島由紀夫という人の本筋は戦争中からそう変わってないというふうに思っていますね。つまり『若人よ蘇れ』という作品から始まって、戦争中の動員体験をあれした記憶から始まって。つまり、あの人はそんなに変わってないというふうにぼくは思っているわけなんですよ。そうだけれども、たとえばそれに対して不満をもつとすれば、非常に無意識的であるけれども、あの人が感じている情況性というものがあるわけですね。情況に対する感じ方というものがあるわけですよ。しかしそうならばもう少し現実的なある精神の位相を占めるならば、やっぱり現在の情況の問題というのはすべて一身に覆いかぶさってくるというような、そういう位相に身を置いてほしいといいますか、そういうふうに置くべきであるというか、置くのが理想であるというような意味では不満をもちますけどね。方法的不満をもちます。つまり、必ずそれはあるわけなんです。つまり、ある時代、ある情況の中では必ずその精神の位相をとるならば、その人が政治あるいは思想に無関心であろうと、あるいは全然反対であろうとなんであろうと、必ずその人の問題意識の中に現実の諸問題というのがひっかぶさってくるという、そういう精神の位相が必ずあると思うんです。その位相というものに身を置くということをぼくはしてほしいと思いますね。

それでただ非常に漠然たる感受性というか、そういうものとしてはあの中にそういう現在の情況意識を感じているなんかがあるというような形で存在はしますけどね。ほんとうにそういう位相をとるならば、やっぱりどうしようもなく現在の問題っていうのがひっかぶさってくるということがあると思うんです。そういうところに身を置いてないじゃないかというふうな意味ではぼくは不満をもちますね。しかしあの人はけっして変わってないというのがぼくの考えです。

それから、ぼくは、聞くところによりますともへチマもないので、ぼくは戦争やれやれというほうだったわけですよ。だからけっして日本のたとえば一世代前の知識人のようにね、それは左翼から保守主義者までも含めた知識人のように決して戦争迎合のね、なんか自分は戦争迎合の詩を書いたりね、自分は戦争に現に鉄砲かついで出かけて行ってね、鉄砲を撃ちながら心の中では「あまりおれ争いごとは好きじゃなかった」とかね、人を殺すのも殺されるのも嫌だったというような、そういう二重性というのがあるでしょう。ぼくにはそういう二重性の体験はないんです。だからあなたのおっしゃる意味では体制的でなかった人なんてひとりもいないんですよ、日本には。ひとりだにいないんですよ。つまりみんな体制的だったんですよ。それでただ体制に迎合しながら、つまり表現として迎合しながら、しかし内心では「あんまりおれは戦争は好きじゃない」とかね、なんか嫌いだとかね、人殺しも殺されるのも嫌だというふうに内心で思っていたという、そういうやつばっかりですよ、日本では。

たとえばヨーロッパみたいにね、あまり有効性はなくてもなんかレジスタンス運動みたいなのをやったとか、そんなのは日本にはないんです、皆無なわけです。つまりそういう位相の問題というもの、違いの問題っていうものは問題にするに値するんですよね、戦後の問題として。だからそれを問題にする意識、つまりその二重意識というものを思想の問題として戦後取り出すことを怠ったがゆえに、現在の市民主義者というもの、つまり進歩的市民主義者というもののインチキ性が現れているんです。なぜ現れているかというと、彼らがその二重性というものに、自分は現に鉄砲かついで人を殺しながら、しかし内心では「おれ人殺すのはほんとうは嫌だったんだ」「戦争はあまり好きじゃないんだ」と内心で思いながら、しかし人を殺したというそういう二重性を、二重性がいい悪いじゃなくて、それをやっぱり思想の問題として取り出していくということをやるべきだったんですよ。それをやっていけば、現在の市民主義運動なんていうものは、まるで違ったものになると思うわけです。しかしそれをやらなかったから、やらないで戦争終わったら二重性を現実から取り払われて、ああわが世の春であるっていうふうに思った。そういうものの延長が破綻に瀕しているというのが現状なわけです。

それはやはりそういう人たちじゃなくて、日本共産党でもそれをすべきだったと思うんです。日本共産党員でたとえばそういう意味で体制側でなかったというふうに考えられるのはほとんど数人でしょうが。たとえばその象徴は宮本顕治、獄中十三年っていうことでね。しかし獄中十三年ということが問題なんじゃなくて、獄中十三年の中で大衆の運命というものを考えたかということ。大衆は□□□の間に間に戦争をし、殺され殺しというようなね、そういうことをやって大衆というのは戦争をくぐった。その問題をよく思想化するということを獄中においてやったかということね。やって、それをたとえば戦後の出発点において提起しえたかというようなね。つまり戦後の出発点の政治運動の基調として提起しえたかどうかということが問題になるわけです。そして、それはないわけなんですよ。ただ個人の節操としてたとえば十三年牢屋にはいってぷらぷらしていたというね、差し入れもらってぷらぷらしていたという、そういうことしかないんですよ。そういうことはよくわかります。それはたとえば獄中十三年の往復書簡というような手紙が出てますからね、それを読めばわかります。つまり彼がなにを考えていたかということはよくわかりますからね。その中には大衆の運命、あるいは労働者でもいいんですよ。そういうものの運命について、それが戦争にとられていく運命についての考察というものを思想化して体系化するというような、そういう創作というのはないわけですよ。ないということ、それが問題なわけです。それは現在の問題でもあるし、戦後の出発点の問題であるわけなんですよね。

しかしぼくは二重性をもたなかったですから、ぼくは公然とそれは書いてきているわけです。それで、二重性をもたなかった、そこでたとえば戦後というものの、つまり急に現実からドタンと落っことされたというね、そういう意識の問題というものはなんであるかということを、ぼくは少なくとも思想化して現在にきているわけですよ。きているとぼくは思っているわけです。だからそういうところがぼくは違うと思うんですよね。

それはまたヨーロッパと日本との違いなんですよ。だから、ヨーロッパにおける知識人はそういう問題をある程度考察しないですむところがあるんですよね。しかし日本の場合には、ほとんどそれを免れた人はいないですから、だからそれは多数の知識人の問題、それから大衆の問題としてやはり思想化するに値する、そういう課題をになっているんですよ。それをやらないということが、やらなかったということがそれはやっぱりある意味で現在の思想的情況をまねき、それで現在の市民主義運動っていうもののおかしさをまねきというような、そういうものの原因になっているというふうにぼくは思いますがね。つまりそれは思想の課題ですね。それはやらねばならないのですよね。

だから、たとえば『展望』十月号か十一月号か忘れましたが、宮本顕治が臼井吉見との対談の中で、さかんにそれを、自慢じゃないけどね、たとえば中野重治を批判する場合に、あの人は自らが変節したということをよく考えてみなくちゃならない課題をもっているはずだというふうにいっているでしょうが。それでだめなんだということをいっているでしょうが。しかし、そういう意識の裏返しの中には、おれは変節しなかったという意識があるわけですよね。しかし、そんなものはなんの自慢の種にもならない。少なくとも政治運動家としてはちっとも自慢にならないっていうこと。つまり、なにをしたか、それじゃ変節の仮面をたとえば中野重治はかぶりながら、しかしその中でもう悪戦苦闘して、たとえば非常に創造的なことをやってきたというような、そういうことの意義っていうのは非常に大きいわけなんです。それに対して、たとえば自分の個人節操というものを変えなかったとね。しかし、そこで大衆の運命というものは考えられたのか、よく思想化され体系化されて、そしてそれを戦後政治運動の課題として打ち出したかというと、全然打ち出さなかったということね。ただ解放感を覚えたという、そういうことしかなかったということね。そういうことについての反省といいますか、自己意識っていうものはあそこにはないわけでしょう。

つまり、そのことが問題なのであってね、そのことが続くかぎり日本共産党の看板は不滅でしょうけれども、それは自民党が不滅であるようにね、自民党に象徴されるものが不滅であるように不滅でしょう。しかしあるいは市井の魚屋さんや靴屋さんが不滅であるように不滅だとも思いますけれども、しかしその不滅の看板の中で幾多のなんか死があがなわれ、それから幾多の転換があがなわれ、幾多の訳のわからぬ急激な戦術転換が行われるというようなことが行われていく、そして看板だけが不滅であるというような、そういう課題というものを解くことができないと思うんです。そこのところがほんとうの問題だと思うんですがね。

だから、あなたがたとえば戦争中の知識人・大衆っていうもののあり方に対してもっている像っていうのは、ぼくにいわせれば非常に虚像が多いと思いますね。そんなものじゃないんですよってぼくは思いますね。そういう問題としてあるんだとぼくは思いますね。それは自己思想の問題としてそれを思想化するという過程をぼくは踏んで、ちゃんとそれをやって、そういう意味では悪戦苦闘してきていますからね。だから、それはあなたがぼくの著書をちゃんとたどっていかれればわかることだと思うんですよ（会場笑）。ぼくはそういう問題だと思いますね。

質問　体制化している三島がね、いまは吉本さんと別な形で思想を形成していると思うんです、文学的に。三島の作品というものが三島ほどよく現実を□□□□文学的な価値と無関係でもないかもしれないけれども、関わりのある方法意識ですね、自己思想ですか、それは吉本さんはどういうようにお考えになるんですか。

だから、さきほどいいましたように、一貫して近代主義的美意識っていいますかね、美意識を基調とする架空の構築を、しかもわりあい論理的に架空の構築をずーっとやってきたというのがぼくの考え方なんですけれどもね。それは戦争中とそんなに変わっていないということ。だからなんかその意味でたとえばある時代的な意味をもつとすれば、そういう意味でぼくはあると思うんです。そういう意味で第一次戦後派の文学がまさに消滅しようとするときに、非常に大きな形で登場してきたっていうようなね、そういう理由があると思いますけどね。それで、ようするに必要なのはね、ぼくの考えでは、芸術・文学っていうものは保守的であるかどうかはどうでもいいと思うんですよ。どうでもいいということは逆に芸術・文学の固有性というか、自主性ということを逆にいえば認めなければいけないということなんですけどね。つまり、あいつの思想が保守的であるから、あいつの書いたものはだめなんだという考え方ね、そういうものにはあまり賛成しないいんですよ。そういうものはぼくにいわせればスターリン体制以降に発生した考え方なんですよ。

ほんとうにたとえばレーニンならレーニンが出現するためには、たとえばトルストイがおりドストエフスキーがおりツルゲーネフがおりというような、ゴーゴリがおりというような、そういう世界史的な巨匠というものが並び立ったというようなあれがあるでしょう。そのイデオロギーがどうであろうと並び立ったという、そういう文化的な意味では沸騰した時期があったでしょう。つまり個人じゃなくてそういう巨匠に象徴されるそういう沸騰というものなしには、レーニンというものは出現しえないんですよ。つまりレーニンの政治革命というものは成就しえなかったとぼくは思うわけです。だから沸騰したほうがいいと思うんです。つまり目の敵にするようなやつとかね、目の敵にするけれども優れた作家であるとか思想家であるとか、そういうものはあったほうがいいと思うんです、ぼくの考えでは。ボンボンボンボン出てきたほうがいいというのがぼくの考えなんです。それなしには絶対にだめなんですよ。政治革命の課題なんてのは絶対に出てこないんですよね。ぼくはそう思っていますよ。なんかポツッとそんなものが出てくるはずがないのであってね、必ずそうだと思いますよ。

だから、そういう意味でいうならば、あんまり保守的な思想の持ち主がなんかを書くと、あれは危険な思想家だとかね、なんかあるでしょうが、最も卑俗なというかな、最も退廃的なるそういうあれがまかり通るでしょうが。そういう退廃性というものがさ、なんか非情な資本制というものね、資本制の現段階における日本資本主義の退廃性というものと結合して、そういうあれが出てくるというようなね。そういうのがあるでしょうが。ぼくはああいうのは最もいけないというふうに思っていますがね。なんかそういう意味じゃ文学・芸術なんていうものはね、やっぱり今日の話でいえば幻想性としては、個人幻想性のひとつの時代的な空間としては、人類の発生以来何千年かの歴史をもっているんですよ。そういう意味では幻想には違いないんですから、ちっとも現実の政治に対してゲンコツでぶんなぐるがごとく役に立つわけでもないわけです。しかしそういうものはかえって幻想性であるがゆえに、数千年の歴史をもってものすごく強固に存在しているわけですよ。

だから、それは簡単にそれに対するアンチテーゼ、たとえば戦前にやったようなプロレタリア文学とかね、それから社会主義リアリズムとか、そんなものを対立させることによっては、けっして解かれないんですよ。解決できないんです、あるいは止揚することもできないんです。だからトロツキー流にいえば、ようするにあるプロレタリア文化派と称する植木鉢みたいなサークルのやつが、サークル内で純粋培養したプロレタリア文化ができるなんてのはまったくのナンセンスだという、それがまったく正しいのであって、文化というものはそういうふうに存在しているんですね。しかし現実に対して直接ゲンコツで頭をぶんなぐるというような意味での直接的な効力というものは、文学・芸術には存在しないわけです。いったんは必ず作られたものから読む人の心を通ってね、つまり内部を通ってまた外部へ出て行くというようなね、そういう媒介を経てしか有効性というのはないわけですよね。なんかそういう難しさだというふうにぼくは思いますけどね。

司会　若干問題が文学とかあるいは詩とか、しかもそれをあまりぎりぎりの創造的な部分と若干関係ないような討論になってきているようです。もちろんその点については一般性のほうに還元されて話されていると思うんですけれども、もう少し具体的な、ぼくらのもっといま問題にしなければならない問題を、少し率直に討議していただきたい。そうでないと回り道ばかりして時間ばかりとって、ほんとうに聞きたいことが聞けなくなると思うんですよ。そういう点で討論をやられる前にそれぞれ各人考えて問題提起していただきたいと思います。よけいなことだけれども。

質問　『日本のナショナリズム』という中で、最初のナショナリズムというのはふたつあると。お国のために役に立つというのと、それから立身出世と、そういうふたつがあって、その裏にはいずれも虚像とか不合理みたいのが孕まれている。それがお国のために役立つということの裏に欺瞞があると気づいたとき、知識人が左翼イデオロギーを獲得していく、というふうに書かれていたと思うんです。それから立身出世制度というナショナリズムの裏にある不合理さから生まれるときの左翼イデオロギーというのは官僚主義を生んだと、そういうように書かれたわけなんですけれども、その個人が政治参加していく場合に、いわゆるヒューマニズムとか平和を守れとか、そういうふうな名分が立てられるわけですけれどもね、実はそういうものを生み出すものがそうではなくて、不合理さを気づいてそれを自覚していくようなところにあるんじゃないか、そういうようにとれるんですけどね。そういうふうなところをどう考えておられるか□□□。

やっぱりそういうもののスローガンというもの、たとえばべ平連なんていうのがあって「ベトナムに平和を」というようなスローガンがあるでしょう。そうするとその欺瞞性というのがどこにあるのかというと、ひとつは個人原理っていうようなものの仮想性といいますか仮象性っていいますか、そういうものにあまり気づいてないということがぼくはあると思うんです。あなたのいわれている意味でいえば虚偽、その虚偽というものを論理的に普遍化していかなければならないというような課題があると思うんですね。だからその例でいえば、そういう仮象性というものにあまり気づいてないということ。それから、ベトナムにたとえば妥結がなされて平和がおとずれたと。そういう場合にもしですよ、ぼくはよく調査しているわけじゃないからあれだけれども、もしその中でベトナムで真に戦っているたとえばベトコンならベトコンが、真にどうしようもないんだと、もう戦う以外に道がないんだというような形で戦っているそういう勢力がもしベトナム人民の中にあるとすればね、そういうものはベトナムに妥協的平和がおとずれたときには、やっぱりベトナム国家から弾圧されるか、そうでなければ北ベトナムに吸収されるか、もういずれかの道しか選ぶことができないわけですよね。つまりそれ自体消滅する以外にないんで、真に不可避的に戦っている人民というもの、あるいは人民の勢力というものを想定するとすれば、それはもうそういうことによって潰れてしまうわけですよ。そういうところにやっぱりひとつの虚偽性というものがぼくはあると思うんです。つまりあなたがいわれている意味では、虚偽性というものを虚偽性として感覚するのではなくて、虚偽性として感覚したものを少なくとも論理として普遍化するといいますかね、つまり一般化するというような形でその虚偽というのはつかまれなければならないというふうにぼくは考えますけれどもね。そういうような問題として、あなたのいわれる問題が存在しているんじゃないかとぼくは思うわけです。

質問　それに代わるものというかな、それがないような感じがするんです。

だけどね、ぼくはそう思わないんですよ。それに代わるものというのはぼくの考えでは、あなたがね、日本国家権力のもとでね、あなたが日々生活しておられるわけでしょう。あるいは日本資本主義社会の中で生活しておられるわけでしょう。ぼくはその中にあると思うんですよ。それに代わるものというのがその中にあると思うんですよ。その中に見つけなければならないと思うわけですよ。つまり戦争というものをね、戦争というものを現象的に理解してはいけないと思うんですよ。戦争というものはたとえば鉄砲かついで、そして弾を撃ってね、それで殺したり殺されたりしてね、なんかそういうようなのが戦争だというふうに思ってほしくないわけですよ。現に日本のこういう現在の社会の中でもね、やっぱり目に見えない弾によって倒れたりね、生活をストップされたりね、そういう多数というものは存在するわけなんですよ。

そして、それをよく見るためには、ぼくは幻想といいましたけれど、意識として、つまり観念としてそういうふうに見なければ見えないかもしれないけれども、そういうものは明らかに存在するんですよ。そういう意味では、やっぱり死屍累々たるものがあるんだと。つまりその死屍累々としてあるというものは、たとえば現在の社会で個々の人間が、労働者であろうとなんであろうと知識人であろうと、社会のどこかにはめこまれてね、そして職業的な人間として生活をくりかえさなければならない状態にある、その状態はなんなのか、その状態を強いるものはなんなのかというような問題の中に、やっぱり死屍累々として、次々と倒れている、人が死んでいるというような問題というのはとらえることができると思うんですよ。そういうふうにとらえることが必要なんでね、それがつまり代わるものなんですよ。

つまり、あなたのおっしゃる代わるものってのはそういうもんなんですよ。そういうときにたとえば国家というようなもの、そういうものが問題になってくる、そういうような形で、つまりそれに代わるものっていうのは明らかに存在しているわけなんですよ。だからそれは、やっぱりなんていいますか、見るように見なければしかたがないということ。見えないということ。だからあなたがそういうんだったら、それに代わるものはなにかというように問うならば、やっぱりあなたが自分の中で問わなければならないというような、問うてそれを発見しなければならないと。発見しようとすれば必ずそれは存在するのだと。そこにはやっぱり戦争があるのだということね。戦争があってそこでは死者もいればね、負傷者もおり、殺されるものもおり、殺すやつもいるというようなね、そういう形で明らかに存在しているんだというふうに、ぼくはそういうふうに見えるはずだと思いますけどね。

質問者　死者というのはもちろん精神的な意味でですか。

いや、精神的にでも物質的にでもいいわけですよ。

質問者　『戦後思想の荒廃』の中ででしたか、戦争が不可避であるから、不可避であったら平和は不可避である。原理的に戦争は不可能であるから平和が不可能である、とありますが、それがどうもわからないんです。

ぼくはそのとおりだと思っているわけですけれどね。つまり、さきほどからのあれでいえば、たとえば市民主義者というものはたとえばベトナム戦争の中には、相互対立の中からエスカレーションして、それが拡大し発展して世界的な規模での核戦争に発展する危険性が孕まれているんだという論理を使うでしょう。そういうことをいうでしょう。しかしぼくはそう思っていないわけです。核戦争というのは原理的に不可能であるし、原理的に存在しないと思っているわけです。そういうことはあり得ないということですよ。

それからもうひとつ、『戦後思想の荒廃』というのでふれれば、たとえば岩田弘なら岩田弘という人は、日本資本主義は恐慌によって破綻に瀕する状態にあるといっているけれども、ちっとも破綻に瀕してないでしょうが。そういうインチキな経済学者はたくさんいるわけですよ（会場笑）。

だけどね、そうじゃないんですよ。ぼくにいわせれば現在において世界恐慌というのは不可能であるということ、それから世界戦争、つまり核戦争ですね、核戦争は不可能であるということね。そのことを前提とした上で政治運動・思想運動、それから文化の問題、それから国家権力の問題、そういうものを考察しなければならない。そういう考察の中からしか真の問題は出てこないとぼくは思っているわけです。しかるがゆえにつまり原理的に核戦争が不可能であるがゆえに、あるいは世界恐慌が不可能であるがゆえに、その不可能さというものの、俗な言葉でいえばしわ寄せですね、しわ寄せがどこかの地域でバッバッと起こってくると思うんです。そういうことは今後ともあり得るし、あるであろうと思いますけどね。ぼくはそういうことをいっているわけなんですけどね。

質問　そういうことを原理として、それを課題として乗り越えていかなければ平和というものは得られないということですか。

だから、問題というものは、ぼくがさきほどから再三くりかえすように、共同幻想のひとつの最高の水準である国家権力にどう立ち向かえるかという課題が政治的な課題であるし、それは非常に次元をずらしたことでいえば思想的な課題であり、それから文学・芸術の問題でいえば、たとえばさきほどからいっているように、ある精神の位相をとることによって、何か現実の諸問題というのは感性的にか論理的にか思想的にか、必ず好むと好まざるとにかかわらず覆いかぶさってくるというね、そういう位相でもって創造ということを続けることが、やはり時代を次の時代に移すというひとつの核になるんだという問題につながっていくわけですけれどもね。

司会　時間がだんだん迫ってくるので、できるだけ煮つめた討論をしたい。もし吉本氏の著書を読まれてわかるようなことであれば質問していただきたくないわけです。初めにぼくはいったと思うんです。ぼくのいったことは聞かれないで……。ただ吉本氏に聞きたいということはわかるけれども、簡単に聞いてすむようなことであれば、これは帰ってから本をゆっくり読んでいただきたい。インテリゲンチャとして自分自身にもつ精神的な課題というものを提起していただきたいと思うし、生活的な対象から、そこから煮つまってくるような問題を出してもらいたい。そうでないものは、わたしはあそこがわかりません、どうのこうのというのは読めばわかるんだから……。若干荒っぽいと思うけれども、そういうことでぼくらは設定しているし、今後もこれ以上のシンポジウムを、ぼくらの問題を蓄積していく契機として利用していきたい。そういう意味です。そういう方針を追求したいと思いますので、そういう方法で討論してほしいと思いますけれども。時間があればもちろんそういうところからはずれた課題を検討していただいていいと思いますけれども。だからこれからいちおう発言者は簡単に問題の内容をぼくのほうに先にいっていただきたい。

質問　書く大衆と書かない大衆ということについて、きびしく意識して書けばそれはもう大衆ではなくして知識人にはいるというふうにいわれたけれども、それはそれでいいとしても、書かない大衆というのは書かないけれどもやっぱり生活するし、また日常の生活以外でいろんなことをしているかもしれないと思うんです。そのときにはその中で学習していると思うんです。どんな行為かそれは書かないからわからないけれども、いちおう意志をもってやるということにはなるんじゃないですか。やっぱり個々の行為に対して意識というものを目的な意志をもってやるということもあるんじゃないかと思うんです。それともうひとつ、その前に大衆はたとえば国家の幻想性を超え得るとしたらというふうに問題を提出されたけれども、そういう書かない大衆が生活したり行為したりするときのいろんな意識の裏とか、違いとかあるけれども、それの□□□どういうふうにして書かない大衆に対してそれに向かって、それが国家を超える契機をもっているというふうにいわれるのですか。

いまの質問認めるわけですか（会場笑）。書かない大衆といえども目的意識をもって生活しているということはその通りじゃないですか。たとえば魚屋さんなら、今日一匹十四円で鯵を売ったと、そうしたら何日か客がこなかったと。そうしたら明日は一匹十円で売ったらどうだろうかというように、ちゃんと目的意識をもって生活していると思いますね。そういうことは別にぼくにとっては問題にならないわけですけれども。

それからもうひとつ、そういう大衆がどうして国家を超えるのかということなんですけれども、それはやはりぼくがさきほどいいましたように、知識人がそういう大衆の課題を自己思想の課題として繰り込んでいくという課題が普遍化されるということが、非常に重要な契機になるだろうといっているわけです。またそういうことは体験的にも歴史的にもいえるわけです。たとえばロシア革命ならロシア革命というのをとってきても、それはそういう書かない大衆がさまざまな不満を爆発させて、広場へぞくぞく集まってきて勝手なことを叫び勝手な騒ぎ方をするというようにね、そういう情況というものがロシア革命の原動力なんであってね、そのことはたとえばレーニンの政治思想からは予想を超えたことであったために、レーニンやトロツキーは、いったいどういうことになったんだと驚き慌て、そしてつぎに冷静な判断をくだしてそれに方向性を与えていくというように頭をきりかえていくという方法をとったということがロシア革命のひとつの実相なんです。

それはいかなる革命においてもそのことは変わらないとぼくは思います。だからそういうときには、そういう大衆は国家を超えていくわけです。だから国家を超えていく課題を、大衆がいくらかでもその課題に接近していくというような課題をもっているように設定するとすれば、今まで申し述べてきたように、そういう生活のくりかえししか自分はなさないし、そのくりかえしの範囲でしか思考あるいは目的意識を働かすことができない自己というものの、なんていいますか、位置というものを意識的に取り出していくことが課題になるだろうといっているわけです。そしてどういうふうにそれを、書かない大衆に教えこんでいくかというようにあなたはいわれたけれども、ぼくは教えこんでいくということはひとつもいっていないわけです。そういうことはあなたの関係概念・関係意識というものが非常に間違っているからだとぼくは解釈します。

たとえば、知識人のそういう思想形成がなされたとすると、それは書かない大衆であるからいちおう読まない大衆というように想定すると、そういうのはいくらできあがってもその大衆には無縁であろうというようになるわけです。だけど、ぼくは無縁だとは思わないんです。人間の関係意識というものは、そういうふうに直接的につまり目に見える形で物から物へというように、あるいは人から人へというようにたどっていって、たどれないものは無関係であるなんていうふうには考えないんです。真の関係なるものは、全然無関係に見えるそういうものの中にも、すでに関係があるというふうに関係概念を理解しているわけです。だから別に、そういう大衆のそばへ行って、「こうなんだよ」ということを啓蒙するかしないかということは、もう第二次、第三次のことであって、それよりもそういう大衆の問題性というものを思想として、つまり包括し得る思想がそこに成立し得るならば、それはもう潜在的にそういう大衆に関係づけられているものであるし、また包括し得ているものであるというふうに、ぼくは関係概念を理解しているわけです。だから、あなたのいう関係概念、あるいは教えこむ教えこまないというような言い方でいわれることは、なんか直接そこへ行って話をしなければ関係が成り立たないというような、非常にプラグマティックな関係概念であって、少しも本質的な関係概念を含まないというふうにぼくは理解しますね。

質問者 (聞き取り不能)

ようするに、あなたが政治運動を現にやっておられるとすれば、いまいわれた問題に対してアンチテーゼ的に問題を要約しますとね、そういう大衆を具体的に組織化し、そして闘争の場に引き出してくるといいますか、そういう方法はどうなのか。つまり、そういう方法は欠如しているのではないかということに要約されると思うんですけれども。ぼくはさきほどの人の質問にも答えましたとおり、そういう意味では別にそういう大衆を組織化して、参加せしめるということはあまり必要なかろうということになるわけです。だから、あなたのいっている問題というのは、ぼくのほうから見ると、あなた自身の問題であるように思うんです。つまりあなた自身の足りなさというのかな、問題であろうと思うわけです。極端にいえばあなたが恐れておられるのはね、具体的に時々刻々に起こってくる政治過程に対して、具体的に動員し得る大衆が非常に少ないと。ましてや学生大衆じゃなくて原型的な意味での大衆というものは、そういうものに対して、いささかの関心も示さないということに対する危惧とか恐れとか、そういうものであるような気がするんですよ。

しかし、そんなことは問題でないわけです。ぼくの考えでは、政治的な組織運動において問題でないと思うんです。ただあなたの政治運動の組織がね、なにをなし得たか、なにをなし得なかったかというギリギリの限界まで、あなたがなしたかなさなかったかということが問題になるわけですよ。あなたがそれをなしていないということが問題になるわけですよ。つまりそのことは明らかに自己意識の中で自分の思想的原理として自分自身を政治的な実践行為に向かわせるそういう内発性が、あなたの中に十全に存在していたかどうかということが問題になるわけです。それが存在していないから、そういう問題が他動的に問われねばならないというふうになるわけですよ。

しかしようするに、あなたの提起された問題はそういうことじゃなくて、そんなものは組織できなくていいわけですよ。ぼくがさきほどからいっているように、大衆の原型なるものは組織できなくたっていいのですよ。その前にいったあれでいえば、関係概念からして包括できればいいんですよ。あなたの政治運動の、実践的な思想原理の中にそれを包括し得る原理があるかどうか、そしてその原理があなたを十全に内発的にとらえるだけのものをもっているかどうかということが問題になってくるわけです。しかし、それをもっていないがゆえに、あなたが動揺せられるわけですよ。しかしもしあなたが十全に内発的にそれをなし得るというものを、あなたが思想原理としてもつかみ得ており、それからあなたの政治運動の実践的な志向性としてもあなたが所持し得ているとすれば、あなたはやればいいわけですよ。徹底的にやればいいわけですよ。

しかし問題はそうじゃないでしょう。あなたが徹底的にやれないということが問題なんでしょう、つまり徹底的にやれないわけでしょう、やれなかったわけでしょう。日韓闘争においてもやれなかったでしょう。あなたがくたばるまで、つまりあなたが、自分が死んでしまうまで、組織が少数になり、あなたが死んでしまうまであなたができなかったということが問題になるわけでしょう。それはベトナム反戦問題でもそうなんですよ。あなたがそれができないというものがあるというのが問題なんです。それはあなた自身の問題でなくて、それは情況の問題であり、そしてそれは内発的に動かし得る思想の問題であるというふうに存在しているとぼくは解釈しているわけです。だから、あなたが実際的な政治運動の組織者であるならば、あなたは同時にその政治運動に対して思想運動を提起しなければならない。つまり、思想運動と政治運動の二重性をあなたは提起しつつ、それを行わなければならないという課題をになっているとぼくは思うわけです。

ようするに、ぼくにいわせれば、問題はあなたのおっしゃるようなところにないと思うんですよ。そんなもんじゃないでしょうが。つまり、あなた自身に問うてみなさいよ。それはすぐにわかるでしょうが。あなたが安保闘争に参加されたというならばね、安保闘争に参加されてそこで直面した問題というのを自分に問うてごらんなさい。そしてその後あなたが依然として政治運動を組織し、そして実践的にそれを行っているというならばね、あなたが安保闘争における自分の実践が当面した問題を、あなたがよく取り出し得、そしてそれを思想の内発性としてあなたが取り出し得たかどうかということが問題になってくるわけです。しかしそれを取り出し得ないがゆえに、それはいわば永劫回帰のようにね、しかもきわめて小規模にそれをくりかえしている、そしてくりかえしの中で情況的な悪っていうものは進んでいくとね。そういう中で大衆を獲得するという問題はだんだん細っていく、そういう問題に直面していると思うんです。だから、その問題はぼくにいわせればやっぱりあなた自身の問題ではないか。つまりあなた自身あるいはあなた自身の政治運動の組織の問題ではないかとぼくは思いますね。

あなたはそうおっしゃるけれども、ぼくが安保闘争以後やってきた仕事というものはね、そういう問題に対して自己自身に安保闘争の体験をふまえて、自己自身にこれをなさねばならないというような、そういう内発性的な思想を創出せん、作り出そうというような、そういう意図に貫かれてやってきているわけですよ。だから、あなたのおっしゃることとはまるで理解の仕方がぼく自身は違うんですよ。それから江藤淳との対談において、よくわからないところがあるというのは、たしかによくわからないところがあると。しかしよくわかったところはぼくは展開しているのですよ。よく展開したところで、そしてなおわからないところがあるというように謙虚にいっているわけでね。あなたがそういうようなことをいわれるのは、ぼくにいわせればおかしいと思うんですよ。

そんなことはあなた自身が、あるいはあなた自身の組織がね、くたばるまでやれるかというひとつのいい例ですよ。日韓闘争でくたばるまでやれたかという、そういう問題があるわけじゃないですか。つまり、そういう問題を提起することなしには、やっぱり本質的に問題を問うことができないと思うんですよ。それだから、ぼくがあなたに答え得る唯一の有効的な助言というものはね、現在においては時々刻々に起こってくる政治的な諸問題に対する政治的な組織運動としての対応ということに加えて、やっぱり思想的な運動の問題を同時に提起しなければ、この過渡的なしかも非常に退潮的な困難な情況に長く耐え得ることはできないだろうということ。それが唯一なし得る有効的な助言ですね。それ以外は、ぼくにいわせればあなた自身の問題じゃないかとね、ぼくは思いますよ。あなたが「おれは日韓闘争をやってきた」とね、それから今度は「ベトナム反戦闘争を組織し、そして自分たちでやってきた」といわれるよりも、ぼくが安保闘争後やってきたやり方とか時間の刻み方のほうが、はるかに困難なことをぼくはやってきたという自負をもっていますね。だからぼくはそういうことを問いたいですね、あなたに。

質問（聞き取り不能）

第一に、ぼくはあなたと違うところは実践という概念が違うわけなんですよ。実践という概念は、マルクスによれば対象化行為なんですよ。対象化行為というものは幻想行為と現実行為とがあるわけなんですよ。それを実践と呼んでいるんですよ。実践という言葉をせばめ、しかもそれに無媒介に倫理性を導入したというのは、これはマルクスのせいじゃなくてロシアから始まっているんですよ。だから実践の概念がだいたい違うと思うわけよ。逆にあなたがぼくの位相になりぼくがあなたの位相になったらね、ぼくはたとえばあなたに、いまあなたが質問したようなことは絶対に問わないわけですよ。絶対に問わないでぼくはやってみせますけどね。やりますけどね、必ず。できますけどね。そんなことは問わないですよ。つまりなんていうかな、あほらしくて聞いちゃおれないという感じがするんですよ。ようするにおまえ、人のせいにするなとね。ぼくはそういうように言うよりしかたないですね。

それから関係概念というような問題だけれども、ようするに、さきほどぼくがいいました大衆の原型、つまり自分の生活過程のくりかえしにまつわることしか考えない、そういう大衆っていうものは、いわばあるがままの大衆、つまり即自的な大衆なんですけれどもね、この大衆というのは明らかに幻想としての権力の支配のもとにすっぽりとはまっているわけですよね。しかしそのすっぽりとはまっているという、そういう大衆はある場面において今度は逆に、なんていいますか、逆に非常にいい加減な思想によって知的な過程にはいっていった大衆よりも、なお強力な国家を超えるという要素をまた逆にもっている存在なんですよ。まったく裏返せばそういう存在なんです。あるがままに見ればいまの支配にすっぽりはまっているというような存在だけれども、しかしそれを逆にひっくり返せば、それはいい加減な思想をもって知識人的に変質した大衆よりも、ずっと国家を超える原動力をもち得る存在だというふうにぼくはとらえるわけです。

だから、たとえば政治運動の実際的な場面に多数の大衆が参加するか少数の大衆が参加するかということは、さほどの問題ではないわけです。だから、そういう即自的な大衆というものは即自的であるがゆえに、またそういう問題について表現することの術を知らないがゆえに、表現としては伝わってこないでしょうけれども、ちゃんと自分の意識の中では、やっぱりある運動を無言の意味で支持してたりね、そういうことが現に政治的な実践運動の参加者にとってわからないかもしれないけれども、無言のうえで支持しているとか無言のうえで反対しているとかね、そういうことがあり得るわけですよ。

もしそういう多数の大衆が無言のうえで支持しているならば、実践のその場面・場所における組織された大衆が少数であるかどうかということはけっして問題にならないんです。そういう大衆の無言の支持が存在するならば、それは多数を意味するわけなんですよ。だからこそそれをとらえ、それを包括し得る思想的な課題というものをになわねばならない。つまりそれをもたねばならない。だから思想運動というものの二重性というものをつねに考察しなければならないし、それをとらえる問題というのはいつも課していかなければならないというふうに、ぼくはそういうふうにいうわけですけれどもね。

質問（聞き取り不能）

ぼくは非常にあなたの立場に同情しますね。なんか気の毒なような気がしてしょうがないんだけれども、大衆というものがね、国家を超える場合には、これは知識人もそうなんだけれども、まず幻想として超えるわけなんですよ。幻想として超えるためには幻想的な原理が必要なわけです。それなくして現実的に超えられないということがあるんですよ。それからあなたのいうのを聞いての感想なんだけれども、やっぱり非常に気の毒だなと思うのは、同情に値すると思うのは、なんていうのかな、つまり政治運動というもの、あるいは政治的な組織運動、あるいは組織活動というものとね、革命っていうのは別なんですよ。つまり政治的な組織活動がね、あなたの例じゃなくて、たとえばレーニンならレーニンの例をとってみると、レーニンが政治的な組織活動、それは主として啓蒙活動なんだけれども、そういうようなものをやって一定の基盤をつくり出していくということと、ロシア革命が起こったということとは別なことなんですよね。だからレーニンがそれをやったがゆえにロシア革命は起こったのであると考えたら大間違いなんです。そんなことは別のことですよ。それはいちおう別の次元の問題であるというふうに考えられて政治運動を継続されないと、やっぱり丈夫で長持ちしないんじゃないですか（会場笑）。あなたの話を聞いててね、ぼくはそういう印象をもったんですけどね。

質問　（聞き取り不能）

最後に攻撃をしないでいいますけどね、あなたはその位相性というものをね、あなたが現に占め、そして現に行い、現に考えている位相というものとね、ぼくがたとえばこういう場面でこういうふうな課題について話している、ぼくのいう位相というものとね、位相性の相違ということがあると思うんですよ。だからぼくはたとえば政治的な、つまりあなたのいうように政治的な組織運動の問題というものを、ぼくはぼく自身の問題として提起しようとするならばね、こういう場面でこういうふうに出現はしないわけです。現れてこないわけですよ。そういうことがあるんですよ。つまりそういうことが問題といいますか、位相性の食い違いとしてあるわけなんです。ぼくはそう思いますがね。

質問　吉本さんはいちおう思想家として歩まれるわけなんですけれども、ぼくらとしてさっき□□さんがいわれたように、政治は政治としてやっていけばいいわけです。それは講演のいちばん最後でいわれました、わたしのほうではなにもあなたがたに期待しておるのではないと、わたしはわたしでやるつもりなんだから、とにかくやっているんだというようなことをいわれたわけなんです。このことはよくわかるんですけれども、その少し前に希望ということについて、あまり希望をもってないということをいわれているわけですけれども、『戦中日記』のあとがきで、鮎川信夫論にあたるところに吉本さんが書かれているようにね、「わたしにとって鮎川信夫は希望であった」というふうに書かれていたと思うんですけど、そういうときの希望という意味はどういうことなのかということを、もう少し具体的にいってほしいと思います。

その場合の希望というのは、自己幻想としての希望といいますかね、自己意識としての希望であるし、ぼくはここで別に希望をもっていないという場合には、共同幻想としての希望ということなんですけれどもね。そういう違いなんですけどね。

質問　対幻想ということをいわれたんですけれども、たとえばぼくらが現実的に生活しているときにいろんな幻想というものを自分の観念の中で、あるいは行為としてもいろいろなそういうものを組み込んでいかなければならない。それを実体的に表現していくときに、それと同時にひとつのいわば共同体的な行為として、共同幻想として、それを信用している信用していないにかかわらずそういうものを生みだしていく、そういうものの原型というものについて対幻想ということをいわれたわけですが、そこらへんをもう少し明らかにしていただきたいと思うんですが。対幻想というものが、はっきりいえば個人が幻想性□□□ときの最後の拠点になるのかどうかというようなこと□□□。

拠点になるということじゃなくて、たとえば遠い未来において国家が消滅するというようなこと、それからもちろん市民社会、つまり資本主義社会というものは消滅するということを想定した場合に、対幻想っていうものは変わらないだろうということ、残っていくだろうという問題、だからたとえば具体的なあれでいえば、中共なんかの人民公社運動というのがあるでしょう。それはぼくは成り立たないだろうと思っているんです。この問題というのは戦争中に、まさにさきほどの人のあれでいえば、体制側にあったわけです。戦争中にたとえば日本の農本主義者というものがある地域において、つまり日本国家内におけるある地域において、やはり人民公社に似た共同耕作と平等なる農村社会というような、そういうものを広げていくという形でそれを実行したわけですけれども、それはついに失敗せざるを得なかった。その失敗せざるを得なかったというのはいろんな問題があるわけですけれども、おそらくは対幻想っていうような問題を想定し得なかったからだと思います。

それはまた違う意味でもいえるわけで、たとえば、ヘーゲルなんかにいわせれば、対幻想というのは虚妄であって、市民社会それから国家というものこそ実体であるというような考え方をヘーゲルはとっているわけですけれども、それはおそらく逆なのであって、そういう意味では国家っていうものが幻想なんであって、国家というのは消滅し得るものだと。したがって、市民社会というものは消滅し得るものだと。しかし、いまヘーゲルが消滅し得るものだ、あるいは幻想だというふうに想定したところの対幻想というものは消滅しないだろう。なぜならば、それは人間の自然に深く根ざしているから消滅しないだろうといい得ると思います。だから、最後に残るのはこれだという文句が問題になるけれども、なんか対幻想というものがさまざまな形態をとりながらでもけっして壊れていかないだろう。つまり、なくなっていかないだろう、つまり、未来社会を想定したとしてもなくなっていかないだろうというわけですけれどもね。

質問　いまの問題についてもう少し終わりのほうを説明してほしいと思います。というのは、いまの場合にたとえば幻想性というものを説明した場合に、ぼくらのあれでいうなら吉本さんの一種のおのろけをいっているだけじゃないか、そのことによってしか吉本さんを□□□ことにならないんじゃないか。やはり幻想というものをひとつの思想的な核にする場合、吉本さんの自然観なりあるいは人間観なりというものを展開させることによって、幻想を助けるという操作をやることによってしかぼくには納得できないということがあるわけです。

なるほど。あなたが納得できないでいるというのは、ぼくにとってはいいわけですけれどもね。それがおのろけから出発しようとなにから出発しようとそういうことが問題なのではなくて、それがよく普遍化されていくかどうかということが問題だと思うんです。マルクスの最後に到達した地点によれば、経済的範疇というものが、つまり経済社会的範疇というものが人類史の土台をなしている。つまり第一次的な総和をなしている。それ以外のもの、たとえば法律であり政治であり宗教であり、それから国家であり、そういうようなものというのは、つまり彼の言い方でいえば上部構造であるというわけです。

この規定の仕方はいつ出てきたかというと、マルクスがたとえば経済過程というものの幻想性といいますか、現在性といいますか、つまりマルクスの時代の現在ですけれども、現在の資本主義社会の典型というものを、英国の資本主義に求めることによって、たとえばそこで経済的な範疇での解析を行ったわけです。しかしのちに、いちばん最後にマルクスが到達したのは、これに歴史性という人類史の発展過程っていうようなものね、そういう歴史性っていうものを導入した場合にどうなるかというような問題を、最後にたとえば『資本論』なら『資本論』というもので、その前でいえば『経済学批判』っていうもので、初めて歴史性っていうものを導入したわけです。つまり自然史としての人類の歴史過程に、時間的発展性という軸を導入したというところが、『資本論』なら『資本論』の基本構造なわけです。

そういうときに初めて、土台という言葉と上部構造という言葉が出てきたと。そうすると、この土台が第一次的なものであり、上部構造なるものは土台によって規定され動いていくとね。土台が完全に消滅しないかぎり、上部構造は完全に変わることはあり得ないというふうに、それがマルクスが自分でいっているところによれば、自分が発見した歴史の法則性のひとつなんだといっているわけですよ。

ところでこれは、時間性・歴史性の軸を導入することによって生じた概念ですから、土台と上部構造の関係、つまり土台が第一次過程でありもろもろの幻想性というのは上部構造にあるというような、そういう言い方を、もろもろの上部構造として挙げた諸問題に適用していいますと、巨視的な時間性というものをただちに、たとえばある時間、ある瞬間におけるある上部構造に属する、文化・芸術でも法律でもいいんですけど、そういうものに上部構造と土台という巨視的な時間で出てきた、つまり歴史性の軸を導入することによって出てきた問題性というものを直接的に当てはめようという衝動が起こるわけです。この衝動がいわばロシア・マルクス主義における史的唯物論と弁証法的唯物論の定式化というふうに問題として提起されてくるわけです。

それに対して、それはそうじゃないんだというふうな問題意識を提起しようとすれば、ぼくは、上部構造というふうにマルクスが呼んでいるものを幻想性というふうに呼ぶわけです。そうするとその幻想性の構造というのはどういうふうに理解の軸をとるかといいますと、それは考えられることは、ひとつは個体の幻想性なんですよね。たとえば文学・芸術、そういう創造っていうものが個体の幻想性っていうものに属するわけです。それは個体の幻想性の問題なんです。それからもうひとつ導入しなければならないのは、さきほどいったように対幻想ということなんです。対幻想という軸を導入する。それから共同幻想っていう軸を導入するわけです。それで個体の幻想性、つまり自己幻想っていうもの、あるいは自己幻想が生み出す産物というもの、創造物、たとえば文学作品っていうようなものですけれども、そういうものと、それから対幻想の生み出すもろもろの構造、つまり家族構造っていうようなもの、そういうものの考察というものは、ひとつの位相性を異にして存在するわけです。それから対幻想に対する共同幻想というものは、また位相を異にして存在するわけです。そして、個体の幻想性と対幻想との関係というのはなんなのか、どういうところにあるのか。それからまた対幻想と共同幻想っていうものはどういうふうな関係と位相にあるのか。それからまた個体の幻想性というものと共同幻想というものは、ある社会、ある情況においてどういうふうな水準でもって測り得るかということ。その水準をどうやって確定づけるかという、そういう問題というのが出てくるわけです。

そうしなければ、たとえば彼が上部構造というふうに称して一括した問題っていうのは、つまりひとつの構造として、つまり非常に微細な問題として、つまり微視的な問題として解くことができないのです。そのために、ぼくは対幻想とか個体幻想とか共同幻想とか、ひとつのそういう基軸というものを導入することによって、その相互間の構造あるいはそれ自体の内部構造、そういうものを考えていくことによって、巨視的な時間で出てきた上部構造という概念を文学・芸術に適用すれば、それでもって文学・芸術の理解にとっても十全であるというような、そこから出てくる結果のインチキ性とか曖昧性というようなものを避けるために、どうしてもこういう基軸が必要であると、そういうふうにぼくは考えたわけです。だから、そういうふうに想定されるものなんですよ。だから、そういう位相にあるわけですよ。ぼくの幻想性っていうような、そういう考え方の位相というものは、そういうものとしてあるわけなんです。

そういうものの相互の関わり合いというもの、位相というものと、それから内部の問題というもの、それを思考することによって考えることができる。そうすれば、これは上部構造なら上部構造という言葉で一括した問題の内部構造というものを了解することができる。そういうことで導入されてきた概念なんです。

ところでそれじゃ、巨視的な時間性でもうひとつ出てくるのは、土台の上に上部構造があるという場合に、たとえば図式的にいえば、土台がここにあり、その上に上部構造がありというふうになるわけですけれども、ぼくの考えでは土台と上部構造の間に構造性というものを想定しなければならない。つまり幻想の構造っていうものを想定しなければならないとぼくは考えているわけです。だから単に土台は上部構造を規定し、そして上部構造は相対的に独立してあり得るというようなところで幻想性総体の問題が終わるのではなくて、土台と上部構造とはいかなる構造的な連関関係のもとに存在するかということ、それは現在という問題であるし、また歴史性の問題でもあるということで、この間にはやっぱり構造性を想定しなければならない。そういう課題に直面しているんだというのがぼくの問題意識なわけです。そういうことが、ぼくのいっている幻想性とか対幻想とかそういうようなことなんで、そういうところに幻想性とか対幻想とかいうものを想定しなければ、この位相性の構造をうまく解けないであろうということがぼくの問題意識なわけです。どうでしょう、それで納得しますか。

質問　（聞き取り不能）

それはあちらの人のあれと同じで、実践という概念が違うと思うんですけどね。対象的行為というのは現実に対する行為と幻想に対する行為とがあるわけですね。つまり自己幻想に対する行為もありますしね。実践概念というのは、つまり宇野（弘蔵）さんがそういっているとすれば、宇野さんは古い実践概念というか、誤れる実践概念というものと、それから自分が講義してきた経済学というものとね、やはり結びつけて矛盾なしにしようというようなね、そういうようなことで、そういうふうにいわれたと思うわけです。だからたとえば、『共産党宣言』なら『共産党宣言』の中には、それこそ理論と実践がごたまぜに含まれたものが、人間のからだでいってみれば足と頭とだけひっからませて心臓がなかったというようなね、そういうようなものだと思いますね。

『資本論』なら『資本論』は、無媒介にはなんかプロレタリアートの党派性というものをね、無媒介には定義していないんですよ。しかしもし媒介関係を、つまり構造関係を想定するならば、それが存在すると思うんです。だから、そういう位相として、ぼくは存在すると思いますよ。つまり学問的追求というものとね、現実的な実践というものとね、そういう関係っていうのは、そういうような構造的媒介を、自分自身の問題だったら自分自身の中における構造的媒介っていうものが媒介するであろうとぼくは思うんです。理論と実践とがひっついて、理論っていうのは現実的実践行為に対してどうかこうかというようなのが問題だっていうのは、まったく毛沢東的考え方ですね。毛沢東的考え方っていうのは中国的考え方です。中国的考え方というのはそういうのがあるんですよ。有効性といいますかね、効力というものと論理がごたまぜになっているというのが、中国思想の伝統なんですよ。だからそれは毛沢東的考え方であってね、やっぱり構造的媒介っていうものはあると思うんです。

それはあなたの問題だったらあなたの中に、あなたの経済学とあなたの実践的な問題とはね、無媒介には結びつかないけれども、しかしある構造的な媒介、あなたがたとえばどう意志するか、どう意志しないかというような、ある構造を媒介にすれば、それは対応関係があるというふうに存在するわけです。だけどほんとうは、あなたのいいたいことはそういうことじゃないでしょう。つまり、あなたの中に実践コンプレックスね、つまり実践コンプレックスがあるかどうかという問題でしょう。ようするに、ぼくにいわせれば、あなたは経済学を好む、つまり学問を好んで学問をやりたいと思うならね、それはやればいいと思うんです。実践もへチマもない、おれはやるんだといってやればいいわけですよ。つまりあなたの中に実践コンプレックスがあると同時に、なんか逆にいえば実践家の中に理論コンプレックスがあるというようなね。そういう問題というのは、ぼくは根本的な問題のような気がするんです。だからそんなコンプレックスなんてなくていいわけですよ。

そうすると、さっきの人、気の毒だと思うんですね。そういうことをいうと悪いような気がするけれども、しかしあなたが寝ころんでいようとなにしていようと、そんなことはいいんですよ。そんなことはどうでもいいんですよ。それからあなたが実践的な政治活動を死に物狂いでやろうとね、中途半端にやろうとね、それはそういう問題なんですよ。だからなんていいますか、理論家というものの中にね、一般的にいって文化人だかなんか知らないけれども、そういうものの中に実践コンプレックスがあるでしょうが。そういうものがなんか中途半端な政治参加というようなものになって現れてくるでしょう。そういうことが問題なんですよ。それから実践運動家の中に幻想性の領域で理論家に及びがたいというようなコンプレックスがあってさ、そしてやっぱりそういう文化人なら文化人っていうものに頼ろうというような問題があるでしょうが。そのことが問題なんです。

そのことは、さきほどのごたまぜになるというのが中国思想の伝統とすれば、日本思想の伝統なわけですよ。戦争中から、戦前から一貫して変わらないですよ。そういう伝統というのは、ぼくはやっぱり打破したほうがいいと思いますね。ぼくがそういうことをつかんだっていうのは、ぼくの場合には戦争なんですけれどもね。戦争というものはつまり大情況として規定するならばね、たとえば日本の太平洋戦争なら太平洋戦争、それが帝国主義的侵略戦争だという大情況として規定されるわけです。しかし、その中でたとえば無数の善があり、また無数の倫理がありね、無数の同志感というようなものがあり、あるいは無数の逡巡があり、心の中でそうしたくないと思いながら心ならずもそうしたとかね、そういう体験があったりね、そういういろんなものが含まれているわけですよ。中をえぐってみれば。

ぼくは自身の体験に照らしてそうなんですよ。ぼくは戦争なんてやれやれという、当時そういう考え方をもっていた。またそれが非常に多数の考え方だとぼくは思っていますけれども。しかしその中でもやっぱり探っていけばね、こんなことなぜやるんだというようなね、そういうふうな場面というのはたくさん体験していますよね。そういうように思いながらね、正義と思われるものを突きつけられたときには、やっぱりなんかそうなっていくわけですよ。

たとえば、いまの中共の紅衛兵運動だって同じだと思いますよ。紅衛兵がたとえば中農がおり富農がおり、それから特権官僚がおりね、そんなのがみんなけしからんのだとね、そんなのはみんなあれしろという、つまり平等化みたいな要求を掲げるとするでしょう。実践的に掲げるとするでしょう。そうすればそれに対してそういう人たちはさ、内心に忸怩たるものがあるから、そういう正義に対して、もし無階級社会っていうものが人類の理想だとすればさ、それは正義じゃないですか。だからそれに対する抗弁するあれがないじゃないですか。だから感情的に反発する以外にないじゃないですか。原理的に反発できないじゃないですか。原理的に反発する道っていうのはただひとつしかないので、それは一国内部では絶対に階級消滅はできないということです。それは原理的に決まったことであるということね。そういうことによってしか、紅衛兵運動なら紅衛兵運動というものをチェックすることができないんですよ。それは毛沢東の思想の中にはないんですね。ないからチェックできないから政策的にチェックするわけですよね。あまり行き過ぎるとまずいということでチェックするわけです。

しかし、それはほんとうのチェックの仕方じゃなくて、ほんとうのチェックの仕方というのは思想原理としてチェックしなければならない。思想原理というものは、ようするに一国内部ではどんなにじたばたしようとも、けっして階級差別というものは撤廃できないということね。ようするに貧富の差とか、特権とそうじゃないものとの差別というのは、一国内部では絶対に撤回できないんだぞというような、そういうものは原理だと思いますけどね。そういう原理は毛沢東にはないでしょう。だからほんとうはやっぱりチェックできないんです。それから個々の人たちもチェックできないんです。攻撃の対象になっている人もチェックできないと思うんです。

そういう問題に対して、やっぱりぼくらは戦争中そういうあれがあったからさ、だからぼくはやっぱりこういうことなんですよ。つまりそれは百万人の人間がね、ある方向に行くとね、しかし自分が納得しなければ絶対にその方向へ行くなということですね。つまり自分の方向へ行けというようなね、それこそがやっぱりひとつの創造性につながる問題であるというふうなね、ぼくはそういうことをものすごく戦後になって内省して考えたことのひとつなんですけれどね。

やっぱりあなたがほんとうに聞きたいことの問題というのは、理論的な問題というのは、宇野経済学なら宇野経済学をどう評価するかというような理論的な問題もあるでしょうけれども、しかしモチーフがぼくはそうじゃないように思うんです。つまりなんか実践コンプレックスか理論コンプレックスが存在するというようなね、そういう問題が、ひとつの日本の知識人の様式的伝統として存在するということがやっぱりほんとうの問題なんじゃないかというふうにぼくは思いますけどね。

だから、ぼくにいわせれば、たとえばあなたが経済学なら経済学に専念したいと思うならもうほかのなにを放棄しても専念して、しかしそのかわり中途半端ではやめなさるなということ、つまりくたばるまでやりなさいということしかいえないわけですよ。くたばるまでやりなさい、そうでなければだめですよ。絶対にそういう理論家というものは、くたばるまでやらなければ現実的な実践というようなものね、それからもっと政治思想的な問題を含まないで、大衆の生活過程をやっているね、そういう大衆の日々直面するそういう問題に、理論とか創造的幻想っていうものが、そうして個人が生み出す幻想の産物っていうようなものがよく拮抗するといいますか、同じウェートで存在し得るということがないわけですよ。だから、やっぱりあなたが経済学がどうしてもやりたくてしょうがないんだと思い、また文学なら文学をやりたくてしょうがないんだと思うならば、やっぱりぼくにいわせればくたばるまでそれをやったらいいとね。ほかのことは全部ほっぽり出してくたばるまでやるべきである。そうすることによってしか創造的な業績というものは生まれてこないんだということね。またそうすることによってしか現実的な行為で、つまりまかり間違えば命を失ってしまう、殺されるかもしれないというような、そういうような場面に絶えず直面するところの生活者の実践とかね、それから真の政治運動家の実践っていうものね、そういうものに拮抗することができないんですよ。ぼくはそう思いますね。だから問題はそういうところじゃないのかと理解しますけれどもね。

司会　最終的に時間がなくなりましたんで、本日のシンポジウムを中心にした講演とシンポジウム、これをもって終わります。

〔音源不明。文字おこしされたものを、誤字などを修正して掲載。校閲・菅原〕

【国学院大学学生（学部等不明）主催】――――1966年11月21日

現代文学に何が必要か

質問者1　（不明により省略）

（途中から始まる）大衆が持っている政治的な課題を、絶えず共同の課題として繰り込めるかどうか。そういうことが少なくとも課題として存在したわけですよ。しかしレーニンが考えたのは、そうじゃないのであって。先ほどからいいますように、大衆というものは放っておけば経済社会的、あるいは生活過程にまつわる思考しかしない。だから非常に現象的・抽象的なこと、あるいは自分の階級に関係ないことを考える能力は、少なくとも啓蒙手段によって大衆に付与していく以外にない。少なくともレーニンは、そういうことを非常に主体的に考えたわけです。しかし、その考えっていうのは非常に半面的なわけで。それは、知識人の自然な過程にしかすぎないわけです。生活過程にまつわるところから遠ざかってきてしまい、そういう課題を自分に課さざるを得なかった者が、そういう課題を持たない者にたいして啓蒙していく。レーニンはそういう考え方を取ったわけです。しかしそれは先ほどからの言葉でいえば自然過程、不可避的な過程における課題にしかすぎないわけです。

大衆の存在にまつわる論理的な課題を、自分の主張として取り出せるか。あるいはそれを、共同性として取り出し得るか。それを絶えず課題とし得るか。本当ならばこれらが、知識人の政治集団の課題の正体としてあるわけです。レーニンなんかには、その課題はよく捉えられなかったということができます。そういうところで規定される知識人というのは、非常に哀れな存在であるわけです。哀れな存在であるということは、階級的な闘争の場面において絶えず永久の造反者であらざるを得ない。永久の造反者であらざるを得ないから、永久に同じ次元で低迷する。しかし知識人は自己存在にたいしても世界存在にたいしても、歴史的な考察を加える能力を持つわけですから、それを課題にすることによって補う。そこには、そういう考え方しか出てこないわけです。

しかし繰り返しいうように、知識人と大衆という概念は、政治経済過程におけるプロレタリアートとブルジョワジーの闘争、そういう課題と位相を混同したところで起こる一種の試行錯誤みたいなものであってね。本質的に考えるならば、知識人というのは決してそんなものじゃなくて。自己が不可避的にたどらなければならない知的な過程、あるいは不可避的に負わなければならない責任的な課題がある。その課題に乗っかるのではなく、その課題から歴史的に取らなければば〔十秒ほど無音〕ならない□□の場合、それが出てくるんじゃないでしょうか。つまり、その人が持ってる過程みたいなものが出てくるんじゃないかというふうにしか捉えられていないなら、そのようにしか出てこない。もし目に見えるものしか関係ないというふうにしか出てくる。風が吹くと桶屋が儲かる。関係というのはそういうふうにしか出てこないのかというと、決してそうじゃないと思うんです。風が吹くと桶屋が儲かるという概念がわずかに成立するのは、経済社会的な範疇だけなんですよ。

どこの世界・社会・国家でも、経済社会的なものに影響を及ぼすような事件が起こればちゃんと影響が出てきます。たとえばベトナム戦争で日本の食品業界が儲かるとか、そういう感じでだいぶ影響が出てくるわけです。そのことはわりあいと目に見えてたどれるわけです。しかし大衆概念っていうのは決して、経済社会的な範疇にとどまるものではないんですよ。

たとえば、共同幻想としての国家というものがある。国家と国家の関係というのは、幻想と幻想の関係なんですね。だから目に見えないわけです。目に見えない□しい関係概念だから、ついてたりつかなかったりするわけです。そういう関係概念を本質的に捉えると、決して目に見えるかたちだけにとどまらない。目に見えるかたちだけが、関係概念じゃないんですね。だから、そんなことは本当に分からないんです。だから、日本でベトナム原理主義者が「ベトナム戦争□□□の平和だ」といったら誰が得するかなんていうことは、分からないわけです。案外得するのは、南ベトナム政府だったりして。とにかく、そういうことは分からないわけです。それはなぜかというと、関係概念の中には目に見えないことがあるからです。目に見えることだけでなく目に見えない関係、つまり幻想性をたどらなければ、たどれないこともあるわけです。そういう関係概念がどんなかたちで個人の中、あるいは共同する主体の中にあるか。日常性に主題を採ろうと採るまいと、そういうことが出てくるんじゃないですか。そういうかたちで。

質問者2　いわゆる文学者は自己崩壊しているけれども、アマチュアは自己崩壊していない。そこで本格的な文学者とアマチュアの文学者に分かれる。書きたくなければ書かない。書けないから書かない。そういう人たちはいわゆるアマチュアの世界に存在しているわけです。書けないから書く。書きたくなくても書く。それが本来の文学者である。そういうふうにいっておられたと思うんです。

（以下不明）

僕の考えでは、一度文学者であった者はアマチュアに逆戻りすることはできない。そんなことをするはずがない。たとえば人間の生涯でいえば、死ぬまで何回も繰り返されている生活がある。その中で、明日その生活がどうなるか分からないという位相に自分を追い込む。文学者になるということは、それと同じことを意味する。僕はそういうふうに考えます。明日、生活がどうなるか分からないという位相に自分を追い込む。これは明日の生活がどうなるか分かってるうえで、書けるときに書くという位相とはまるで違うんですよね。僕はそういう意味でいってるわけです。

質問者2　自己崩壊っていうのは□□とか□□とか、そういうことを意味するんですか。

自己崩壊というのは、作品を見てみればすぐに分かるんじゃないですか。

質問者２　さっきの高橋和巳は自己崩壊していない。価値の基準とかそういうのがあるんだろうけど、そのへんがよく分からなかったので。

いや、価値の基準っていうのはあるんですよ。個々人によって違う価値の基準もありますけど、それを超えた価値の基準もあると思うんですよ。僕はそういうところでいっているわけです。そういう位相で自己崩壊といっている。それは作品を見れば、もう一目瞭然だと。僕はそういうふうにいってるわけなんですよね。だから「誰それにとって自己崩壊は必要ない」とか、そういう位相ではいってないわけです。そういう位相だったら、誰それにとってAは反動的な文学者、Bは進歩的な文学者であるというのと同じことです。そんなことは百人いれば、百人それぞれで評価の仕方が違う。それだけのことですから、そういう位相でいうのではなくて。しかし、それを超えたところで、やっぱり価値の基準っていうのはあると思うんです。僕はそういうところでいってるつもりなんですけどね。そういうところで、自己崩壊してるというわけですよ。

質問者２　（不明により省略）

それは、作家自身が分かってるだろうなと思うんです。人間が自分自身で考えていることとその表現は、必ずしも決定的じゃないんですよ。たとえば、僕があなたに向かって「お前は馬鹿だ」といった場合、あなたのことを本当に馬鹿だと思っていう場合もあります。あるいはそうじゃなくて、ひとつの逆説として、「お前は馬鹿だ」という場合もあります。さらには親愛の情を表すために「お前は馬鹿だなあ」という場合もあるでしょ。ですから「お前は馬鹿だ」という言葉と表現者との関わり合いというのは、必ずしも決定的じゃないんですよ。文学において表現されたものは、果たして作者にとって決定的な表現であるのか。そう思ったからそう書いたのか。あるいは、そう思わないからこそ書いたのか。あるいは、何も思わないからそう書いたのか。表現の中では、そういう問題まで評価しなければいけないと思うんです。

たとえば、ある作品の中で非常に怪しげなことをいう人物が登場してきても、「その作品はくだらん」というんじゃなくて。その怪しげな人物は、作家の創造過程で決定的表現として出てきたのか、あるいは逆説的に出てきたのか、あるいは非常に微妙な意味合いをもって出てきたのか。そういうところまで読み切っていかないと、価値の問題って出てこないでしょう。

質問者2（不明により省略）

たとえば大江健三郎や三島由紀夫というのは非常に聡明で、自己解析できる作家ですからね。いわば人間とか理念とか。

質問者2（不明により省略）

彼らは、そういうことに気づいてるだろうなと思いますけどね。ちゃんとやってるだろうなと。僕はわりあいに、作家というのは自己解析できるだろうと思っています。

質問者3　主体について、若干質問したいと思います。僕自身の考えは、吉本さんとは若干違うかもしれませんけど。僕自身としては、現実社会における作家の主体と、そこから生まれてくる前衛的な表現が文学であると思っています。そして相対的なかたちではあれ、表現とイデオロギーは関連している。ですから、プロレタリアート的な立場に立つか、あるいはブルジョワ的な立場に立つかという課題は、やはり文学者の側で克服されなければならないのではないか。それはベトナム反戦運動に参加する、デモンストレーションをやるというような政治的な行為の問題に限らない。しかし文学においては、そのような価値判断そのものが入り込まざるを得ないのではないか。そういう考えがあるわけなんですね。文学者はしかるべき立場に立ち、現実そのものから目をそらさない。そして現実が与える課題を克服していくというかたちで、現実にかかわっていく。そういう主体が設定されなければいけないし、その中で初めて真の文学が形成されるのではないかと。主体はあくまで、現実が提起したところの諸々の矛盾から目をそらさないことが大事なのではないかと思います。僕は、そのような矛盾そのものを受け止めていきたい。あるいは作家に支えられて、そうした矛盾を自分の中で内面化していきたい。文学的な表現というのは、そういう方向で現れてくるのではないかと。そこでは知識人自身がプロレタリアート的な立場に立つか、あるいはブルジョワ的な立場に立つかという問題も提起されてくるのではないかと思うんです。その点について、吉本さんにお話をうかがいたいんですが。

僕は今のお話を聞いていて、半分ぐらいは同感できるんですが、あとの半分は同感できないんです。あなたの言い方は、非常に客観的ですよね。僕にいわせれば、客観的というのはどうでもいいということです。つまり、切羽詰まっていないという感じを受けるわけですよ。こういう表現はあれかもしれないけど、あなたの問いの根源にあるものは非常に傍観的だと思うんです。問いかけそのものにたいしても、文学創造自体にたいしても非常に傍観的な気がするんです。その問いは、そういうところで発せられているから。僕の考えでは、それはいわゆる啓蒙主義者から発せられる問いであるような気がするんです。その中には、不可避性っていうものがないような気がするんです。

僕は、思想の中に不可避性を持ってない政治運動家というのは駄目だと思うんですよ。自己解析を加えていったら、たしかにこの世は富める者と富まざる者で成り立っている。これは明らかに不合理じゃないか。不合理の根源にあるものは、いったいどこにあるのか。そういうかたちで連鎖して、「なるほど、ここにある」というかたちで発見する。僕にいわせれば、そういう問題は自然過程にすぎないように思うんですよ。そうじゃなくてどうしようもなく、自分自身はこういう構想を持って行こうとした。しかし現実はその構想にたいして、□□的に圧力を加えてきた。自分の構想と現実のほうから覆いかぶさってくる圧力がぶつかり合ったとき、初めてその人の方向性が見えてくる。その人は何であるか。文学者であるか、それとも政治運動家であるか。そういう問題が初めて提起されるように思うんです。

俗な言葉でいえば、不可避性というのは「どうしようもないんだ」ということですね。どうしようもないから、俺は政治運動家になってしまった。俺は少なくとも、子どものときはそう思ってなかった。中学生のときも大学生のときも、そう思ってなかった。しかし俺がこう思っていたにもかかわらず、現実のほうはこうだった。そこでどうしてもにっちもさっちもいかなくなったとき、ひとつの選択を迫られる。つまりそこで、不可避的な次の方向性が得られるわけですけど。自分はどうしてもそうならざるを得なかった。そういう意味で政治運動家であると。「俺はどうしようもなくそうなっちゃったんだ」というと非常に自嘲的に聞こえるかもしれないけど、そういう意味じゃなくて。そういう契機がない政治運動家っていうのは、啓蒙家だと思うんですよ。それは一種の啓蒙主義者というものに対応するわけですね。僕は、そういうのは駄目なんじゃないかと思うんですよ。そういう人の場合、次の瞬間にはそうじゃなくなると思うんです。あなたがそうじゃないとはいわないけど。たとえば、卒業したらそうじゃなくなったとか。そういうことについては分からないわけですよね。

自分の構想がその通り完結されるかどうかは、本当に分からない。こちらが構想力を持てば持つほど、現実からの圧力はますます強烈になる。そこで初めて、構想力はズタズタに破られる。しかしズタズタに破られることによって、現実からの圧力にたいする決意を見いだしていく。そういう過程で初めて彼が何者であるか、あるいは何になるかが決定されると思うんですよ。僕の考えでは、そういう契機にたいする考察がない場合には非常にゆとりがあると思うんです。ゆとりのある人というのはたくさんいますからね。それは啓蒙家、啓蒙主義者の問いだと思うんです。僕はそういう問いにたいして「そういうことをいうな。そんなのはどうでもいいことじゃないか」というほかないですね。「それはそういうものじゃないですよ」という。

政治運動は、誰を啓蒙できないから、オルグできないからやらないとか、そういう問題じゃない。何か提起されたから、それに応じてやる。啓蒙的な活動を通じて意味を獲得し、何かをやっていく。本当の政治運動というのは、そういうものじゃないですよ。僕はそう思いますね。やっぱり考察の中に、そういう契機が入ってないといけないと思うんです。

だから文学者の場合でも、そういう問題はあると思うんですよね。作家には、どうしてもそうならざるを得ないという契機がある。そういう契機を取り出していくことが、非常に問題になっていくわけでね。その契機が取り出される過程で、あなたのおっしゃるような問題が普遍的に提起されてくる。そういうことなら、あなたのおっしゃることに半分同感してもいいんですけどね。だけどそこで、「作家も人間で現実社会に生きているんだから、ブルジョワジーの立場に立つか、プロレタリアートの立場に立つか考えなきゃいけないんじゃないか」なんていわれると「よせやい」と思っちゃう。冗談じゃない。そんなのは文学者でも何でもないんだぞと。そういう感じがするんですね。

先ほどもいいましたけど、作家という人間のイデオロギー・思想がどうであるかということが問題になるのは、百人百様の世界・次元においてです。俺はイデオロギー的にプロレタリアートだ。いや、俺はブルジョワジーだ。俺は、そんなのは全然関係ない。あなたは、主観的にそう思っている文学者がいるという前提で、そういうことをいってるんだと思うんです。しかし僕の考えでは、文学の表現・位相はそうじゃないと思うんです。作家という人間がどういうイデオロギーを持つかという問題を止揚したかたちで、表現という問題が提起される。あるいはそこで、表現の理論の問題が提起されるわけです。表現の理論というのは決して現実離れした理論でもなければ、作品の美的な価値を論ずるものでもない。人間は、イデオロギーにたいする百人百様の考え方がある次元にしか存在していないわけですが、表現の位相・問題にはそういう次元を止揚するひとつの根拠があるか、あるいは普遍性があり得るか。そこで初めて、表現の理論という問題が提起されるわけなんです。

作家の人間的なイデオロギー・思想の問題というのは表現の中に、ひとつの構造としてしか入ってこない。構造として入ってくるということは、ストレート・直線的かつ簡単に入ってくる場合もあるということで。極端にいえばそういうことになります。全体的にいえば、構造としてしか表現の中に入ってこない。そういう位相が初めて提起されるわけです。あなたがおっしゃるのは啓蒙家が無関心な人を啓蒙し、関心を持たせてやろうとしたら反発されたとか、そういうことですよね。そういう次元の問題としてならば、僕は「それはその通りですよ」といえるわけですけどね。それは各人各様の世界で、多数が少数を制するとかそういう問題であって。

しかし現在、文学についての理論的な考察は、表現の理論を提起せざるを得ない。そういう切羽詰まった情況があるわけです。すべての思想は非常に相対的であるように見える。そういう情況の中で、表現の理論・位相という問題を提起せざるを得ない。そういうことが、現在の情況の問題としてあるわけです。あなたがおっしゃることは、各人各様の世界においてはひとつの有効性を持つ。百人の中のひとりとして他の九十九人を自分のほうに引き寄せるか、あるいは反発を食らうか。そういう次元であればそういうことがいえますが、決してそうじゃない。それで終わりかというとそうじゃない。

百人百様である場合、「俺はイデオロギー的にブルジョワジーについてる」「俺はプロレタリアートについてる」という人がいる一方で、そうじゃない人もいる。その百人すべてを止揚する普遍性はどこにあるのか。潜在的には百人すべてを獲得する位相っていうのは、どこにあるのか。そういう問題を提起した場合、やはりあなたの考えは非常に啓蒙的だと思いますね。潜在的には百人を止揚する、あるいは包括する位相とは何か。それがまさに現在の問題なのであって。

政治のようなわりと抽象的な幻想には関心を持たず、魚や肉を売ったら儲かるとか儲からないとか、そういうことにしか関心を持たない。そういう人たちを潜在的にはちゃんと止揚している政治的、あるいは思想的な位相とは何か。僕はそういうことをいってるわけですよ。これは魚屋さんが現実的に、あなたがおっしゃるようにデモに出るかどうかとか、そんなことじゃないんですよ。デモに出るかどうか、そんなことに関心を持つか持たないかということに□□□。（中断）

質問者4（不明により省略）

僕なりに大衆というのは、こういうものだといったわけですけどね。それと一般的に大衆、大衆といってるものとの混乱があるんですけど。それから経済社会的カテゴリーにおいて何をプロレタリアート、ブルジョワと規定するかというのは、自明のことではないんですよ。たとえば労働者は生産過程の中で労働を提供し、生産物を生み出す。そこでは生産過程を繰り返していくわけですよね。経済社会的な言葉でいえば、生活の再生産を繰り返すわけですよ。生活の再生産を繰り返す過程で、たとえば自分のうちの四畳半を間貸しして生活費を補う。間貸ししている時点で、その労働者はブルジョワジーである。プロレタリアート、ブルジョワジーというと上下関係をイメージしますけど、本当はそうじゃなくて。これらは、社会におけるひとつの関係性なんですよね。

具体的な労働者が工場に行って生産労働をしている場合にはプロレタリアートで、四畳半を間貸ししている場合にはブルジョワジーになる。個々の具体的な人間・労働者はそういう二面性を持っている可能性もあるわけですから、経済社会的なカテゴリーだけでプロレタリアート、ブルジョワジーと規定すると間違う。僕がしきりに強調してるのは、そうじゃなくて。最も極端に抽象化されたかたちで出てくる幻想過程は、国家なわけです。国家の共同幻想における個々の労働者、職業的人間としてしか存在していない人間のあり方。そういう場面で生み出される自己幻想ないし職業共同性の幻想と、国家としての共同幻想とを対立させる。そこから攻めていかないと、そういうものから接近していかないと、プロレタリアートが何をいっているのかは自明ではない。

経済社会的な過程でいえば、プロレタリアートの原型となっているのは単純労働です。自分の手を使って何かものを生産する。それは自分ではない誰かのものになるんだけど、自分はそのかわりに賃金を受け取る。そういう単純労働を経由しているわけです。現在の労働者はそういう単純労働をしてるだけでなく、いろいろと□□□があるわけですよ。生産技術が発達すると、そうなるわけですね。単純労働を経由して、現在のプロレタリアートの様相に接近していく。しかしその一方で共同幻想としての国家ではあなたがいうように、ひとりの人間がブルジョワジーでもプロレタリアートでもあり得るような存在の仕方、生活過程において大なり小なり職業的にしか存在し得ないという存在の仕方があるわけです。その過程から生み出される考えがありますよね。一方で国家の共同性は法律・憲法、あるいは個々のいろんな法規に具体的に現れますね。このような国家の幻想性と職業共同性の幻想との対立、幻想性と幻想性との□□対立から接近していかないと、プロレタリアートという概念自体を本当には把握できない。あなたのおっしゃる意味は、現実的にはそういうことなんです。

〔音源不明。文字おこしされたものを、誤字などを修正して掲載。校閲・菅原〕

【中央大学学生会館常任委員会主催】――――1967年10月12日

現代とマルクス

質問者1　（しばらく問答あるが聞き取れず）

あなたのいうことはよくわからないけれども、僕が再三くり返していう抽象度と、あなたのいう抽象度とがちがうんじゃないですか。

質問者1　じゃあ、僕のほうはまだ浅いということですか。

いや、浅い深いじゃなくて、位相がちがうんじゃないですか。僕がしゃべった抽象度の問題、位相をよく考えてほぐしていけば、あなたのおっしゃる現実的な問題として主張できるわけですよ。だから、そういうことが問題なんじゃないですか。あなたがいっていることの位相と、僕がいま展開した考え方の位相はちがうのを、あなたはむりにそのまんまでくっつけようとするから。僕がいったことを現実の世界の政治情勢・社会情勢・経済情勢に移し植えていくばあいには、それだけの手続きが要ると思うんです。だから、理論的、思想的な考察、展開をするばあいには、ロシア・マルクス主義や中国マルクス主義をべつに意識しなくても展開できる、そういう立場であるということなんですよね。

質問者2　いま、おうかがいしたことについて、質問があります。いま先生がおっしゃった幻想論はその範疇で考えてわかるんですけど、現代の社会情勢・政治情勢を踏まえたうえで、先生の理論をどう展開していけばいいのか。（途中、聞き取れず）先生がおっしゃったような理論によって本質的に現状を改革し、対応していくことができるのかというのがひとつの疑問なんですけど。

あのね、僕にはあなたの疑問を解消させる力はないわけですけど、ただ僕がそういう考え方に到達し、展開しようとするにあたって、まず初めに現実の諸関係にたいする非常に具体的な認識、体験から出てきたということはいえるんですね。あなたがおっしゃるように、現実社会では個人が自由であるわけだから、そういった認識、体験がいろんな経済的な関係にからまってきて、ある統一的な考え方を導こうにも導けないんじゃないかと。あなたが現実社会といわれたとき、それは経済的なメカニズムとしては資本主義であるわけでしょう。資本主義というのは、市民社会の内部では個人の考えは自由であるというより勝手でいいというひとつの仮装的な形態をとる。それがやっぱり、資本主義社会の特徴だと思うんですよ。だから個人が自由なように見えるというけれども、その自由は資本主義市民社会の限定をかぶせられたうえで考えられるべきだと思います。

つまり、資本主義市民社会では、個人はいわば自由であることを強制されるというんでしょうかね。個人個人がバラバラであることを強制されるということです。それが今の社会のメカニズムの中核にあると僕は考えるわけです。だから自由でありうるということじゃなくて、自由を強制される。僕の考え方でいえば、個人が自由であるという幻想性を強制される。それがやっぱり資本主義社会の特徴じゃないでしょうか。ほんとうに自由ならば、どういうことでも自由なわけですよ。だけども、どういうことでも自由だという自由は、資本主義社会にはないんですよ。ただ、個人が自由であるということを強制、強要する、その意味で自由であるということですね。僕にはそういうふうに考えられますけどね。

ただやっぱり、僕にはあなたのいわれる疑問を解くことはなかなかできないと思います。思想というのはいつだってそうなんだけど、伝わるには契機というものが要ると思うんですよ。やっぱり契機のあるところでしか伝わらないし、了解されないと僕は思いますけどね。ある疑問にたいして、「そうじゃないんだ」と説得する啓蒙的態度は、僕にはあまりないですけどね。ただ、ある契機さえあれば、人と人は理解しあうことができるし、思想というものは相互に理解することができる。そういうことは考えられますけどね。そのためには、すでに用意された契機がなければならないと僕は思いますけどね。

質問者2（聞き取れず）

あのね、どういうふうにいったらいいんですかね。個人は自由であるということ、どう考えよう自由であるということ。これは言い換えますと個人幻想で、そのいちばん典型的な例は文学・芸術です。文学・芸術では、現実的にいろんな制約があろうと、観念を展開する。そういうなかでは自由でありうるわけです。文学作品なんていうのは、どんな勝手な観念もつくりうるわけでしょう。文学や芸術というのは、典型的にそういうものですけれどね。そういうものはあると思いますよ。そこでの個人的な差異や個性は、あると思いますね。

それから、「人類がかくあるべき方向に少しでも向いているように見えればいいじゃないか。そうだろう?」というような問題は、ある次元、位相ではそのとおりというよりしかたがないところもあるんですよ。ただ、僕が今日お話ししたような次元では、それは問題にならないということなんです。

それからもうひとつは、たとえばソヴィエトでも、経済的な範疇においていちおう国家という形態をとっているでしょう。それがどっちを向いているのかを測定するばあい、そういった共同幻想性の問題とはべつにして考えたほうがいい。そういうことがいえると思うんですよ。経済的な範疇で考えれば、世界市場というのが成立しているわけですよね。中共の大豆がアメリカに売られて、アメリカで大豆が食料品に加工されて、それをベトナム戦争の兵隊が喰っている。経済的にいえば、世界の単一市場というのがあるわけですよ。そういった問題のひとつの法則性にどれだけ支配されているのか。そういう問題はやっぱり考えなきゃならない。中共という国家、ソヴィエトという国家が成立するために必要とする経済的な問題は、世界単一市場に裸でさらされているということです。そのなかでどういう問題が起こるのかということは、やっぱり考えなきゃいけないと思うんですよ。

それから、国家の体制、意志は、最も典型的にいえば、たとえばソヴィエト社会主義共和国連邦憲法の条文を見れば、なかなか立派なことが書かれている。そういうものはたしかに立派なものだという意味で、評価しなくちゃいけない。日本国憲法に較べてよくできているというふうに、評価しなければいけない。あなたがいう、人類がこう行くだろうという方向性にたいしては、この憲法のほうがよりいいんじゃないか。そういう意味で評価しなければならない。だけど、それが現実の経済的な諸関係のなかでどのように変質したりひん曲がったり、あるいはうまくいったりしているか。そういうこともまた考えなきゃいけない。要するにそういうことじゃないですか。

質問者2　じゃあ、先生の言い方でいえば、あくまで日常性の範囲での人間の本質と、将来あるべき姿の原像を集めたと理解してよろしいですか。

いや、それほど大げさにいわなくても、現在のところはある所定の抽象度をもってしか、統一的に把握できない、だから、ある抽象度をもっているといえると思うんです。もし、僕が抽象度を間違えているということであれば、それはだめだと思います。つまり、抽象度として一貫性がないんじゃだめだということです。ある抽象度をもっていることをいって、それに非常に具体性のあることをひっつけてきて、またある抽象性をもっていることをいう。そういうふうに展開されたものは、ひとつの体系となりえないということですね。体系となりうるには、そういうことがはっきりしていないといけない。そういう問題じゃないかと思いますね。

質問者3 （聞き取れず）

三つ問題があると思うんだけど。まず、共同幻想としての国家と、現に機能している国家をどういうふうに位置づけたらいいのかという問題がありますね。もちろん、国家は共同幻想であることに変りないということは、第一にいえると思います。そういうことはやってごらんになると、わりあいに簡単なんですよ。やってみると、いろいろ細部の手続きはかかりますけれども、原則的には非常に簡単なことです。たとえば、日本国憲法、いわゆる新憲法で日本の国家の権力意志がいちおう表現されている。そこに権利・義務というのは規定されているわけです。その条文と現に具体的に存在している形態、つまりあなたが身近に体験している範囲で存在している形態はどれだけ喰いちがうか、どれだけ矛盾するか。そのことは、ちゃんと実証的にわかるわけですよ。たとえば「基本的人権は護《まも》られる」という条文にたいして、身のまわりのある事件をとってくれば、ちっとも護られていないじゃないかとか。どの程度護られていないかは、ちゃんと調査すればすぐわかる。国家とその現実的な形態が矛盾している度合いは、調査すればすぐわかります。調べるのはたいへん面倒ですけど、原理的には簡単です。

それからたとえば、羽田事件（六七年十月八日、三派系全学連による羽田空港周辺での佐藤首相南ベトナム訪問阻止の闘争）というのがあって、中共はこれを反米反帝闘争であるとして評価しているでしょう。しかしいま、アメリカと日本はどういう関係にあるかを知りたければ、まず第一に、安保条約の条文を見てみればいいわけです。その条文において、「それぞれの国における憲法の規定に従って」云々という文言が挟まれている。つまり、安保条約というのは、それぞれの国の憲法の規定によって相対的独立性をもっていることがわかる。ですから、日本はアメリカにまったく従属しているというのは嘘だということがわかります。

安保条約には、「それぞれの国の憲法の規定するところに従って」と書いてあるけれども、実際問題として、たとえば基地を貸すばあい、周辺の農民などは立ち退きを命じられる。そうすると、どれだけの農民が立ち退きを命じられ、それにたいして、どれだけの補償金しか支払われていないか、立ち退くか立ち退かないかというのは、それぞれの意志によるわけですから、人権がどれだけ護られているかということは、具体的に調査すればすぐわかります。規定としては、「それぞれの国の憲法に従って」と書いてあるけれども、ほんとうはその程度インチキになっている。つまり、具体的にはアメリカに従属している。そういうことは、調べればすぐにわかると思うんです。僕はそう思いますね。それはイデオロギー、理論の問題じゃなくて、具体的条文と現実がどれだけ矛盾しているかを調査すればすぐにわかります。

だから、「羽田事件は反米民族解放闘争だ」という規定は間違いであるということは、ちゃんと条約を見ればわかるわけです。そういうふうに書いてあるんですよ。安保条約には、「それぞれの国の憲法に違反しない範囲で」と書かれている。しかし実際問題として、違反している部分がある。どれだけ違反しているか、どれだけ物質的な損害を個々の人民、大衆にあたえているかということは、熱心に調べればすぐにわかります。憲法として宣言している現実国家と市民社会における具体的な形態はどれだけ矛盾し、どこが一致するかということは、調査すればすぐにわかるんじゃないですか。それは民法、家族法、刑法など、すべてにいえることですね。条文ではこう規定してあるけれども、どれだけ矛盾しているか。あるいは、どこだけは一致するか。そういうことはすぐにわかりますから。それは具体的に調べる問題として存在すると、僕には思われますけどね。

国家の権力意志がいちばん顕現されるのは、一般的には法ですよね。つまり、法の条文のなかに非常によくあらわれます。その条文はいかに具体的な現実と矛盾するか、あるいはどれだけ一致しているかは、調査する問題だ。僕はそう思いますね。

二番目は何だっけ?

質問者3　共同幻想対国家という問題、それから国家の機能について、うかがいたいんですが。

今の答えで、それについてはだいぶいってると思いますけどね。そうしますと、法律に則って、国家機関というものが設けられるわけです、国家には官庁や警察・自衛隊がありますね。公務員法とか警察法とか自衛隊法とか、いろいろありますけど。それらは、憲法のもとにある国家意志のひとつの具体的な規定ですね。そういうものとしてあらわれた法律が具体的に存在し、個々の人が処理している。たとえば憲法には、「公務員は国民の全体に奉仕しなければならない」という規定がある。しかし公務員たる警察官、あるいは官吏が全体に奉仕しているかどうかということとは、個々の具体的ケースに則して調べればすぐにわかるわけです。共同幻想というのは、そういうふうに顕現するわけです。法律は具体的にそういう機関を設けるわけですが、機関が機関としての機能を逸脱するばあいには、暴力や強制力になります。逆に逸脱していない部分では、権利を保護するように機能していますしね。そういう面があるでしょう。一方では、権利を保護するものとして機能している面がある。もう一方では、権利・義務の範囲を逸脱して強制力・暴力として存在している面もある。その範囲は、具体的にあたればすぐにわかると思いますね。

質問者3（聞き取れず）

僕が基本的にもっている批判は、次のようなものです。エンゲルスが家族や国家、私有財産の起源を考察していくばあい、経済的範疇と幻想性の範疇の関係のさせかたがものすごく無造作なんですよ。無造作であり、その関係がはっきりと踏まえられていないことが問題です。国家の非常に起源的な形態はだいたい、家族というかたちと非常に関係してくる。家族の根幹たる性的な自然関係はかならず、対幻想を疎外する。そういうことがはっきり踏まえられてないことが問題なんだといいましたけど、それは普遍化できるのです。これは、エンゲルスの国家論についても、やっぱりいえることなんです。そして、共同幻想についての考察でも、それはいえるのでね。いってみれば、非常に曖昧なる位相、必要性で経済的範疇と幻想的範疇をからみあわせて、論理が展開されている。そこがいちばんの問題だと思いますけどね。

質問者3（聞き取れず）

要するに、人間の幻想性の領域を経済的範疇と比較するのではなく、幻想性の領域がどういう構造になっているのかを見ていく。日本国において、あるいはソヴィエト連邦において国家機関はどうなっているか。そういうことを問題にしていくばあい、下部構造が上部構造を規定するという言い方ではすまされない。経済的範疇はある構造を介してしか、幻想性の問題に入ってこない。そういうところまでは卻《しりぞ》けることができます。

逆に、経済的範疇を正確に取り扱うばあい、幻想性の範疇というのはだいたい捨象できるわけなんですよ。ところが幻想性の範疇を法則的、構造的に捉えようとするばあいには、経済的範疇を捨象できない。資本主義社会は資本主義社会として因縁があるわけですが、それがある構造をもって幻想性のなかに因縁が入ってくることは卻けて考察することができる。そういうことなんですけどね。

質問者3（聞き取れず）

そうなんですよ。幻想性を考察するばあい、経済的範疇を捨象できないんです。捨象すれば、それだけでどこまでも進んでいきます。自動的に廻転していきますから、それはできない。だけど、経済的範疇は、反映するとか従属するとかじゃなくて、構造的な関連をもつとか、そういうところまでは卻けて考察することができる。また同じことをいうようですが、その構造は調べてみればすぐにわかります。何の問題でもいいです。今は国家の問題について論じていますが、個人幻想の産物である芸術・文学の問題でもいいですね。それは経済的範疇の反映ではけっしてないんですけど、経済的範疇が構造としてどういうところに入ってきているかということは、個々の作品について調べてみようとすればすぐにわかります。つまり、「文学作品も、ある構造では経済的範疇に入ってるな」ということはいえるわけです。だけどそれは、芸術・文学のよしあしとか読んで感動したとか、そういうことを内的に取り扱うこととはあまり関係ない。つまりそういう意味では、経済的範疇というのは構造的にしか入ってこないということですね。

質問者3（聞き取れず）

あのね、イデオロギーとは無関係なものとして想定しているわけです。無関係ということは、要するに、無意識のうちに国家のイデオロギーを受け入れているということなんですよね。「おれは受け入れているんだ」と意識していなくても受け入れているんだけど、自分では無関係だと思ってる。そういう大衆の問題が非常に重要であるといっているわけですけどね。従来の考え方では、そういうものはイデオロギー的に教育されねばならないということになる。イデオロギー教育をすると、意識にめざめ、諸悪にめざめというふうになる。そういう考え方をするわけですが、僕はそう思わない。もしイデオロギー的に教育するなら、そういうふうに教育しないほうがいい。大衆というものは、ふだんは自分では意識してないけれども、たいていそのまま受け入れているわけです。しかし、これがいったん自分の必要性、勘どころにふれたばあい、まったくちがうものに転化しうる。僕は戦争体験からそういうふうに考え、そういう意味で大衆というものを捉えているわけですよ。大衆をイデオロギー的に教育することが問題になっていますが、僕はそういう取り組みのしかたじゃなくて、べつな教育のしかたをしたい。つまり、べつな教育のしかたがあると思うんです。

それはなんていいますか、例をあげますと、生活において非常に本質的であった夏目漱石という文学者がいるんですけど、彼がふつうの小説にまぎれて書いている文章に相撲の話があるんですよ（「思ひ出す事など」）。相撲取りが相撲を取って、四つに組んだまま動かない。傍から見ると、まったく静止しているように見える。しかしそのとき、その相撲取りは渾身の力をそこに投入している。それはしばらくたつとお腹が波打ってきて、汗がたらたら流れていくことによってわかる。しかしそれも三十秒か一分の間にけりがついて、どちらかが勝つということになる。

人間の生活、生活者というのはそうじゃないですか。傍から見ると平穏無事に暮しているように見える。あるいは現在の情況において、僕が想定する大衆というのは何のイデオロギーもなく、張り切ることもなく暮しているように見える。しかしそこで、ほんとうによく見てみると、けっしてそうじゃない。相撲取りじゃないけどね。相撲取りだったら一分ですまされる勝負を大衆は生涯にわたって続け、その間にくたびれきって死んでしまう。それが人間の一生じゃないか。生活者としての人間の一生というのは、そういうものじゃないか。

そういう観点に立つならば、自分の細君であろうと敵である。それから、友達であろうと敵である。さらには、自分自身であろうと敵である——そういう非常に突きつめられたところで生涯にわたって四つ相撲を取って、そしてやっぱり疲れきって死んでしまう。それが生活じゃないか。

そういうことをいっているわけですね。

つまり、僕だったら、「生活というのはそういうふうに見れば、見られるんだぞ」と教育すべきだと思いますね。「現在は平穏無事で平和だ。おれは戦争なんかいやだ」とか、そんなアホらしいことはどうだっていいのであって。しかし現在、平和だと思っている人たちの生活も、いったんぱっと目を替えてみると、もう平和じゃないんですよね。そこではやっぱり力相撲が行われているわけです。そこでは死ななくてもいいのに、経済的な余裕がないために死を早めてしまうとか、あるいは死んでしまうとか。そういう意味でいえば、ちっとも平和じゃないんですよ。傍から客観的に眺めれば、まったく平和で呑気にやってるじゃないか。あれはイデオロギーもなにももってないじゃないか。戦争をけしからんと思っている人間はいないじゃないか――市民主義者たちはそういうふうにいうけども、しかし僕はそう思わない。そういうものもいったんぱっと目を替えてみると、そうじゃないんです。そこではもうほんとうに……（以下、フェードアウト）

〔音源あり。文責・築山登美夫〕

【早大独立左翼集団主催】——1967年10月21日

ナショナリズム——国家論

質問者1（しばらく聞き取れず。同席のパネリストにたいする質問と思われる）ひとつだけお聞きしたいことがあるんですけど、中国・ソ連のほうが日本より明るいとか、あるいは、幸福な時代の幸福なインターナショナリズムは失われたとか、これはどういうことなんですか。

（質問者にたいするパネリストの発言を受けて〔発言は省略〕）今の人のばあいも、どっか地上に天国があると思っているわけなんですよね。僕は天国はないと思っているわけです。どこへ行ってもないと。ソ連へ行こうが中共へ行こうがアメリカへ行こうが、地上に天国があるわけがない。天国をあらしめることの前提条件は国家、つまり共同幻想ですね。そして現在の段階での共同幻想の最高形態としての国家を取っ払っちゃえばいいんだと。それだから、天国ができるかどうかはまたべつとして、それはひとつ前提であると思ってますね。だから、どっかへ行けば天国だなんて、ちっとも思ってはいないですね。

この人（パネリスト）は、ソ連や中国が天国だと思っているわけなんですよ（会場笑）。僕の考えでは、そうだと思ったら行けばいいと思うんですよね。二十万円ぐらいあれば行けますからね（会場笑）。それで、向こうで働けば食えますから、行ったらいいと思うんです。今は簡単ですよね。飛行機か船に乗っていけば、すぐに行けますから。（音源中断）

僕はその本《もと》にある生活・個人・芸術・政治のなかに、情況があると思っているわけです。ほかに行ったって情況はない。ここでないならば、ほかへ行っても情況はないと僕は思っているわけですね。（この後、パネリストの発言あるが省略）

質問者2　近代ヨーロッパでは、イギリスなんかは封建制から分解、発展するという過程をとって資本制に行った。ところが日本のばあい、まさに封建制が残存しているところに西洋化・近代化というかたちで資本主義が入ってきた。ですから封建思想というのは、日本の天皇制ナショナリズムの媒介項であるというか、封建思想の媒介項として、インターナショナリズムなどというものが出てきたと思うんですけれども。

では、日本の大衆はどのような過程をたどったか。そこで徹底的におちこんで、抵抗の意を示すのか。すなわち疎外をしていく過程をたどるのか、それとも国家や天皇制に追随していく過程をたどるのか。日本人は後者の上昇の過程をたどり、どんどん上のほうへ昇っていったと思うんですけど。僕らが問題にしなくちゃいけないのは、この情況のなかから下降の論理過程をいかにとりだしていくかということです。それはさっきの、二十万円で中国に行ってもなんにもならないということにつながると思うんですけど。

いわゆる土着的ナショナリズムという言葉がそこで存在しうるとするならば、まさに下降の論理過程を自分自身のなかでどう構築していくかが問題になる。先生はそこで、ポイントとして何を押さえていくかをお訊きしたいんですけど。

国家のような幻想性、観念性の問題にはさまざまな契機があって、構造まで探っていくとけっして単一じゃないと思うんです。たとえば日本のばあい、神山茂夫が『天皇制に関する理論的諸問題』でそれを指摘してるけれども、おそらく、これは交通形態の問題だと思うんです。氏族の遺制みたいなのが、国家形態の構造のなかに非常に多大に残っている。これは離れ島の特殊条件なんでしょうけど、そういうことがありますね。それから線を一本越えれば、ほかの国家に行けるところもありますし、現存する国家というのは、構造的にいえば千差万別でさまざまに存在しうると思うんです。

なにはともあれ、これは国家論の普遍的な問題としてどういう問題であるかをはっきりさせないかぎり、つまり、さまざまな実体構造をとりうる国家の実体というものの契機はどこにあるかを徹底して把握していかないと、問題がはじまらない。そういうことになると思うんですよね。そこのところで、国家にたいする戦いの目標設定のしかたが決まってくるわけですけど。そういうものをはっきりさせるということが、思想の問題としてひとつ存在する。そういうものをはっきりさせたことは、かつてない。静止的、スタティックな状態では、丸山真男さんがよく分析し、左翼がよく分析しているということはあるけれども、変えられる問題、あるいは変えられねばならない問題、そういうモチーフをもって具体的につかまれたことは、いまだかつてないと僕には思われるんですけどね。だから、そこを問題視しなければならないということがあるでしょう。

日本のばあいには、資本主義といっても、非常に封建的な遺制を引きずっている。経済的に、もっと前封建的な要素も引きずっている。ある意味ではそれを不可欠な条件として、日本の資本制は成り立っている。それはやはり、ほかとちがうじゃないかという問題があるでしょう。このちがうということには、二つのばあいが考えられるわけです。まずどこかに理想の資本主義モデルを設定して、それにたいしてちがうというか。それじゃなければ、相対的に「Aと比較したらBはちがう」という意味でいうか。ちがうというばあいには、そのどちらかであるわけです。つまり、文学でいえば比較文学みたいなかたちでいうか、それとも絶対的に、「資本制の経済機構というのはこういうものだ」というモデルをもとにしていうか。そんなものは地上に存在しないんだけど、モデルを形成することはできる。そのモデルにたいして「これだけちがうじゃないか」という言い方をするかね。僕の考えでは、そのどちらかだと思いますけどね。

ただ国家の問題というのは、観念の問題ですから、極端にいえば、まったく個々別々であると思われる実体を、ひとつのモチーフから——これは「なくなればいいんだ」というモチーフですけど——そういうモチーフからどこまでつかまえるか。つまり歴史的、現在的、情況的にどこまでつかまえられるかですね。そういうことは思想の問題としてはあるだろうと思うんですよ。そういう問題では、なかなかはっきり区別がつかないところがありましてね。でもそれは区別して考えたほうがいいんじゃないかと思いますね。国家の問題と資本主義の経済機構の問題をいちおう区別して、しかるがゆえに構造的な媒介、つながりはどうなっているのかって意味で、今度はくっつけたらいいと思いますけどね。やっぱり、いちおう別個に考えるという問題意識は必要なんじゃないかと思いますね。それはエンゲルスなんかのばあいには、非常に曖昧にぼかされていますからね。婚姻あるいは家族という概念にかんしても、自然的な性行為のことをいっているのか。あるいはもっと大雑把なといいますか、大きな意味でといいますか、もっとちがう要素——観念性も含めていってるのか。そこのところじたいがはっきりしてないところがありますからね。

エンゲルスでもマルクスでも、最初の分業、あるいは最初の階級分裂は男女の性における分業に発するというでしょう。そういうばあいには、経済的範疇としての性、セックスというものがはっきりと限定されているわけですよ。つまり範疇がはっきり構えられたうえで、そういっているわけです。それじゃあ、性的範疇というのはそれで全体性かというと、けっしてそうではないんですよ。そうではないけれども、経済的範疇としてはそういうことがいえるということがあるわけですよ。そのばあい、たとえばマルクスは、「経済的範疇としていえば、最初の階級分裂は男女の性的分業にはじまる」というような断り書きはべつにしない。断り書きはしないけれども、それはもちろんそういうふうに理解すべきであって。人間の全・性的範疇は、べつに経済的範疇にとどまるものではありませんから。それには幻想的範疇をともないますから。そういう問題は、その場面で必要なければいわないというだけでね。逆に必要があれば、それはいわなきゃ把握できない問題ですからね。そういうところをはっきりさせてからじゃないと、進めていけないように思いますけどね。

質問者3（聞き取れず）

それは非常に明快なわけなんですよ。経済的範疇としては、資本家であろうと労働者であろうとそれは世界性であって、そのことは明快なわけです。ただ、資本家のばあいには、世界性であることじたいが所有である、あるいは私有であるというかたちで世界性である。一方で労働者のばあいは、喪失であるというかたちで世界性である。そういうことですね。これが、経済的範疇で考えられる階級の発生です。階級が存在しうることには、そういう根拠があるわけですよね。

それじゃあ、階級というのは経済的範疇で解けるかというと、けっしてそうではないんですよ。経済的範疇あるいは資本主義社会では、階級というのは国家の共同幻想にたいする個々の労働者、あるいは個々の職業に就く者としてしか存在しえないですから。そこにおける共同性というのがあるでしょう。共同の意識、共同の観念、あるいは共同の幻想というのがあるでしょう。そういうものは非常に部分的に成立するわけですが、これが必然的にひっくり返らざるをえないということですね。国家の共同幻想と、個々の人間がある生産の場面でもたざるをえない幻想・観念、同じ職場、同じ職種であることによる共同的な意識はひっくり返らざるをえないということですね。

そういう契機を突っこんでいかないと、階級というものの総体的な把握はできない。つまり、階級というものを経済的範疇でのみ考えたら間違うということです。幻想的範疇としての階級——国家というかたちで結晶している共同幻想と、個々の労働者・職業的人間がもつ幻想性がひっくり返る。そのひっくり返り方を考えに入れていかないと、階級というものの把握じたいを間違えるだろう。だから、プロレタリアートという概念規定じたいを間違うだろう。そういうことがあるわけなんですよ。

そういう問題意識というのはかつてまともに提起されたことがありませんから、あえてそういうことをいうわけですけれど、あえてそういうふうに分離したかたちでいうわけですけれど。ほんとうはひっからまっているから分離できないんですけど、分離したかたちでいえばそうなります。幻想的範疇としての階級と経済的範疇としての階級というものを、両方からはっきりさせないと、階級というものを全的に把握できない。だから、そこのところははっきりさせないといけないということです。

そのはっきりさせるという問題意識は、僕がいま、ぐずぐずいってきたそういう問題意識からはじまっていきますけどね。しかし、それをはっきりさせないかぎりだめじゃないか、だめであろうと思うんです。なぜなら社会福祉国家みたいに、国家権力じたいが社会福祉的な政策によって労働者の生活条件・労働条件を向上させることは、理性的にはできるわけですからね。そうすると、「階級はなくなっちゃったじゃないか」という考えになってしまいますから。それはなぜなるかというと、経済的範疇でだけ階級性をとらえるからそうなるんですよ。

だけど、幻想的範疇というのがあるんですよね。個々の労働者が労働の場面、家庭の場面において、労働力の再生産の過程で生み出す幻想性がある。そういうものが国家の共同幻想性と、どういうふうにひっくり返るかということですね。そのひっくり返り方の実態はどういうふうにあるのか。そういう範疇として考えていかないと、階級というものは全面的に把握できない。

福祉国家みたいなものが非常に理性的にうまくいくと、「階級なんてないんじゃないか」ということになっていきますね。経済的範疇としてだけ階級あるいはプロレタリアートを把握している人は、だんだんそういうふうになっていくと思いますよ。これはどう考えてもおかしいじゃないか。階級なんて、なくなっちゃってるんじゃないか。そういう自省に陥ると思います。しかしほんとうの階級性というのは、そんなものじゃないんですよ。幻想性対国家、国家というものの幻想性にたいする個人幻想ですね。個人幻想と国家は、どのようなありかた、やりかたでひっくり返るか。それは片っぽからいえば強制であり、片っぽからいえばないほうがいいものだと考えてひっくり返す。そういう契機を突っこんでいかないと、つまり考えていかないと、階級性というのは最後にはうやむやになってしまう。僕にはそう思われますね。やっぱりそういう問題意識というのは、はっきりさせたほうがいいんじゃないかと思いますね。

〔音源あり。文責・築山登美夫〕

【東京大学三鷹寮委員会主催】――――――――1967年10月24日

詩人としての高村光太郎と夏目漱石

質問者1　夏目漱石が□□□の近代化ということを□□した場合、日本の近代化は（聞きとれず）三角関係を描くなら、それをどう描いたのか。□□□した漱石は、自己□□ということをいっている。たぶん彼は日本の文化と西洋の文化を、生涯をかけて研究したと思うんですが、それとは関係があるんでしょうか。（はっきり聞き取れず）

それは関係があるでしょうけど、そこには自己本位とか個人主義という問題があります。漱石はどこへ行っても「自分は偽物だ」としか感じられなかった。そのことに由来すると思いますけどね。英国に行っても、あるいは英文学を対象としてそれを追求していっても駄目で。漱石は日本でいえば第一級の英文学者であったでしょうけど、それを追求してもやっぱり「自分は偽物の英国人だ」と感じていたのではないかと。どう考えたってどうやったって、「英国人が英文学を研究する以上にいけるわけがない。そういうことは初めから決まってるんだ」という認識しか持ち得なかった。日本に帰ってくれれば世間は一流の英文学者、一流の作家と思ってくれるわけでしょうけど、漱石はそういう、安心することに耐えることができなかった。つまり、安心することができなかったということがあるでしょう。だからそこでもやっぱり「俺は偽物じゃないか」と感じていたと思うんです。俺は偽物の日本人であり、偽物の作家じゃないのか。つまり先ほどからの言葉でいえば、「どこへ行ったって偽物だ」という虚偽の意識がある。どこへ行ったって、居心地がよくない。故郷、つまり居心地のいいところを見いだすことができなかった。そういうことが漱石の自己本位とか個人主義を規定してるんじゃないでしょうかね。僕はそういうことだと思いますけどね。

質問者2　西欧的に近代化して西欧の文化を受容していく一方で、伝統文化をいかにして□□するかという問題があると思うんです。日本の□□は、虚偽としてあるわけですね。今の日本は西欧的な近代化を進めているわけですが、なかなかそれをやれないということですね。そしてその反動として、日本の文化といわれるものを□□して、そこから□□していると思うんですね。たとえば寺山修司とか□□□。(はっきり聞き取れず)。

ああ（会場笑）。

質問者2　日本のこれからの立場として、いわゆる西欧的な近代化を文化の根底まで進めていかなければいけないのか。それから日本の伝統というものは、どう深まるのか。それから今、中国では西欧的な近代化を目指して、彼らの伝統の中から弁証的に近代化を付け足していこうとしている。その方向性を、先生はどう考えますか。

あのね、うーん、思想的な問題に現に直面し、展開しようとする観点からいうと、伝統と近代化とか現代化という問題はあまり意識にのぼってこないんですよね。そういうことは究極の意味では、自分がやることだ。そうでなければ、どんな解答も与えられないんだと。創造の立場からはそういうふうにしかいえませんから、そう思ってるだけなんですけど。

ですから一般論として、伝統と近代化とか現代化という問題にはあまり関心がないんです。そういうものは自分が推し進めてる問題の核心にあるんだけど、その場合の考え方は創造者の考え方になる。つまり「自分がそういう問題に耐えられなければ、誰に依存することもできないんだ」と考えてるだけですけどね。

それから、中国は近代を飛び越えて現代化しようとしている経路にあるとあなたはいわれたけれども、僕はそういうふうに考えていない。僕らは、現在の中国で起こりつつあることを正確に把握することはできない。少なくとも日本に入ってくる新聞その他の解説とか情報だけでは、断定的な判断はできないんですけど。中国の文化大革命にたいする僕の考え方というのは、基本的には一種の政治権力内部の交代劇に伴う政治的軋轢・闘争の過程として評価しているだけです。だから「コンミューン体制の問題だ」という考え方には少しも与しませんし、「近代を飛び越え、前近代から現代へ行く過程である」という評価もしませんし。

文化大革命という場合、文化という言葉が広義に使われている。では、文化大革命とはどういうことか。世界のどこでもそうなんですけど、現在、国家として存在している人間の観念の共同性・共同体、あるいは共同の幻想がありますね。そういうものの廃絶なしには、いかなる意味でも階級なき社会というのは実現されない。これは先験的なわけですよ。だから中国の文化大革命が階級廃絶運動であるということは、もともと先験的にあり得ないんですよ。中国という国家の廃絶は、中国よりも先進的な資本主義国における国家の廃絶がなされない限り、なされることはない。中国国家の内部で階級廃絶運動をやろうとしても、それはもう先験的に不可能なわけなんですよ。ですから中国の文化大革命というのは、そういう意味合いは持たないわけですね。僕は、その程度のものとして理解していますけどね。

質問者2（はっきり聞き取れず）

いや、そういうことは別に意識してないんですけどね。人が見て、評価するかしないかということはまた別なんですけど。創造の立場では、別にそういうことは意識してないんですけどね。自分は東洋的な立場によるとか理念的立場によるとか、あるいは西欧的立場によるとか。そういう意識は全然していないんですけどね。だから人から見てどうかということは、また別のことなんですけど。そういうことは別に意識しませんけどね。

質問者3（ほとんど聞き取れず）

それはおっしゃる通りでしょう。漱石なら漱石の内部、個人についていえばまったくその通りだと思うんですね。個人の創造ということでいえば、そうだと思います。「俺は西洋人だ」「俺は東洋人だ」っていうことを意識に入れて、創造をやってるわけでも何でもない。そして仕事・創造の結果を理解する場合、文体などについての解釈が初めて成り立つ。創造の内部では、別にそういうことは意識されないわけです。解釈する場合、そういう問題が出てくる。だから漱石の『文学論』の中にも、そういう解釈がありますけどね。自分自身で、漢文学と英文学の間にある文学概念の相違ということをいってますけど。でも自分が何かつくるという立場でいえば、そういうことはどうでもいいわけなんですよ。漱石はそう考えていた。そういうことでよろしいと思いますけどね。

質問者4（はっきり聞き取れず）

そういう考え方は成り立ちますし、ある面でいうとそうなんですけどね。高村光太郎っていう人は、本来的に彫刻家ですからね。彫刻作品を抜きにすると、見え方がうんと違ってきますね。詩人といわれている高村光太郎は、余技・趣味という段階にはない。そのぐらいレベルの高いものなんですけど、あの人は本来的に彫刻家ですから。彫刻家としての高村光太郎っていうことを勘定に入れないと、ちょっと違うんじゃないですかね。高村光太郎は近代日本の彫刻家で、ちょっと桁外れな仕事をしている。それを入れていわないと、ちょっと何ともいえないところがあるんじゃないでしょうかね。

質問者4　詩人としての高村光太郎は、問題をそらしたのではないかと思うんですけど。

問題をそらしたともいえるのかもしれませんし、そらさなかったともいえるかもしれない。漱石にしてもそうですけど、何に引っかかったか。詩人としての漱石、詩人としての高村光太郎は何に引っかかったか。やはり両方とも天皇・天皇制に引っかかったんですよ。漱石も、天皇制に引っかかった漢詩を残してますけどね。そういう意味でいうと、両方とも引っかかったといえるのかもしれませんね。近代日本における天皇制っていうのは非常に面倒なものですから、両方ともそれに引っかかってると思いますよ。高村光太郎はあなたのおっしゃるように問題からそれて、ぶっ倒れてしまったのか。肉体的にじゃなくて、思想的にぶっ倒れてしまったのか。これもまた問題になるんじゃないですか。

〔音源あり。文責・菅原則生〕

【明治大学駿台祭二部実行委員会主催】――――――1967年11月1日

調和への告発

質問者1　二点ほど質問したいと思います。人間集団の調和の原則ということはわかりましたけど、その前におっしゃったところがよくわからなくて。平和の中の混乱というのは、混乱の中の平和の対立概念ではないと思うんです。先生は、混乱の中の平和は幻想の調和だとおっしゃいました。たしかにベトナムでは一方で戦いがあり、一方では家庭生活がある。彼らはそういう二面的なものを備えているとは思いますけど、それは検証されづらいものではない。それは究極的に、次元の異なったものではないかと。そういう観点から、僕には幻想の調和っていうのがよくわからなくて。

それから、インテリゲンチャ・文化人の政治参加という問題についてですけど。インテリゲンチャ・文化人、なかでも文学者・芸術家の究極的な任務ないしは情況に即した当面の任務にたいして、先生は沈黙という言葉を使われました。しかし僕たちは、その沈黙にたいしては了解し得ないはずなんです。先生が沈黙というひとつの行動の中に、情況にたいするなんらかのアンチテーゼをおもちでしたら、体制にアピールするとかそういうかたちでしか参加できないんじゃないかと。究極的に沈黙してしまうようでしたら、なんにも語らない人とまったく同じではないかと。まったく関心を持たない人と同じではないかと。以上の二点です。

あのね、それじゃ最初の問題からお答えします。ベトナム戦争においても、そしてベトナム国家権力のもとにおいても、それから日本の平和運動の中においても、平和の中に戦いがあり、戦いの場面の中にも平和がある。それは対立概念ではないというのはその通りです。僕は別に、対立概念としてお話しした覚えはないので。それは実体として考察されるべき問題だと思います。

それから沈黙についてですけど。国家の共同幻想性は法的言語として、まず規制してくる。僕は、そういう問題にたいして沈黙するのが知識人であるといった覚えはない。原像・原型としての大衆は、沈黙の言語的意味として、それに服従しているのであって、啓蒙家ないしあなたのような政治運動家が想定しているように、ただ服従しているのでは決してない。沈黙の言語的意味を思想として取り出し得ないならば、そんなものはナンセンスにすぎない。僕はそういうことをいったわけです。知識人は別に、沈黙性として存在しているのではない。個人として考えても共同性として考えても、知識人というのは決して国家権力には行きませんし、また大衆の沈黙性にも戻ることができない。そういうまことに無残な存在であるということはできます（会場笑）。

だから、それは聞き違いであって。大衆の沈黙性を、ただ単に政治的無関心と考える発想には、問題があると思います。僕は大衆の沈黙を、単に黙っているものとしては考えていない。大衆の沈黙の中には、言語的意味がある。法として規制してくる国家権力にたいして、沈黙の言語的意味として対峙していく。そういう意味があるんだと思います。そういうふうに大衆を理解しない者は、大衆を単に権力に唯々諾々として従っている者として理解する。そういう理解に到達するほかはない。そういう理解の仕方は啓蒙家の一般的な発想であって、思想家の発想では決してない。あるいは思想者の発想ではない。思想者としての知識人は、大衆の沈黙の意味性あるいは言語的意味性、あるいは法律に対峙する意味性を絶えずくみ取ることができる、そういう者を思想者というのであって。それは啓蒙家と思想者を根本的に分かつものだと、僕は考えております。それが答えです。

質問者2　今、知識人についておっしゃいましたけど。啓蒙家と思想家というのは、知識人の□□□と思うんです。別にそういうことを聞きたいわけでもないんですけど。最近のことはどうでもいいので、本質的なことを質問しますけどね。知識人というのは曖昧な存在だっていうけど、レーニンだって毛沢東だって、やっぱり知識人だと思うんです。それはまあ、どうでもいいんですけど(会場笑)。あくまで本質的なことを聞きたいので。

今のお話は、すごく明快でわかりやすかった。でも明快でわかりやすかったというのは、きわめて納得いかないところです。なぜかというと、対象として扱ったもののレベルで□□したことが多分にあったんじゃないかと思いましてね。それから今聞いてたかぎりでは、吉本さんは、論理的体系でひとつの物事を捉えるという考え方だと思うんです。論理的体系というのは、やっぱりひとつの連続観念をもってると思うんですよね。

その連続観念っていうのはなんですか。

質問者2　論理的体系っていうのは、ひとつの先験的な網の目とか定着したものを目指すと思うんですよ。だから当然、秩序感があると思うんですよね。秩序感がなければ、論理的体系というのは組み立てられないと思うんです。

まあまあ（会場笑）。

質問者2　連続的な秩序感で組み立てられたものは、やっぱりひとつの進歩性につながるんじゃないか。それがひとつの疑問であってね。それからもうひとつ引っかかったのは、幻想っていうことなんですけど。共同の幻想があるとか、そんなことは絶対にないと思うんです。幻想はあくまでも個人の幻想だと思うんですよね。（以下、質問聞き取れず）

まあ、いわんとすることはだいたいわかります。だけど、僕はあなたのお考えに介入する意志はないんです。あなたが自己のお考えを述べられたところに介入する意志はないのです。僕の考え方にたいする疑問あるいは批判あるいは質問として出された問題についてお答えしますとね、さてどこからいったらいいんでしょう（会場笑）。あまりにも問題が多岐多様ですから。

では最初に、こういってみましょうか。あなたは今、ニーチェを取り上げた。ニーチェの考えと僕の考え方は、どこが違っているか。あるいは、どう違っていると考えるか。これは『道徳の系譜』なら『道徳の系譜』を見ればすぐにわかるんですが、ニーチェが共同体と個人の両方を考察する場合、階級という言葉を使うことをしなかった。ようするにニーチェは、こう考えたんですよ。人間は他者と関係するとき、必ず物権における債務者と債権者という関係になるといったんです。必ずそうなるんだと考えたんですよ。個人幻想として幻想の内部に留まっている場合はともかくとして、いったん他者というものに関わる場合、必ず物権法における債務者と債権者の関係になる。ニーチェはそう考えたんですよ。

では僕はなぜ、そういう考え方は違うと思うのか。人間は個人幻想としてではなく、他者と関係するときには必ず、本質的には男女として関係するんですよ。個人としての人間が他者と関係するときの最も原始的というか本質的な形態は、ニーチェがいうように自己にたいする単なる他の人間ということではなく、必ず男対女になるわけです。人間は本質的に、そういうふうにしか他者と関係できない。人間の意識にとって、存在にとって他者という概念が現れる場合、必ず男または女という概念として現れる。だから、家族という形態として現れる。

ニーチェは個々の成員と共同体の関係を考察するとき、債務者と債権者の関係を拡張したわけです。つまり共同体と個人の関係において共同体は債権者であり、個人は債務者であるといった。共同体は物権における債権者であり、個人は債務者である。個人は負債を負い、共同体は負債を取り立てる権利がある。それがニーチェの共同性にたいする考察なんですよ。

ところでニーチェの考察というのは違う言葉を使うと、非常にエンゲルスと似てるところがあるんですよ。僕は、どっちかが真似したんじゃないかと思うんですけど。どっちか知らないけど、おそらくどっちかが影響を受けたんだろうと思います。とにかく、似てるところがあるんですよ。共同体内部における個人というのは、債務者である。その場合、共同体は債権者になる。いろんな便宜とか福祉とか、公的な問題はみんな共同体に預ける代わり、個人は義務を負う。個人内部の問題として見れば、それは罪の意識つまり原罪意識になると考えたわけですよ。

そしてニーチェには、もうひとつの考え方がある。個人は共同体にたいして債務があるのみならず、共同体の祖先にたいしても債務がある。つまりそれは、時間的に遡行するものだと。いいかえれば、時間的疎外っていうのをやるんだと。共同体の個人は、種族の祖先にたいしても債務を負っている。ニーチェはそういう考え方をもったわけです。個人対他者の最初の基盤は、債務者と債権者の関係以外にあり得ない。それが今度は共同体を債権者とし、個人を債務者とする考え方に転化された。それだけならいいんですけど、各個人は歴史的に遡って、共同体の種族の共同祖先にたいしてまでも債務を負っていると考える。それがニーチェの個人性と共同性についての考え方の要点なわけです。

ニーチェはその媒介となる個人対他者についていう場合、人間対人間、つまり他人という他の人間的存在と考えた。しかし僕の考えでは、そんなことはないのです。人間が他者を意識する場合、最も根底にあるのは男対女の関係です。そういう関係として初めて、他者というものを意識するんです。そういう意味での他者は、別に性的関係を伴うわけじゃなくて、ようするに対なる幻想、どういう場合にも他者を意識せざるを得ない意識を獲得するわけですよ。それは人間の個人幻想内部の問題じゃなくて、人間が他者を意識した場合の最初の形態になる。

ニーチェの考え方は、そういうところが非常におかしいんじゃないかと思うんです。個人幻想を他者との関係にまで拡大したときに起こる問題についての考察が、おかしいじゃないかと。

「そうじゃないよ。そうはならないんだよ」っていうことですね。それと同様に、共同体にたいする考え方もおかしい。ニーチェは非常に鋭いこと、つまり正しいことをいってると思うんですけどね。共同体における個人は債務者で、共同体は債権者である。だから共同体に公的なさまざまなことを処理してもらう代償として、個人は債務を負う。意識としても実際的にも、個人には債務を弁償しようという意識が出てくる。これがニーチェの個人というものと共同体というものにたいする考察の根底にあるわけですよ。

僕は詩人として現れたというけど、そもそも僕がなんであるかなんてわからない。僕は詩を書くときは詩人になりますし、そうじゃないときはそうじゃないわけですから（会場笑）。ようするに人がいうとき、あるいは便宜上そういうのを使うのであって。僕にとって詩とはなにか、あるいは思想とはなにか。僕は詩や思想を、ひとつの原理がさまざまなところに浸透していく場合の問題として考えているにすぎない。極端にいえば、そういうことになります。それから、体系というのは秩序をつくるんじゃないかとおっしゃいましたけど、体系には明らかに体系的っていうのがありますよね。それが下手にやられる場合には、いろんな重要なことが抜け落ちてしまう。

僕の中にもそれがあるかもしれませんけど、それが抜け落ちてはならないという意識は絶えずあるわけです。そのうえで体系について考えるわけです。

しかし先ほども申し上げましたように、秩序にたいしては秩序性の思想というものを対置しなければならない。現在、資本主義社会があってその上に日本国家というものがある。つまり、幻想性として国家があると。国家は現在の資本主義社会におけるさまざまな要因から規制されているわけですが、それと同時に、原始的な共同体の時から長いあいだ、なにか知らないけど必然的に引きずってきているものがある。歴史の途中には反乱があったり革命があったりしたわけですが、それをあれしてきて今の国家になっている。そういうきつさがあるわけですよ。つまり、きつさの歴史的な知恵の集積みたいなものがあるわけですよ。そういうものは一見すると脆弱です。そこでは不合理なことがたくさん行われていて、脆弱なように見えるんだけど、実は非常に強固だということがあるでしょう。そういうものにたいして、秩序、共同性、思想のシステム・体系として提出されなければ、きわめて脆弱なものであろうという考えがあるわけです。そういう考えが、体系性に駆り立てるわけですよね。まあ、いろんなことがあります。おあつらえ向きな答えだけじゃなくて、もっといろんなことがありますけど、僕はそういうふうに考えるわけです。

質問者3　ニーチェの解釈は、吉本さんの解釈として非常に面白かったんですけど。わたしはハイデガーを読んだことがあるんですが、ハイデガーにはまた別の解釈があるわけですよね。そこではやはり、近代人のニヒリズム意識というところから解釈してしまうと思うんです。自我の目覚めの根底にあるのはデカルトですけど、自我は□□できるわけなんですね。だけどその自我が分裂してしまい、自分自身・自我の中に他者がいるということになった。（以下、質問聞き取れず）

だから、おれは再三にわたっていってるわけ。種族の男女の性的な自然関係によって人間自体を生むってこと、それは経済的範疇で捉えたら駄目だといっている。経済的範疇としての男女の関係は必ず、対なる、ペアなる幻想を観念でちゃんと疎外する。あなたのいうエロティシズムっていうのは、いろいろな色を塗りたくらなくても、ようするに対幻想の問題です。それはさまざまな情感的あるいは感傷的ニュアンスを塗りたくったって、そういうのはみんな、はがれてしまえば対なる幻想ですよ。

質問者3　そうすると、存在自身も幻想になっちゃうわけですか。

いや、そんなことはないですよ。存在自体は幻想にならない。こういう分け方はいけませんけど、大別すれば経済的・現実的範疇と幻想的範疇がある。全人間的存在という範疇は、その両方をちゃんと含んでいるわけですよ。それだけのことです。それをエロティシズムならエロティシズムとして展開するというのは、文学者の仕事として非常に興味深い仕事ではある。僕にだって、文学的にそういうことを展開する欲望・考え方がないことはないんですけどね。ないことはないけどピラピラをはがしてしまえば、エロティシズムというのはようするに対幻想の問題であって。

質問者3　それは別の存在に至る□□じゃないかと思うんですけど。

〔音源あり。文責・菅原則生〕

【東京医科歯科大学新聞会主催】――１９６７年11月2日

個体・家族・共同性としての人間

質問者１　□□□関係というのは、そのとき男と女の関係の中から、動物という存在□□□その男と女の□□□現象の中に介在するユートピアというものは、どういうふうに考えられていますか。

つまり、親の世代というものと、子どもの世代との関係ということ□□□もう少し□□□。

質問者１　たとえば、何か子どものいない家族と、それから、子どものいる家族というのは、質的に違うということをいわれたと思うんですけれども、それが子どもというのが、なんか対幻想の媒介としてあらわれて、そこには位相の□□□というのは認められないというそういうことを、とくにお伺いしたいんですけれども。

つまり、それは非常に簡単な数学的な問題で。いままで個々にこの関係だけだったのが、この関係もあり、この関係もありというような問題に転化してくるわけです（黒板に描いた図形をチョークで指し示す、コッコッという音が聞こえる)。それから、この関係におけるこの関係の意識というもの、つまり、これが母親と子どもとの関係に対し、父親の□□はいかなる位相を占めるかとか、ようするに、□□の関係のなんか複雑化していくことが、まったく単なる父親と母親と子の関係とは違って、複雑になるという、そういうことじゃないですか。

質問者2　つまり、たとえば……性としての人間という概念があらわれてきているとすれば、ようするに、現象学的な精神医学に対して、ある反論みたいなものを出してきていると思うんですけれども。そういう面から、それを現象精神医学に対峙するものであって、先生が意図する人間という概念であらわしている、その根拠というのは。

その根拠というのは、ようするに、性としての人間という範疇は、きわめて自然に属するということなんですね。つまり、自然に属するということは、なんといいますか、あたりまえという意味の自然ではなくて、人間が生理体としては自然であるというような意味で、つまり、自然の一部分であるというような、そういうような意味で。自然に属するがゆえに、最初にその問題が他者との関係において根本的にあらわれるというふうに考えるわけです。つまり、最も根強いものということです。なぜならば、人間は自然だからということなんです。それで、人間が自然だからといいながら、人間の全体的な範疇というものは、なんかまた、その自然であるものが意識を生み出していくというようなこと、つまり、そういうことが人間の全体的な問題になるわけですけれども。まず、ようするに自然だからということですね。つまり、性というものが、きわめて自然だから、とにかく、自然を根拠にするものですから、自然的関係を根拠にするからということなんです。つまり、媒介関係なしに、自然対自然の、つまり、直接関係というものを根拠に置いているから。そういうことなんですね。だから、それが最初に他者との関係で強固なものとして、あるいは根本的なものとしてあらわれるというように考えるわけですね。つまり、それだけのことですよね。つまり、性というものは、きわめて自然だからということです。だから、強固であり、根本的であるということです。しかも、非常に直接的である。つまり、自然対自然の関係である。つまり、まず、他者との関係というのは、自然である人間と自然である人間との関係としてあらわれるということ、そういうことですけれどもね。

質問者2　もうひとつ、あえて現象学的な反論を加えたいという根拠をもっと明確にしていただきたい。

つまり、現象学的にいえば、ようするに、たとえば複数になった場合に、人間的本質というものが、人間的本質と、いわば直接的に関係をもつということですね。しかし、ほんとうはその自然としての人間が、直接関係を結ぶというのは、ほんとうです。それからの媒介項、つまり、それから、いわば自己疎外された、つまり、それからの自己疎外として、観念の自己疎外としてはじめて人間と人間とはもろもろのいわば現象学的な関係でもなんでもいいですけれども、そういうものが、はじめてそこに出てくるということなんですけれども。しかし、ほんとうに直接的に関係が出てくるのは、これも自然であり、これも自然であるという、そういう関係としてはじめにあらわれるところが、まず違うということですね。つまり、まず根本的に違うということです。だから、こんなものは、つまり、なんか一人称、二人称なんていう問題ではないので、つまり、そんなもので拡張できないということがあるわけです。なぜならば、まず直接的に自然対自然というふうに、人間と人間との関係があらわれるということ、だから、それ以外のあらわれ方というのは、もちろん、人間と人間との間にありますけれども、それは、幻想性の領域、つまり、観念性の領域として、つまり、自然関係の観念的な自己疎外というような、幻想的な自己疎外といいますか、そういうものの関係として、さまざまな態様をとり得るというような、そういうものとして出てくるので。まず自然と自然との直接関係というのが出てくるから。つまり、一なるものを拡大したら、二になる、その次に三になるというような、そういう抽象性、あるいは現象性という拡大を許さないということ、そういうことが根本的だと思いますね。

質問者3　お話を伺っていると、しばしば「わたし」とはおっしゃらないで、「われわれ」というふうにおっしゃるのですけれども、「われわれ」とおっしゃる、先生の考え方に□□□その場合、どういうことをさしておられるわけですか。

いいえ、それは医学生が使うんですよ。すべての科学的論文においては、たとえわたし個人でやったとしてもウィ（We）と出すんですよ。つまり、わたしがやった研究でも。ぼくは、科学的な論文を一つ持っていますけれども、ウィと出すんですよ。そういう意味ですよ（会場笑）。

質問者4　個体と他者との関係という問題が、それが自然的なものだから、個体と人間との関係という場合に、自然□□□やはり、生きていく以上、自然ということが、個体と他者との間の関連という意味で、重要な問題になってくると思います。その場合に、やはり先生がさっきエンゲルスの（聞き取れず）。

性を自然関係というふうに考えた場合には、そういう人間を生産すること、性関係において、人間自体を生産する、それが経済的範疇です。なぜならば、人間は、労働力の形成部でありますから、人間自体を生むということは経済的範疇で。あなたのおっしゃる食べるということもありますね。だから、もっといいかえれば、全生活過程というものがあるとするでしょう。その中には食べることもあるし、遊ぶこともあるし、寝ることもあるし、いろいろありますけれども、この人間の全生活というものを、もし経済的範疇として把握するならば、もちろん、食べることも、遊ぶことも、それから、ものを作る生産自体も、それから、眠ることもぜんぶ経済的範疇になります。なぜならば、それは生活・労働力の生産であり、再生産であるから。だから、食べるということは、もちろん、経済的範疇です。だから、性というようなものも、人間を生むんですから、一つの労力を生むんですから、もちろん、経済的範疇でいえば、人間自体の再生産であるということです。だから、もちろん食べることも関係します。

質問者５　ちょっと、ことばの問題なんですが、個体と家族と共同性というところで位相ということをおっしゃったんですけれども、その位相ということばの意味はトポロジーという意味なんですか。それとも、そういう意味じゃなくて、どういう意味でおっしゃったんですか。

ようするに、なんといいますか、トポロジーという意味じゃなくて、非常に簡単な意味で、場所的相違というものと、それから、ディメンションの相違というもの、そういうもの両方を含めて、それをただ総括しているだけなんですけれどもね。非常に簡単に使っているわけです。複雑なあれで使っているわけではないですけどね。

質問者6　（聞き取れず）どういう役割を果たしているか。□□□そういうものについて、大ざっぱに聞きたいと思うんですが。

思想というのは、幻想なわけですけどね。幻想ですね。だから、それは個人が持つ場合には、個人の思想、あるいは個体の思想というふうになりますね。で、個体の思想というもの、つまり、個体の思想をいいかえれば、自分はこう思うというような、そういう次元で考えられる個体の思想というのは、たとえば主観なら主観というふうにいっている。それで、その主観的な理解では、ようするに、なんといいますか、あることについて、わたしは主観的にこう思うんだという、そういうことしかいえないから。もし、個体の思想というものが、なんといいますか、さっきいいましたつまり、性としての人間の関係、あるいは共同幻想としての国家というものを問題にする、そういうものを考える場合には、単に好きであるとか嫌いであるとか、私はこう思うとかという、そういう次元じゃなくて、まず、位相性を考慮した媒介を設けないと、そういうものについての、つまり、共同幻想的な、たとえば国家みたいなものについての一定の把握というのはできないだろうということがいえると思います。つまり、あなたのおっしゃる思想というものは、ようするに、幻想性ですからね。

だから、個人の思想というものは、いかにしてそれじゃ共同幻想性に属する、つまり、たとえば国家とか、法とか、それから宗教について、そういうものについての考察を十全になし得るかという場合には、単なる主観性だけではそこには到達し得ないということはいえると思うんです。つまり、そうだったならば、主観的、あるいは主体的な個人思想に、ある媒介というものを挿入していかないと。媒介というものは、論理であろうと、なんであろうといいですけれども、実験でもいいですけれども、調査であろうといいですけれども、そういうものを導入しないと、たとえば共同幻想性に属するものについての考察というものは、十全にはなし得ないだろうというような、そういうことはいえると思うんですね。それでいいですか、その質問は。

質問者7　沈黙の言語的意味をくみ得たという、そういうふうな、さっき、レーニンの例を出されたんですが、ほかにそういうふうなあれがありましたか。まあ、思想家の名に値するというようなもので、どういうふうな人が存在しましたか。

ぼくは、存在しなかったと思う……。

質問者7　さっき、レーニンの場合に、この沈黙の言語的意味をくみ得たというふうにいいました。そこのところをお伺いしたいと。

たとえばどういう根拠でそういうことをいうかというと、たとえばレーニンがプロレタリア文化というようなことについて発言するでしょう。つまり、文化であるから、それは幻想性に属するわけです。プロレタリア文化ということについて発言する場合に、ようするに、いわゆるそれを労働者がつくった文化であるというように考える者とか、労働者の立場に移行してつくった文化であるというふうに考える者とか、種々さまざまいたわけですけれども、レーニンがプロレタリア文化というようなものに対して繰りかえし繰りかえし警告したことは、ようするに、プロレタリア文化なんていうものは、ある一定の党派なら党派が植木鉢の中で純粋培養してできあがるような、そんなものではは絶対ないんだと。つまり、人類がそれまで、資本制に至るまで築いてきた文化というものの止揚のうえにはじめて成り立つんであって。だから、それはきわめて長い時間をかけて、あれしていかなきゃ、そういうものはできないんだということですね。そういうことを繰りかえし繰りかえし警告していると。つまり、そういう場合のレーニンというものを想定すると、つまり、最後に問題だったのは、ようするに、いわゆる、なんでもない大衆ですよね。一見すると、政権がどう移動しようとね、政治革命が起ころうと、なんの反応も示さないように見える大衆が持っている、そういう意味性、最後にはその意味性というものをすくおうと。それがすくえなければ、文化の問題というのは、たとえばプロレタリア文化なんていうのは成立しないんだということ、そういうことをたとえば繰りかえし繰りかえしいっているんですね。

質問者7　そこまでのぎりぎりの緊張関係があったという意味で、レーニンをあげられたわけですね。

そうですね。つまり、だから、いつでも考えていたのは、ほんとうはこういうものなんですよ。

だけど、そばにいるのはそうじゃない。ある程度イデオロギーを注入された人間が、そばにいるわけですよね。大衆、労働者がいるわけですよ。それが問題なんじゃなくて、最後に問題になるのは、やはりそういう大衆、それをすくえないかという、つまり、それの問題というものをくみ取れないかという、それがやはり占めていた。だから、そんなプロレタリア文化なんていうものは、そんなひとつの党派が政治革命をいっぺん成就したくらいでなんか生活的にこうだというような、たとえば社会主義イデオロギーでいけとかなんとかそんなことをいったって、そんなものはできるものじゃないということを、繰りかえし警告しているわけですよ。つまり、そういう警告というものを考えてみますと、やはり最後には、そのいまの沈黙しているといいますか□□□。

質問者7　それは無為の民ということですか。

まあ、そういうことですね。そういうものの持っているほんとうの意味性といいますか、それを結局はしゃくり取るというような、しゃくり取ることがない限りは、なにも最後の問題は解決されないというような、そういうことを考えていただろうというふうに思うわけですけれどもね。

質問者7　それが、レーニンがそうだったたか、よくわかりませんけれども、そうだったんでしょうかね（会場笑）。

ぼくはそう思う。つまり、ぼくはそういうことを非常によく考えていたと思いますけどね。ただ、実現したものは、まったくそうじゃない違ったものが実現したかもしれませんけれども。しかし、ほんとうに考えていたのは、そういうことだったと。つまり、だから、なんか危なっかしくてしょうがないということですよね。なんか、プロレタリア文化とブルジョア文化というようなふうに大別させるというようなことは、つまり、幻想性の……（テープ切れ）

〔音源あり。文責・菅原則生〕

【京都大学文学部学友会主催】――――1967年11月12日

再度情況とはなにか

質問　（聞き取り不能）

（冒頭の音声欠落）ギャップをもつだろうというふうに考えるのです。つまりそのことは非常にわかりやすく考えると、自分は階級的に疎外されていながら、しかし現在の国家を観念の上では承認しているというような、そういうような労働者なら労働者というものがいるわけです。つまり経済社会的にはみずから階級的疎外を受けているにもかかわらず、観念では共同性のひとつの形態である国家権力を承認しているというような、そういう矛盾をみずから行っている。そういう労働者というのは存在しうるわけです。その場合には、観念の世界から考えられる逆立ちというものと、経済社会的な観点からとらえる、労働の観点から考えられる階級というものはみずからの中で矛盾していくというような、そういうような現れ方が現実的に存在しうる。

質問　その、逆立ちするということのイメージがよくつかめないのですが。それともうひとつは、たとえば共同幻想としての階級とかいう概念というのはどういうところを基盤として提出されるのかということなのです。

逆立ちするというイメージが出てこないということなのですけれども、それは□□□（会場笑）。そういう場合に、どういうふうに考えたら考えられるかというと、つまり問題は、結果はすぐに出てくるのですけれども、どういうふうに考えたらいいのかという考え方というのはあるわけです。たとえばマルクスなんか経済社会的な範疇から、たとえばプロレタリアートというような概念をもち出す、つまりつくり出していくうえでどうやっているかというと、きわめて単純労働という考え方なのです。それと同じことをやればいいわけです。原始キリスト教からいってもそれから原始キリスト教の組織論という、そういうものからいっても、現在の共産党の組織論からいってもそうなのですけれども、つまり三人以上いても、いまいいましたように他者に出遇う出遇いは共同性になるわけです。つまり二人だったらほんとうは男または女なのですけれども、だけども三人になると共同性になるのです。三人以上いると。

だから、三人が単位なのです。これは原始キリスト教でもそうなのです。共産党でもそうなのです。だから単純に三人なら三人をモデルにしたらいいのです。三人が集団の共同性をつくる。そして共同性の規定というものを、つまり規約綱領、それを、なんでもいいのです。サークルでもなんでもいい。共同性の規定というものを三人で徹底的に討議する。三人が討議した結果、ともに納得しうる規約綱領をつくったとする。そうすると、これが三人の共同幻想のいわば規約綱領□□□だから、そうしますと、このうちいちばんわかりやすいのは経済的基盤が□□□この規約綱領の一条に、たとえば会費は千円だと、そういうような規定が一カ条にあるとします。

そうした場合に、経済的なあれからいって、1なら1、それから2なら2、3なら3でもいいのですが、1なら1というやつが、たとえば突然家が破産した、そういう事態が起こったとする。そうすると、これは規約綱領千円の会費が払えないということになるのです。そうすると、まず考えられるのは、「おれ、払えないからやめた」というふうに（会場笑）いくか、それじゃなければ、「おれ、払えないけれどどうしたらいいだろう」というふうになり、また三人で討議して、ここに保留事項というのをつくって、1は払えるようになるまで千円の会費を免除してやるということが決められるとすれば、それはひとつの□□□そして存続していくわけです。そして1の分は2と3が千円以上出す。たとえば千五百円ずつ2と3が負担して維持していく。そのところへ、たまたま、この、たとえば1、2、3の統合組織、共同性というものが、なにかの雑誌発行を決め、タイプ印刷に六万円かかるとする。そうすると、1というのは依然として払えない。2と3は六万円をなんらかの形で分担しなければならない。ひとり三万円を分担しなければならない。そして、これを維持していくためには、出すごとに三万円ずつ負担していく。それは相当きつい。

そしてしまいに考えられることは、ようするに観念的にいって、つまり精神的にいって、2と

3が、おれたちだけで負担していて1の野郎はとにかくいかなる事情があろうとも負担することはなくて、おれたちだけが分担している。おれたちにとっても三万円というのはたいへん苦しい。そういうふうになりますと、観念的には2、3と1のあいだには、ある最初の違和というものが出てくるわけです。

……(テープ切れ)……すでに、もう1にとっては規約綱領は一種の負担、あるいは一種の力、権力というふうにしか見られないわけです。その最初のそういう転化というものは、たとえば2、3と1のあいだの感情的あるいは精神的矛盾というものをひき起こす。それで、ところが、それが次の段階で非常に極端になってきて、つまりもう、とにかく2と3にとって1の存在というのはどうしても面白くないということになれば、1は出ていくよりしかたがない。そうすると、すでに出ていった1にとっては、ここで少なくとも当初においては自分も参加させて自分も納得してつくったものであるにもかかわらず、この規約綱領は1にとってはすでに、まことに縁遠いもの、つまり疎遠なるもの、あるいはまったくただ、自分にとって自分を圧迫するものとしてしか感じられない。そういうものになる。

そうしますと、それに対して1は、とにかく最初に2、3と感情的な齟齬があって、そういうような段階からだいたいこんなもので会費を千円とろうなんていうのはまったくおかしいとか、六万円を出してくだらない雑誌をつくるのかというようなことになってくると、この規約綱領にある方針に基づいた雑誌発行というものは、1にとってはまったくでたらめだ、虚偽だというふうに感じるわけです。

もっと極端になってきますと、1にとっては、少なくも当初に自分が参加し、そして充分討議をつくし、そして納得したものであるにもかかわらず、1にとってはすでにこれは、まったく一般的に1という個人のみならず、1と同じ環境を有する1、1、そういうすべてにとってもこういうものはまったく抑圧的なものだというふうに1は感じていると。そういうときに1、1、1は、この共同幻想というやつの比喩的表現ですけれども、こういうものはまったく権力であり暴力であり暴圧であり……そういうふうになっていくわけです。これは三人だからそういえるけれども、三人でなくてもいえる。こういう単純な共同性ですね。共同性における最小単位というのは三人ですから……そういうときに1、1、1にとっては国家の共同性の、たとえば法的な表現、つまり法律というような、法律というものをあれにして社会、現在でいえば市民社会ですけれども、そういうものに対応していく国家は1、1、1にとってはまったく抑圧であるというふうになっていく。

それが、いわば1、1、1というものが、たとえば同じ職業的な共同性というものにあったらば、それにとってはこれは抑圧だと。2、3にとってはこれは依然としてみずからのものであるという感じのものである。こっちにとっては□□□これが観念性、つまり幻想性から考えられる階級ですね。それは単純に考えていけばすぐにわかります。これが1と2だけだったら、二人だったとしたらその本質は、たとえば男と男、あるいは友情という、そういうようなものであって、二人だったらこのあいだは共同性じゃないのです。性なのですよ。つまり性としての□□□なのです。だけどそれが三人になってくると共同性なのです。性じゃないのです。性の場合もあるわけです。これはたとえば三角関係（会場笑）、つまり男女の三角関係というものは非常に困難なのですけれどね。解決するのは非常に困難なのですけれども、□□□本来的に1、2である、つまり二人であるべき本質をもっているのが1、2、3として出てくる、共同性として出てくるという、そういう次元を位相の□□□ものが三角関係の困難さなのです。

この困難さというものは、たとえば夏目漱石という人は一生追求したわけです、この問題を自分がそれを体験したしないということじゃなくて、三角関係という問題の中に、一見するとそれは家庭内あるいは三人の男女□□□そんなものにすぎないような、それにすぎないように見えるけれども、この三角関係という問題の中に性というような次元、つまり我対他者という、そういう関係の本質というものを、それは共同性というものの本質、そういうものとの矛盾というものがこの問題の中にあるんですよ、思想的に。それが、やはり漱石なら漱石という作家を一生にわたって支配した文学における思想なのですね。そういうことなわけなのです。だから、こういう非常に単純なところから考えて、単純な観念性の関係から考えていけば、むしろ、やはり階級ということに、つまり幻想性、あるいは観念性からみられた階級の問題というものが出てきますね。それでいいですか。

質問　文学・芸術というものを個人の観念の中のものであるとすれば、それは共同体としての政治というものと逆立ちしてしか現れない。そういう文学者・芸術家というものが政治というものとどのようにかかわっていくべきだと思われますか。

逆立ちしてかかわっていく（会場笑）。つまり逆立ちしてかかわっていくということは、一見すると政治というものに対して有効性をもたないかのごとくして、本質的にはもつというようなかかわり方、そういうかかわり方をする以外にこの問題、つまり逆立ちの問題の解決法はないだろうと思うのです。そういうかかわり方をするのは非常に本質的なものでしょうね。そうじゃなければその矛盾を一挙に解決するのは、その局面においてだけ文学者をやめてしまうということです。局面においてだけ文学者をやめちゃって、自分が政治家あるいは政治運動家になっちゃうんだと思うのです。文学者として政治的であるということじゃなくて、その局面において文学者であることをやめちまうということですね。

質問　階級がなくなった場合に……。

たとえば一見するとなくなった場合というのは、経済社会的な構成というものの中で、労働あるいは生産の場面において、いわば資本制的な、つまりメカニックというものが消滅すればいいんだし、あるいはまた消滅させるような政策をとればいいと考えられるかもしれないけれども、そのような考え方からいきますと、共同幻想性である国家というものが消滅しないかぎりは絶対に階級というものは消滅しうることはないということはいえるんじゃないですか。国家があって□□□が階級消滅するとか、あと三十年ぐらいたつと共産主義社会になるなんていった人がいるんですけれども（会場笑）、いま、なんか、政策の失敗かなんかを問われて失脚している、そういったやつがいるのです。だけどもそんなおかしいことはないのです。ようするに国家というものがあるかぎり階級というものは消滅しないのです。どういう政策的、経済政策的になって□□□そんなことは□□□不可能であって、国家があるかぎり消滅しないのですね。なくなっちゃうというのは幻想性の問題、観念性の問題ですね。階級という□□□国家があるかぎり、どんな経済政策および社会政策をとろうと、階級は絶対に消滅しないということは既定の事実なのです。だから、ようするに、もちろん私たちの□□□いっている人もいますけれども、そんなことはないのですけれども、国家という□□□なくなるということはないですね。

質問（聞き取り不能）

つまり、これはおれとお前たちとは同じような□□□じゃない（会場笑）。□□□反体制的共同性（会場笑）。つまりこれに対決していく共同性というのはどういうことになるかということだと思うのですけれども、それはぼくの考えでは、この共同性が本質的には成り立たない。本質的には成り立たないけれども、□□的には成り立つと思うのです。

□□的には成り立つというのはどういう場合を考えたらいいかといいますと、国家の共同性というものは、ともかくも、法的な表現をとって市民社会に対していくわけですけれども、この国家の、たとえば法的な表現というものの対極概念というのはなにかといいますと、それは国家の法的表現によって考えられる国家の権力意識、そういうようなものの対極概念は大衆の沈黙ということの表現的意味なのですよ。

つまり沈黙する大衆、つまりこの場合の大衆というのは別にイデオロギーとかなんとか、そういうものをもたないというふうに想定される。だから、それは科学的純粋に問いただせば原型としての大衆という以外にないのですけれども、原型としての大衆の沈黙というのが、単に国家の法的表現に現れる権力意識に対して、単に黙って服従している、唯々諾々として服従しているというだけじゃなくて、その黙っているということには表現的な意味があるという、そういう概念がこれの対極の概念ですね。

だから、その表現的意味という問題を、もしもこの上向きに考えられる共同性というものがもし沈黙の表現的意味というものを、なんといいますか、自分たちの共同性が、なにか思想的一項目に繰り込むことができるならば、こういう上向きの共同性というのはかろうじて、つまり□□的には成立するであろうというふうに考えるのです。

もし、それが繰り込めないで、この共同性が周囲に、たとえばおしゃべり屋の大衆しか集められないとすれば、それは上を向かないで、必ず下を向きます。だから下を向きますから二重権力ですね(会場笑)。いわばこういうものを、官僚制あるいはスターリン主義というものの本質だとわれわれは考えます。ほんとうは下向かないで上向くべきなのに。唯々諾々としているように見える、そういう大衆の沈黙というやつは、ほんとうは意味があるんだ。その意味というのは、沈黙ですから、もちろん顕在化していないわけですけれども、それは意味がある。その意味は、国家の法的表現における意味性というものとまったく対抗的なものです。そういう意味として大衆をとらえ、あるいは原型として、つまり科学的純粋にいえば原型としての大衆というものの共同性がつくられる。それは、やはり□□□であろうというふうに考えます。

反体制的な共同性といえば、たとえばレーニンならレーニンというものが考えていますパーティとかサークルとか、そういう共同性だと思うのです。だけども、実現されたのは□□□思想的課題としてはそうなんだけれども、それが繰り込めなければ、大衆というやつは、黙って言いなりになって法をもって規制してくる国家権力に黙って「はい」と従っているだけにしか見えない。だからこれを、政治教育かなんかで啓蒙すればいいんだというふうに、つまり啓蒙家の考え方でいう大衆はそうなります。啓蒙するしかないじゃないかと。

要するに大衆が沈黙していても、それには表現的な意味がある。その表現的な意味は明らかに国家権力の意志である法律の表現の意味と対立するものであると。しかし、ただ、沈黙ですから顕在化はしていない。しかしこれは顕在化しうる可能性というのはいつでももっている。そういう問題というものを、いわば思想の一項目としてこの共同性というものが保てるならば、保持しうるならば、この共同性は上向きに成り立つでしょうと。しかし、もし保持できなければ、必ず下向きになるでしょうと。そういうふうにいえると思うのです。そういう問題だと思うのです。

質問　吉本さんね、大衆の原像というものを、自分の思想の中に繰り込まなければいけない□□□。ぼくは、たとえばあなたの全生活というやつを内側から覗いたり外側から覗いたりできていないですから、それはいえないけれど、あなたのおっしゃるエピゴーネンになるとかなんとかというふうにいわれるのは、ぼくは納得できないのです。

たとえばぼくはある思想というものを、なんといいますか、つまりある思想に対してエピゴーネン的であるというふうに自分が考えた場合には、その思想が、あるいはその人が提起する思想というものが、なんか自分が考えてきて、築いてきた、そういうものに対してまったく違う視角から、しかし問題としては同じ問題を、同じモチーフをもちながら、まったく違った視角から、考えてもみなかったような視角から、なにか問題を提起しているように見えるときに、やはりぼくはその思想を述べた人、あるいはまたその思想に対して、つまりエピゴーネン的存在であり、またある場合には強力な影響を受けるというようなことをぼくはすると思うのです。だから、そういう、つまり同じモチーフを持っていて、それに対してまったく自分が考えも及ばなかったというような、そういうような問題を提示しうる思想家に対して、ぼくはエピゴーネン的であるわけです。

しかし、もし自分がそういう、自分がなんらかの形でつめていってそういうような、まったく新しい視角というのは、ぼくは感じられないというふうになった場合には、ぼくはエピゴーネン的でなくなるというだけで、それは自分自身であるというふうになるだけであって、あるいは自分自身の考え方というものを現在における、考えられる範囲で有効なものじゃないかというふうに考えるだけであって。つまりエピゴーネンであるかないかという問題は、つまるところはそういうことに帰するわけです。

だから、たとえばあなたならあなたの生活とか、内側からか知りませんけれども、あなたが、なにかエピゴーネン的であるとかどうかということはあまり問題でなくて、ぼくの考える考え方の中から、あなたは同じ、なにかモチーフをもちながら、しかもなにかちょっと考えも及ばなかったというような、そういう問題を提示しているというようなことがなくなったときには、やはりそれは自分自身で、それは手探りでもなんでも、行動したり考えたりそういうことをやっていく以外に方法がないというふうになるのじゃないでしょうか。

ぼくは、だからそういうふうにしゃべったことを、つまり言葉の、なんというのですかね、いっている言葉通りの意味というふうな面にだけとってほしくないわけですよ。なんか、ぼくがそういうふうに考えていったというような、なんかそういう考え方といいますか、考えていった経路といいますか、そういうところから、なんか、もしくみ取るものがあればくみ取ってほしいというふうにぼくは思うわけです。

字義通りのあれで、なんらほかのあれを有しないというふうには受けとってほしくないのですね。たとえば、どうしてやつはああいうふうに考えたんだ、そしてああいうふうな考え方というのはいったいどこから出てきたのかとか、どこから学んできたのか、ああいうふうな考え方を出していくためにはどのぐらいやつは考えぬき、そして苦しみぬいたかというような、なんかそういうものをあなたが客観的によく測れるといいますか、それだけの冷静さといいますか、距離といいますか、そういう意味でもぼくはもってほしいというふうに思われるのです。そうじゃないと、なんか、□□□言葉にというか、なんかあるのは政策的な言語というか、そういうような次元になってしまう。政策的な次元の問題というのは、ぼくのしゃべったことも多少政策的なことに関連することがあったかもしれないけれども、そういうことだけじゃなくて、どこからあいつはああいうことを考えてきたのか、ああいうことを考えるのにどれだけ時間がかかるものかとか、そういうふうな問題として冷静にじろじろと眺めてほしい。そういう気がしますけれどね。

質問（聞き取り不能）

それをふれるということはできないことはないと思うのですよ、つまり言葉のうえでは。言葉のうえではふれることはできると思うのですけれども、ぼくがふれないというのはそれだけの理由があるのです。

というのはつまり、たとえばぼくならぼくがあなたならあなたの位相を考えて、つまりぼくはこういう□□□しゃべっているわけです。そういう次元で、なんか、つまり組織、つまり共同性の問題ですね。そういう問題にふれるというのは、つまりぼくの中に虚偽の意識というものを感じさせるのですよ。つまり、自分が虚偽というものをあれしないかぎりは、そういう次元ではそういうことにふれられない、そういうふうなのは、わたしは嫌であるということなのです。だからふれるならば、ほんとうは四十すぎた人は降りなければならない。降りてあれしなければならないわけです。それでしなければそういうことにはふれられないというふうに思うわけです。

だからぼくはそういうことを一般化するわけで、だいたいこういう□□□比喩としていう□□□するというのは組織論についてふれたり、なんかいい気になってしゃべっているようなのは、駄目じゃないかと思うのです（会場笑）。これは内側からそういう連中の□□□わかるわけです。なにが虚偽なのかわかるような気がしますけれどね。つまりそういうことはできない。つまり虚偽、つまりなにか虚偽□□□そういうことが□□□ぼくのほうの場合の条件というのは、四十すぎなら四十すぎに降りなければならないということがありますけど、□□□書いたりなんかして、そういう自分というのは降りなければ、そういうことを□□□そういうあれはあるわけですね。それから、だけどもそんなことをいうのは、□□□だけどもいわないだけですよ。

それからもうひとつの問題といえば、今度は□□□あなたのところにあるわけです。極端にいえばそういうふうに、たとえば問うてくるあなたというのは、いう条件というのは、やはり条件がいると思うのです。その条件というのはつまりあなたの□□□論理性□□□やはり懐手《ふところで》している□□□共同性について、つまり組織について□□□それが必要であるにもかかわらずなにもいわないじゃないか、肯定してぼくはいうことはできないじゃないか。というのは、ようするに、たとえば□□□あなたは□□□ぼくと心中しますかといった場合に、あなたがよし心中しますというふうにいえないかぎりはやはりそういう□□□やはり虚偽になるんじゃないでしょうか。つまりあなたにおいて虚偽の意識というのは存在するんじゃないでしょうか。ぼくにはそう思われます。

つまり、そこのところは、やはりよく考えなければならない問題で、ぼくがたとえばあなたのほうの側というのはよく内側から理解できないけれども、ぼくと類似の人の側というのは非常によく理解できる。だからそういう人たちが、なにか非常に簡単に共同性が必要だとか、連帯性が必要だとか、組織論が必要だとか□□□なんか非常にそういうことをいうやつは、かえってぜんぜん駄目なんで、ぜんぜん信用できないという□□□むしろそれだったらやはり文筆生活を降りたらいいのですよ。文学者□□□少なくとも降りたら、つまり降りるというのはそういう実践的なあれには□□□できない。仮にそういうことについていっても、現在もっていたとしても□□□というふうに思いますし、またそういうことを問う側においても、やはりそうだと。それは□□□そういうことをいっちゃいけない。ある意味では、たとえばあなたは□□□ぼくが吹きっさらしの中で（会場笑）、吹きっさらしのところでいっているわけだから、□□□心中するかといった場合に心中するというような、そういうようなあれがないかぎり、それは問わないほうがいいのじゃないでしょうか（会場笑）。ぼくにはそう思われますね。

なんか、そういう問題というのは最後に自分を悩ますわけです。たとえば戦争中、いまから考えるとぼくは□□□連中がなにをしゃべっているか。それで、それが戦争が終わったときにどういうふうに変わったかということをよく見ていますからね。それを見てたいへん不信感を感じたという、覚えていますけれども。だから自分がなんかやってきた場面に立ったとしても、ぼくは□□□対しては絶対そういう□□□というような□□□どんでん返ししないというような、そういう□□□どんでん返し、そういう醜態だけはしないという、そういう□□□というのはありますね。そういう問題じゃないですかね。

質問　政治と文学というところでちょっとお聞きしたのですけれども、□□□そのとき、たとえば大江を例に出したわけですけれども、たとえば大江健三郎が評論『ヒロシマ・ノート』なんかに書いているときに、それについてぼくらがものすごく感じることは、実に安易に政治加担し、しかも一般のぼくらにすごく安易に政治加担を要求しているような気がするわけですね。ところが大江のいままでの作品を一貫して読んできますと、たとえば『見るまえに跳べ』なんていう中にははっきり書かれているわけですけれどね。主人公のぼくがはっきり政治加担を拒否するわけですね。あるいは一貫して流れているテーマはそういう自分の自己否定ということの契機を模索しながら、その契機をつかむことによって社会とのかかわりをもとうと、実に模索している、そういう主人公を書いているわけですね。そこでぼくたちはすごく大江の小説に共感するところがあるわけですね。ところがいったん社会とか現実に出た場合に、実に安易に加担し、安易に加担を要求するわけですね。そういうふうになると、ぼくたちはどうしても大江の中に、なんかそういう擬制的なものがあるんじゃないかという気が起こるわけです。そのときにそういう擬制的なものをもっていながら、書いている文学者の文学なんていうものをぼくたちはいかに把握したらいいのか、あるいはそれをどういう形でぼくたちの現実社会でアプローチのエキスとしていったらいいのかということをちょっとお聞きしたいのですけれど。

これは、たとえばレーニンなられーニンが、ゴーリキーがなんか、やはり大江健三郎的な意味とそれから□□□ときに、やめたほうがいいというわけですね。非常に文学者として才能がある、文学をやったほうがいい、そんなことしねえほうがいいというふうに盛んにいうわけです。それからまた、ゴーリキーが変なインチキ新興宗教みたいのに凝ったときがあるのです。そういうときでも、そんなものに凝らないほうがいいと。しかし、とにかくあなたの文学はいいと。しかしそんなものに凝らないほうがいいというふうにいうわけですけれども。つまり擦り寄ってきたからといって、別に大いに歓迎するというような、そういうような態度をレーニンは示さなかったのですね。それからまた、□□□コミュニスト□□□かかわらないほうがいいというわけですね。つまりそういうことはあまり関係がないとぼくは思うのです。

だから、つまり大江健三郎についていうべきことがあったら、とにかくそれだけ才能があり、それから資質があるということは認めざるを得ないわけだから、そうしたらその才能というものを最大限に発揮させると。そうやって、たとえ現象的には、あるいは一時的には現在の政治なら政治というものに対して被害を与えるものである、または反対であるように見えたって見えなくたってそういうことはいっこうにかまわない。とにかく文学者として資質があり才能があるならば、全部その才能というものを花を開かせるというような激励の仕方というのですか、評価の仕方というのが必要だと思うのです。それを、なんか□□□それじゃなければなんか駄目だというような次元で問題をとるというような、そういう政治理念というやつは、やはり本質的でないと思うのです。ようするに駄目だと。つまり政治家とか政策とかいう□□□問題にならないので、そんなことはどうでもいいのです。

ロシア革命というのはいろいろと要素があるけれども、たとえばレーニンが出現する前段階においてドストエフスキーがおりトルストイがおりツルゲーネフがおりゴーリキーがおりというような、そういうような、なんといいますか、文学的な巨匠というものが、イデオロギーのいかんにかかわらず一斉に開花して世界文化の中である場所を占めるというふうに開花していくという、そういう情況がないかぎりは、本当はレーニンというのは出現できなかったというふうに思わなければならない。つまり、そういうことが必要なんであって、ただ現象的にいまの政策に合うか合わないかということで、あまり問題にしてはいけないし、そういうことよりも、なにか非常に抜群の才能と資質をもっているならばそれが開花されるということが、なによりも現在の情況においては文化的に必要なことであって、それが政治的にこうだからこれは駄目であり、また□□いいとか、そんな次元でそういう人たちの才能というものを殺しちゃいけないと思うのです。そうじゃなくて、そういう才能というものを開花させるようにしなければいけない。とにかく徹底的にとことんまでも資質を開花させなければならない。そのことがイデオロギーのいかんにかかわらず非常に重要な問題だと思うのです。そういうような問題が情況、少なくとも文化的情況として存在しないかぎりはけっして政治そのものが、あるいは政治運動そのものが開花することはありえないというふうにぼくは思うのです。だから、ロシアでもそうなのです。レーニンが出現するには前段階にそういうのが存在しなければどうしても駄目だという、そういう問題というのはあったわけです。それが、やはり現在、ぼくはなければならないというふうに思うわけです。

ただ、だけども、そういう考え方というのは、やはり政治と文学という、いわば植木鉢の中ではなかなか理解されないのです。植木屋さんというのはある程度実利的ですから□□□しますけれども、そんなことは問題ではないのです。だから、そんなことよりも、才能・資質というのはどんどん開花させるというような、そういうことを考えたほうがいいですね。だけども、なにかそういうことが一般的にならないで、一般的風潮としてはないんでね。

たいてい、いわゆる『世界』的文化人というのをつくっちゃうのです。『世界』的文化人というのはなにかというと、世界的水準に達したというのじゃなくて、雑誌『世界』的ですね（会場笑）。雑誌『世界』的文化人というのをつくっちゃうわけです。つくっちゃうのは、それは編集者が馬鹿だからということですけれど、馬鹿だからという前に、やはりそういう風潮というのは植木鉢の中で、あるいは檻の中で政治と文化というものを考えている。そういうやつが、そういう考え方が一般的に流布されているから、ようするに『世界』的文化人みたいになっちゃう。『世界』的文化人というのは文化人の□□□であるというような（会場笑）。たいてい『世界』的文化人に仕立ててしまうわけですね。それは単にその編集者が仕立ててしまうというのじゃなくて、社会的に仕立ててしまうということがあるわけですけれども、そういうことがいちばんよくないことで。

そうじゃなくて、なにか才能・資質の世界というものをどんどん、どんなでもいいです。政治的に一時的に害があっても、とにかく才能・資質というものをどんどん開花させるというふうに、そういうふうに大江健三郎なんかを評価したらいいのじゃないでしょうかね。だからそういうことは、やはりわれわれがあまりに神経症的でありすぎる面がありますね。あまりにまた社会主義リアリズムの檻の中にじっと黙っていすぎるというところがあります。そんなことは□□□育つように仕向けたらいいというふうに思いますし、そういうふうに大江健三郎を評価したり批判したりしていけばいいんじゃないでしょうかね。

質問（聞き取り不能）

共同利害と私的利害の対立、矛盾というようなことで問題を考えていくというのは、範疇としては、経済社会的な範疇なのですけれども、そういう問題というのは、そういう問題だけで解けないんだという問題があって、それが幻想性というような問題として展開されなければならないというのが、ぼくの考え方になっているわけですけれども、そういう考え方というのはなかなか理解されないことがあると思うのです。そういう考え方の根源というのは、エンゲルスにあるわけです。エンゲルスのそういう考え方がもっともまとまって展開されている『家族、私有財産及び国家の起源』というのを批判的に展開してみせればいいのですけれど。

つまり、現存する国家あるいは各時代時代において存在する国家なるものはいかなる形で存在しているかというと、ひとつは現存する土台、つまり現存する経済社会構成というもの、そういうものとの関係において存在している。それからもうひとつの存在の仕方というのは、いまあなたのいわれた言葉でいえば、宗教・法・国家というような形で、いわば幻想性それ自体の歴史的な累積といいますか、そういうようなものの必然的な形態として現存する国家というのは存在しているという、——それはある意味で、種族によってそれぞれ違うわけですけれども——そういう種族によって違う宗教・法・国家という展開の仕方の歴史というものとの、いわば交点というところに現存する国家というものの構造は描かれるわけです。

そういうことを無視して、経済社会構成がこういうふうになっているから、つまり土台がこういうふうになっているから、その上部構造たる国家というのはこういうふうになっているという理解の仕方というのは、きわめて一面的だと思うのです。だけども、たとえばマルクスならマルクスで、たとえば経済的土台の上にすべての上部構造というのは存在するというような、そういうようなことをいったわけですけれども、マルクスがそれをいったときに、現存性という基軸でそれをいっているのではなくて、その場合は、だいたい百年なり五十年なり、つまり一世紀なり半世紀なりの時間のスパンというものを前提とした上で、つまり現存する土台の上に、現存する上部構造というのはなんらかの形で遅れたり早まったり矛盾したりしながら、あるいは反作用を起こしたりしながら存在するというふうにいっているとぼくは理解するのです。

つまり現在の経済社会構成はこうなっていると、だから現在の国家というのはこういう構造をもっているというような言い方としては上部構造というのは理解していないわけで、つまり特殊利害というものをそれぞれ経済社会的範疇□□□一般利害だけがそういうふうな形になって国家ができる………（テープ切れ）………そういう歴史的な基軸といいますか、そういうものの交点というものに国家というものを□□□描かなければならないというふうにぼくは考えるわけですけれどね。

だから、ぼくの考え方はそういう考え方で、なんか別に共同幻想性の基軸としての国家というものだけを本質的な根拠としているわけでもなんでもないわけですけれども。だけども、そういうことは考察できるんだと。いわば独立に考察できるんだという考え方はぼくの中にあります。つまり、なぜ考察できるかというと、そういうふうに考察する場合には、ようするに経済社会的な範疇というのはあるところまで退ければいいんだと。あるところまでというのは構造的な基底というようなところまで退けて考えれば、考慮に入れれば幻想性の問題として国家の問題というのは考察できるというふうにぼくは考えていますがね。

ぼくはまだ本を読んでいないのですけれども、津田道夫氏などが『国家論の復権』ですか、そういう中で、本屋さんの店頭で見ると、なんかぼくを□□□お答えしないのも悪いと思って、それでそのうちお答えしようとは思っていますけれどね。

だけども、ぼくはそういうふうに、いわば幻想性の問題として国家というものの本質を論ずることができるというような観点にあることはたしかです。その場合に、経済社会的な意味での一般利害と特殊利害との対立・矛盾というような、そういう問題というのは、ある時点では退けて考えることができるというふうに思いますか。つまり幻想性といいますか、構造を考察するかぎりは退けることができるというふうに考えていることはたしかです。だから、それを逸脱だという批判はあるでしょうけれど、しかしぼくにいわせれば、ちっとも逸脱していないので、逆にそういうふうにいう人は、だいたい檻の中か植木鉢にいるんじゃないかという気がしてしょうがないわけです。

だから、そうじゃないんだ、現在の国家論なら国家論の問題があるとすれば、そういうことじゃないと。あるいはそういうところの修正あるいは緻密化という次元では、おそらく国家論の思想的問題といいますか、そういうような問題、あるいは国家論の政治的な問題というものは解決されない状態にきているだろうというような意味で、情況認識の相違ということに帰着すると思うのですけれど。ぼくの情況認識はそうじゃないということ。つまりそれじゃ駄目なんだという考え方をぼくは抱いているわけです。そういう問題についてのぼくの考え方というのは――ぼくはなかなかうるさいですから、うるさいというような批判がありますから、ぼくもたまっていますからお答えしようというふうに考えておりますから――もしあれがあったらそれを読んでいただいて。それでぼくの根本的なそういう問題□□□。ひとつはエンゲルスの『家族、私有財産及び国家の起源』における国家論および家族論の批判にある。それからもうひとつは、やはり実体的にそれを追求するためには若干、氏族的あるいは前氏族的段階におけるわれわれの、つまり日本における国家権力の起源という問題にひっかかってくるわけですけれども、それは日本の、たとえば神話をうまく読むと、そういう問題が、形態というのは出てくる。

そこから、いかにして日本の起源国家というのは、部族的な統一国家というのはどういう形態を最初にもったか。国家の起源の問題ということを具体的に追求していかなければしょうがないという、そういうふたつの問題意識というのはぼくの中にあります。それは書かれつつあったり、これから情況的な□□□そういうあれにして答えていきたいというふうに思いますから、そういうところで詳しく読んで検討していただければいいと思っているわけです。時間がないからそのへんで。（拍手）

〔音源不明。文字おこしされたものを誤字などを修正して掲載。校閲・菅原〕

【国学院大学文芸部・国学院大学文化団体連合会共催】――――1967年11月21日

人間にとって思想とは何か

――『言語にとって美とはなにか』および『共同幻想論』にふれて

司会者　みなさんは十何冊かある吉本さんの著作をいくらかなりとも読んでおられると思うんですが、それが吉本さんの思想形成の歩みの全過程であるわけじゃなく、その過程の一部分がそこにあらわれているわけで、そこだけをかいつまんで読んでみても、吉本さんの思想にたいしてなにもわからないはずだと思うんです。だから結局、書いておられるものを全部読むということ、その過程でそのものの意味をつかんでいくということ、そういう作業がぜひとも必要なんじゃないか。そうしないと、たとえば思想の相互了解というようなものは、吉本さんが四十幾つで僕らが二十前後であるという年代の違いひとつ捉えても、吉本さんの問題を僕らの問題と切り結ぶ、そういう接点がつかみえない。そういう意味からも、みなさんが読んでおられる吉本さんの著作の問題点とか、疑問点とかについて、手を挙げてお訊きください。はい、どうぞ。

質問者1　共同幻想論というものが、ひとつの政治形態というものにどういうふうにかかわるか、ということなんですが。

それは、国家ということでかかわるわけでしょ。

質問者1　共同幻想論ということをいうばあい、たとえば社会的な経済的な基盤というような問題がかならず出てくるわけですよ。だからそっちのほうをひとつ……

それはきわめて簡単なことで、要するに、社会というものを考察するばあいにいちばん重要なのは、経済的、社会的考察というものが主になってくる。で、国家というものは、資本主義社会なら資本主義社会に乗っかっている共同幻想というのは、何をいちばんテコにするかといえば、法というものです。法というもので市民社会あるいは資本主義社会に相対し、対抗している。そうしますと、市民社会内部の経済・社会的範疇における対立・格差、それから階級というもの、それから法を武器として市民社会に対応するところのものと、個々の個人幻想——職業的、地域的（都市と農村というように）なものでもある個人幻想とは、逆立していくということですね。それがいわば、階級、法はたとえば、何とか立法とか、何とか官庁とかになってあらわれますし、そういう関係。

質問者2　今日、先生がお話しになった本質的なことにかんして、こういうお話をなさるとは思わなかったので整理してこなかったのですけれども、『言語にとって美とはなにか』のなかでですね、たいへんむつかしい書物なんでおそらく僕は本質的に理解してないことだとは思うんですけれども、わからなかったのは、比喩のところなんです。比喩のところで、自己表出と指示表出ということをいっておられるところから、そこだけが浮き上がっているように思うんです。僕の読んで理解したかぎりでは、あそこのところが僕の頭のなかにはよく理解できないんです。それでそこのところを説明していただきたい、補っていただきたい。ちょうどいい機会ですので。そのことがひとつ。

それからもうひとつは、たとえば現象学的な考察をするばあい、サルトルなんかは無意識というようなものを認めないで、意識が反省してそこに私が生じるという考え方がありますね。たとえば『哲学論文集』に入っているものなどで。そこで先生がお考えになっている自己表出というようなばあい、その無意識というものをどのようにお考えになっているのか。それは意識化されたものとして、その上に立って、たとえば兄弟のあいだの近親憎悪というようなものを、意識化した私としてお考えになるのか、それとも無意識というものをお認めになるのか。それは自然的人間ということと関係するだろうと思うんです。そこをうかがいたい。

えっと、いっとう最初にいわれた問題ですけれども、比喩といわれたんですけれども、僕は喩ってふうにいったと思います。僕はご質問のところでは、「韻律・撰択・転換・喩」ってふうに書いていたと思うのですが、つまり、表現された言語が、韻律から撰択——いかなる場面を撰択して描かれているかということ、それから転換というのは場面と場面との転換——いかなる場面からいかなる場面へ転換されるかということ。それからその次にあるのは喩っていうことで、「意味的な喩」と「像的な喩」というのがある。もちろん現実的には意味的な喩の要素が大きいか、像的な喩の要素が少ないかっていう、二重性として出てくるわけです。いずれにせよ本質的には喩は意味的な喩と像的な喩に分かれる。

だいたい言語の韻律というばあいには、これはいわば言語の表出における最初の指示表出根源と自己表出根源との構造であるというふうに考えられます。

それよりも高度な表現要素とは何かといえば、それは撰択である。つまりこれは文学の創造でもいえますし、文学以外でもいえますけれども、何々ということばの次に何々ということばを択んだ、その択んだということのなかにすでに問題があるんだ、つまり文学を芸術たらしめている要素の最初の問題が出てくる。何を択んで書かれているかということが、すでに創造者の意識あるいは観念の指示表出根源と自己表出根源との、ある現われだ。べつに直線的な現われではないけれども、ある現われだ。どういう場面を択んだか、たとえば詩でも小説でもいいんですけれど、まずどういう場面を択んだか、次にどういう場面を択んだか。そういうことが、すでに根源の意識から出た、文学を芸術たらしめている要素だと。つまり、いってみれば韻律よりも高度な（高度ということばを誤解しないで使うなら）、より高度なものとして起こる。

それから転換ってのは、どの場面からどの場面に転換するか。たとえば長篇小説で第一章の次に第二章をどう転換させたか、そういうことのなかに、すでに芸術、美を成り立たせている根源的な要素がある。

それから、それよりもより高度なものとして考えられるのが、喩である。シュールレアリスムでいえば、概念的な喩を使っている。その喩っていうのは、転換より高度な――ということはどういうことかといいますと、転換からいってみますと、ある場面からある場面へほんとうは行きたいわけです。たとえば詩で、ある一節からある一節へ行きたいばあいに、次の節へ行けばいいのだけれど、そこに、中間に、ある別の場面を介入させる。この仲介された場面というものは、小説ならばストーリーの展開には格別の意味をもっていないけれども、それによって場面転換がより効果的でありうる。そして、この場面はさしたる意味をもたないのに、この場面からあの場面への転換をきわだって強調されて考えられるわけです。これを喩っていうわけです。それは場面と場面ではなくて、行と行でもいいわけです。たとえば、「足の裏が象の肌のようにざらざらしている」といえば、「象の肌のように」というのが喩なわけですけれども、このばあい、ただ足の裏がざらざらしているということだけをいいたいならば、「象の肌のように」ということはいらないわけです。これが文字通り、像的な喩なんですが（会場笑）、それを入れることによって、足の裏がざらざらしていることを強調したり効果的たらしめたりするわけですね。もちろんかえって逆効果になるばあいもありますがね。これが喩ってことなんで、それはもちろん、最初の韻律からはじまって、自己表出根源とか指示表出根源という問題に、より高度にかかわっているわけです。

で、これだけの問題を言語表現として抽出して考えれば、これ以上の表現は現在のところありえない。現在の世界文学のなかでこれ以上の基本的要素をもっている表現というのはありえない。

つまり、喩をもって頂点とするわけです。つまり、これだけのことを考えておきますと、現在の言語表現を解明するばあい、またみずから言語表現をするばあい、充分なわけです。……二番目は何でしたっけ?

質問者2　意識の問題……。

あ、意識と無意識ということですか。あのね、これはつまり、あなたがたとえば意識と無意識というときにね、……それは僕は言葉の概念の混乱だと思います。たとえば感情と理性、悟性というのもありますし、幻想性というのもありますがね。無意識というばあいにも、意識にたいする狭い意味でいっているばあいも、意識全体を含めていっているばあいもあり、人によってまちまちですね。たとえば悟性とか理性とか感情とか……本能なんてこともいまだにいわれますしね。それは人間の幻想というか観念というものの呼び方の問題ですからね。さっきいったような意味でいえば、個体の原生的疎外の領域というばあい、あなたのおっしゃる無意識ということが含まれるんですね。だからそれは言い方の問題じゃないですか。フロイトが、意識と無意識と分けたばあい、そこには理論的必然性があるんです。分けたほうがいいってことになるわけです。だけど、それは使い方の問題だということでいいんじゃないでしょうか。ぼくが原生的疎外という概念を使うときには、無意識が含まれています。

質問者3　今までの話とちがうかもしれませんが、個体の幻想性としての文学表現と、それから共同幻想性とは逆立し、ますます分裂するというわけですね。ですけれども、その二つの要素がひとりの人間の内部で起こるわけで、そのばあい、どういうことになるのですか。

あの、逆立するわけですから、個人、個体の内部でいえば分裂するわけですよね。つまり共同性として行動しているばあいと、個体幻想として文学を創造している自分とは分裂してしまう。だから、どう解決するかといえば、共同性として行動するときには、それは簡単なことで、文学やめちゃえばいいんですね（会場笑）。それはまあ、ひまな時間を使ってやるというばあいにはいいですけど、しかしそういうことじゃなくてね、たとえば彼が自分を文学者であると考えることをやめればいいわけです。やめて共同性の行動をすればいい。要するに、文学者として共同性の行動をするなんてことをしなければいいわけです。そうすれば僕は矛盾は解消すると思います。

質問者3　しかしたとえば、こういう言い方はまちがいかも知れませんけれども、思想家というような立場をとられるならば、それはむしろ責任があるのじゃないかと思うんです。そんなに簡単に分裂させちゃうと非常にあいまいな立場しか出てこないんじゃないかと——。

うん、あのね、思想というものをどう考えるか。つまりそれじたいは文学の創造に直接有効性をもつわけでもないし、また、共同性の行為、行動というものにもべつに有効性をもつものではないけれども、しかし両者をつなぐものとして思想の領域というものを考えますね。そういう領域とはどういう領域かといいますとね、きわめて本質的にいえば、国家の共同幻想性というものに対抗しうる幻想性といえば、個人幻想のみがそれに逆立し、対抗しうるわけです。共同性としてかろうじて対抗しうるとすれば、個人幻想として本質的には国家の本質に対立しているにもかかわらずね、自分は対立していると思っていない大衆というものがいるでしょ。この大衆は労働者でもいいですけれどね、たとえばそれは魚屋さんでもいいですよ、八百屋さんでもいいですよ。そういう人は本質的には自分の個人幻想が共同幻想に対立しているにもかかわらず、自分では対立しているとは思ってないでしょ。

つまり、その大衆のもっている意味性というものを、自分の思想的な課題としてとりこみうるならば、かろうじて国家の共同幻想に対抗しうる共同幻想が成り立つということ。言い換えれば、この大衆の意味性を自分の思想的課題としてとりこみえないならばね、これは、僕の考えでは、ふたたび抑圧に変わると思うんです。それがたとえば、反体制的官僚組織の宿命です。僕はそういうふうに思いますね。

このあいだテレビを視ていたら、何だっけな、「アフタヌーンショー」ってありますね。そこで店をこわされたとかいうおやじさんとね、デモに行ったという学生とがさかんにやってるんだね。おもしろいから聞いてたんだけど（会場笑）、片っ方は、要するに店こわされたといってるわけですね。一方は、そんなところに問題を還元されちゃこまる、おまえの息子がもし戦争に行ったらどうするんだ、なんてことといってて、次元がちがっていっこうに話がかみ合わないんだね。僕は、相も変らずおんなじだあと思って聞いてたんですがね。司会者が、現に店をこわされたものがいるのだから、その現実にたいしてあなたはどう思いますかっていうと、いや問題はそんなところにないんだなんていってるわけですね。それでお互いだんだんヒステリーになってきて、おまえ親のスネかじってて生意気いうな、なんてことになってきて（会場笑）、全然くいちがうわけです。――どうしてか。

僕が指導者だったらそんなばかなことといわないですね。僕だったら、ちゃんとそれを償うだけの用意をしますね。国家の共同性にたいして自分の個人幻想が逆立しているということを意識してない大衆を思想としてくりこみえれば、具体的なことでもくりこめるわけですよ。政府が百万円支払うといえば、それならば政府より先にわれわれは二百万円補償する用意があるといって出せばいいんです。それによって店が完全に修理されるわけではないですけれども、しかしそれによって問題のある局面は具体的にも解決されますよね。そして、このばあい、具体的にどうこうということより前に、思想的にわかるかってことですよね。くりこめるかってことですよね。それが思想の問題。個人の問題としてはね、僕はやめますよ、文学やめますよ、そういう時にはね。けれど、思想の問題としてはいまいったようなことです。

〔以上、音源あり。文責・築山登美夫。以下は文字おこしされたものを修正して掲載〕

質問者4　たとえば象徴ということで、なにかの比喩を撰択したばあい、そこには作者の気持の反映みたいなものがあるわけでしょ。作者の感覚的なものが……

ええ、それはそのとおりだと思いますね。どういう比喩を撰択するかということは技術のようにみえますけれども、それはその人じたいの問題……そういうことですか、象徴といわれるのは？

質問者4　いや……象徴というのは作品全体の意味とちがうってことはないんですか。

ええ、作品全体の意味とちがうってことはないんですが、作品全体の意味が作品全体の芸術性であるって芸術は、大衆芸術ですね。その作品の意味性というもの、あなたのような言い方でいえば、指示性というものなんですがね。指示性が作品内容であるのは、しゃべる芸術ですね。

質問者4　意識の幻想性というものは、比喩というか、象徴によってあらわされるんじゃないですか？

そういうこともいえますがね。しかし、そういうばあいばかりじゃないんですね。逆にいっさいの比喩を使わずに、高度な言語表現を使わずに、きわめて原始的な言葉を使うことによって逆にきわめて創造的なイメージの豊富な作品がありうる。単純な表現だけを使ってそういうことが可能だということです。

質問者4　でも、同じ言語でもそれがちがった意味をもつように高められなければならないんじゃないですか。

ええ、高められなければならないといえば高められなければだめなんでしょうけれど、表現のしかたとしてはきわめてぶっきらぼうで単純なということがありうるわけです。なぜならば、そういう問題は、ほんとうはどれほど創造じたいに迫りうるかということになって、もはや言葉じゃないという問題が出てきますがね。

質問者4　いや、ちがった言葉を使えば、それだけちがった意味に……

ええ、ちがった意味とイメージを背負うということですね。しかし、それは喩を使う使わないには関係ない。きわめてぶっきらぼうで単純な表現でもそれはありうる。そして幻想性というのは、結局黙っちゃうというところまで行っちゃうんですね。

質問者4　僕は、象徴性ということがわからないんですがね。

僕にもよくわからないんですよ、あなたのいう……。（会場笑）

質問者4　作品がなにかを象徴してるってばあいがありますね。

うん、つまり、あなたがそうして使っている象徴というのは、ふつう、暗喩ってこと……そういうことで使ってんならば、喩と関係があるんですがね（「司会者何してんだ」のヤジ）。創造の過程を考えてみるとすぐにわかることなんですが、かならずしも、自分が書きたい小説とか詩とかがあるばあい、体験をもっているとかね、豊富なイメージをもっているとかいうことが、書かれた小説や詩が豊富なイメージをもつかというと、そうとはかぎらないんです。その点で、あなたの考えは直線的すぎるのではないですか。それは一対一で対応するものじゃないですね。

司会者　（このとき数名の学生がいっせいに挙手）はい、そのいちばん後ろの方、どうぞ。

質問者5　（発言者が教室の最後列のため、この発言筆録不可能。しかし、次の吉本氏の答弁内容から、それが国家論にかんすることは想像できるものと考える）

幻想性としてみられた国家というものと、経済社会的範疇から捉えられた国家というものとは、ちがうんですね。ちがうということがたいせつなことなんでしてね。いま例に出しました、幻想性としてはあきらかに国家の共同幻想性とは逆立している大衆がね、逆立していないと意識することがありうるんですよ。経済社会的範疇でまったく自分がつくったものから遠のけられているものが、じつは少なくともそうは思わないということ。それから、逆のばあいもある。幻想性としての国家の意志的な表現としての法というものを対置させないと、幻想性としてのあるいは観念としての階級というものは出てこない。

もうひとつは市民社会における階級性というものを考えていかなけりゃならない。それは、マルクス流にいえば、単純労働を基礎としたものにかならずしも一致しない。自分は完全に階級的ボイコットをうけているにもかかわらず、観念性としてはそうは思わない人がいたり、また逆のことが起こる。つまり、この両者をちゃんと意識しないと階級なんてものも国家なんてものも出てきようがないですよ。

それからもうひとつは、あなたは具体的なものといわれましたけれど、経済的範疇というものは、あんまり具体的、現実的なもんじゃないですよ。つまり経済的範疇ってものじたいは、一定の抽象度をもっているわけですよ。たとえばね、マルクスならマルクスがですよ、生産された労働というものは結局労働時間に還元されるという考えに到達するわけですよ。それはけっして現実的、具体的なもんじゃないですよ。たとえば、怠け者であるとか勤勉であるとか、機械がよいとかわるいとか、男だとか女だとか、そんな区別は捨象されるんですよ。すべては労働時間に還元されるんですよ。だからそれはけっして具体的、現実的じゃないですよ。つまり、ある一定の抽象性をもってするとき、それが一定の真でありうるわけですよ。しかし具体的にはそうじゃないわけでしょ。怠け者と勤勉なものとは一時間に働いたものが、その生産の出来あいがちがいますよ。けれど、そんなことは資本性を貫くひとつの法則性を攻めていくばあいには、捨象できるというんですよ。

質問者5　ですけれど、それが社会的経済的諸構造と生産過程に対応するんです。

いや、社会的諸労働をとってきたって、部分的諸労働・個人的労働をとってきたって、そうなんですよ。あのう……ちがうんです。つまり、個人的諸労働が資本的諸構成の中にはめこんだとき捨象されるということじゃなくて、経済的構造じたいをひとつの法則性として捉えようとするばあいにね、ある抽象度がいるわけですよ。もうひとつ、観念性の問題としても、ある怠け者がおれは三時間ぐらい働いたのに自然時間では一時間しか経ってなかったということが具体的、現実的に起こりうるわけですよ。また、よく働くものは一時間しか働いてないのにおれは三時間ぐらい働いた気がするということが起こりうるわけですよ。それがマルクスのいわゆる経済的範疇というものです。

質問者5　そうじゃないと思うね。それは要するにね、社会構造は生産物に対応しているということで捉えている。怠け者であるとかないとかいうこともね、マルクスもレーニンもそういうふうに捉えていると思いますね。

僕はそうは思わないね。僕とあなたとでは、『資本論』の読み方がちがうんだと思いますね（会場笑）、そんなのはあきらかにちがいますね。観念的にも現実的、具体的にも……

質問者5　そういう個々としての捉え方はちがいますよね。しかしながらそれを全体として捉えたばあいにね、全体によって生産されたものと対応する。

ええ、そうですよね、そういうのこそが、近代経済学を生み出させた根拠なわけですよ。だけど、そういう限界効用説というのがなぜちがうかというと、それはマルクスの経済的範疇というのがどういうものであるかということのつかまえ方をまちがえているからです。だからだめだというんですよ。マルクスの経済的範疇をあなたのように現実的、具体的なものとかんちがいしているのです。まったくあなたと同じようにかんちがいしているんです。なぜ、経済的範疇をひとつの法則性として捉えるかといえば、そういう視点をとることによって、資本主義社会が最終的なものでないということが出てきうるからですよ。だから、近代経済学のように資本主義社会というものをいちおうべつに箱のなかに置いておいて、そのなかでの法則性というようなものを捉えようとするから、具体的にちがうじゃないかというようなことになるわけですね。そんなことは、近代経済学ひとつだけで充分なんでね。

質問者5　それはおかしいと思いますね。

おかしいと思いますね（会場笑）、つまり何がおかしいかといえばね、法則性を追求したらそれを捨象できるというところにマルクスは経済的範疇を置いているのです。だから正しいのです。

だからそれにたいして現実的、具体的なものがないじゃないかという批判は成り立たないということをいっている。だがあなたのほうはそうじゃないわけで、経済的範疇は具体的、現実的なものであるけれども、しかしそれが資本制の総生産過程というものを考えればネグレクティヴなモメントだといっているわけでしょ。僕はそうはいってないんです。べつに資本制の総生産過程を捉えなくても、マルクス流の経済的範疇のとりかたをすれば、個々の労働生産の過程においても捨象できるんだと、僕は考えている。

質問者5　だけどね、現実に起こっていることはね、現実の社会で捉えるべきだと思う。

僕はあなたの経済的範疇というのはある抽象度をもっていると思う。僕はそういっているんですがね（会場笑）。

質問者5　幻想性を生かす根拠においてね、津田道夫のいわゆる社会的な機能性というものがはたらいていると思う。そういうものを捨象したら、津田道夫の国家論も、先生の国家論も、一致するんじゃないか。

いいや、僕は一致しないと思いますよ。どうして一致しないかというとね、つまりね、僕の考え方というのは、先験的な党派性というものなしにね、完全に階級性は導きうるということ。だからね、それは津田道夫が肯定しないところで、僕はソヴィエト社会における政治権力の交代劇があるとね、そうすると考え方を変えていくという、そんなことは僕のばあい要らないわけですよ。極端にいえば、ソヴィエトが何であろうとね、中共が何であろうとね、階級性というものは、先験的党派性なしに導きうると。だから、追従することは要らないわけですよ。そんなことしなくても、僕の論理は成り立ちうるんですよ。ちゃんと僕の階級性というのは導きうるのですよ。だけど津田道夫はそうじゃないでしょ。それから歴史〔原稿のママ〕を読んでも、ずいぶん無造作なのが多いですよ。なぜそういうことになっちゃうかということは、僕にはわかるような気もしますし、またわからない。つまりそういうのはだめだと思うのですよ。それから……まあ、いい、いいですけどね（会場笑）。僕はそういうのは、理論としてだめなんじゃないかと思うね。

質問者5　先生がいわゆる古代における幻想性と、現代社会における国家の幻想性とはまったく異質なものであるという。それとね、津田道夫が古代における幻想性を規範として成り立ってきた、政治的□□□されて現代社会の階級性が成り立ってきた。そういうことは一致すると思う。

いや、僕は一致しねえと思うんだね。つまりね、何をいじるかということ、たとえば古代において何をいじるかという問題なんで、そこでぼくはきわめて明瞭なんで、あらゆる自然的な範疇はかならず幻想性を生み出すということなんですよ。だから「性」を基盤とする人間の自然関係はかならずそれに対応する幻想を生み出す。かならず生み出すということは、それを明確に構造として捉えなければいけないということです。だからけっして曖昧な要素を入れちゃあいけないということですよね。

だから、たとえばエンゲルスなんかをどうして僕が批判するかといえば、エンゲルスはそこが明瞭でないからなんですよ。あのう、全部明瞭でないですねえ（会場笑）。原始集団婚を人類史の発展の一段階に想定するということが、第一明瞭でないし、具体的、現実的にもだめです。なぜならば、それがある程度永続的な一段階に想定されるために、たとえばエンゲルスがもってきたのは何かといえば、男女間の嫉妬からの解放とかそんなことをもってきてるんですよ。なぜそうしなければならないかといえば、そうしないとね、家族の問題とか、性としての人間という問題が集団に拡大できないんですよ。ところが、実証的に間違いなんで、そんなことしなくてもよいわけですよ。

なぜ必要でないかというと、自然としての、性としての人間というのは、新たに人間を生産するものとしてある、そこに最初の階級性が生まれてくる。そういう意味における男女の分業という範疇で捉えようとすると、どうしてもだれとでも性的な関係を結びうる集団婚みたいなものを想定しないと、二人の人間以上にどうしても拡大していかないんですね。しかし、そんなことを考えることはいっこう要らないということです。

質問者5　経済的に集団との関係で実施されている。

いや、そりゃあちがうんだよ。そういうところは、エンゲルスなんかはね、見てきたような嘘をいうんです。つまり、今の考えからしてもちがうんですね。人間を自然体として見るばあいは、否定されるでしょ。しかし幻想性として見るばあいには否定されないでしょ。つまり、人間の対なる幻想というものをどこからまず学ぶかといえば、家族諸関係から学ぶということですね。で、その概念は、世代的にいえば、父親と母親とにおける自然的な性関係、家族相互間の対なる幻想というものが想定できる。そして経済的な関係としては、ひとつの家族集団よりも他の家族集団のほうが経済的な富をより蓄積しているという関係で設定されますね。それから対なる幻想としては、対なる幻想と対なる幻想との関係として成り立ちますね。つまり、曖昧な位相で経済的範疇を入れてもらっちゃあ困るということですね。それから氏族的な段階から部族的な統一国家に進展するばあいにも、エンゲルスが想定したように、経済社会的な基盤がより高度化したからというのはいえないんです。現段階における共同幻想と、次の段階における共同幻想との間には、質的に次元的な差異があるわけですよ。つまりそういうことを明瞭に考察しなけりゃいけねえということなんです。

司会者　今の問題に関連した質問がありますか。

質問者6　一般の大衆は意識しないでも国家の共同性に対立しているとしても、彼らにたいしてたんにイデオロギー的な先験性を打ち出していくのじゃなくて、大衆そのものを止揚していく立場に立たなければだめだと思うんです。

そんなことはずっと前から明らかにしてあることでね。つまり大衆というのはね、あなたのいうようにイデオロギーをそこに注入すべきものだというような、そんなものとはまったく反対なんでね、あなたの言い方をすれば大衆というのは、国家の共同性に浸透されている。僕の言い方をすれば、大衆というのは国家の共同性に服従している、というか、服従しながら服従しているということを意識していないものですね。

しかし、僕はその大衆というものを全体として把握するばあいには、その裏面というものを考えるわけです。つまり、大衆はいったんある契機というものがあるばあいには、かならずあらゆるイデオロギー的抑圧をくつがえしていくものだということ、ある契機さえあれば、転化しうるものだということですね。大衆は国家の共同性にそう唯々諾々として服従しているとは考えない。つまり、それはある一定の意味を含んで服従している、そういう存在として大衆というものを僕は捉えている。政治運動とは、それは別の次元の問題と思いますね。べつにレーニンがいたから革命が起こったわけでもない。

質問者5　谷川雁なんかね、大衆のなかに契機をつくりだすことをやって、結局破綻した。

あなたは破綻というけれどね、僕は、それはもっときわどい、必死なものと思います。その崩壊じたい必死な、ぎりぎりのものと思いますね。崩壊するところまでやるしかないものです。あなたのいうようにそんな単純なもんじゃない。具体的な労働者を一定に組織して、運動の高揚から潰滅に向かうまでやりきるということは、無意味なことではないと思いますね。失敗しなかったり敗北しなかったりするのは、そんなのはインチキですよ。

質問者5　けれども、大衆を組織していくということがいかに重大であるかということが……

いや、僕は「いかに重大であるか」ということを認めないわけではないけれども、それよりも、大衆的動向のほうが重大である。つまり、それはトロツキーの自伝なら自伝なりを読んでみればわかることですよ。つまり、予想なんかしちゃあいねえんですよ。レーニンの予想によれば、こんなに早くこんなに突如として大衆が蜂起するなんてことはどうしても考えられないというところで、それが起こってくるわけです。一定の方向づけがどこまでできるかということが問題ですよ。

質問者5　現実的にね、社共的な階級闘争というものがあるわけでしょう？

そうかなあ、僕はないと思いますね。

質問者5　大衆が一定の契機をつかんで立ち上がったとしてもね、ただたんに反体制的な行動しかできないんですよ。

なになに、反体制的な、何？

質問者5　あんたはな、大衆の反体制的な後退的な意識に依拠しているんですよ。

何いってるんだい、僕は少しも依拠なんかしてないよ。

質問者5　あんたはね、大衆はいつか立ち上がるだろうと……。

いや、そんなことといってない。何いってんだよ、きみは。よし、やろうか。（会場笑。吉本氏、椅子からやおら起ち上がり、背広を脱ぎ捨て、腕をまくる）

質問者5　現実的に社会党の運動がある。そこでね、われわれはそれを実践的に突破していかなければならない。あんたは実践的なものを見失っちゃって……。

何いってるんです、あなた。

質問者5　何を、どのように大衆を一定に統一するということね、そういうことをいっさいかなぐり捨てた時点において……。

何いってんだ、何がかなぐり捨ててだい、いつかなぐり捨てたんだい。よし、やろうじゃないか。きみの論理ではね、社共は一定の物質力をもって大衆を捉えている、つまりきみ自身が大衆を物質力として捉えてるんだよ。あなたは僕が何をしてきたか知ってますか?

質問者5 あなた自身がね、現実的な階級闘争をどう必然的に高めていくか、そういう立場こそが問題なんですよ。

何いってるんだ、それはあなたの問題だよ。よし、あなた、ちょっと名のってくれないか。あなたはどこに属しているわけですか。

質問者5 関係ないよ。

関係あるよ。あなたは組織のことをいっているんだから。何者ですか、あなたは。

質問者5 国学院の学生です。

何?

質問者5 あなたは恫喝してるんです。

何が恫喝ですか。どっちが恫喝しているんですか。あなたわかりますか。冗談じゃないですよ。私らはね、安保闘争以後ね、独立ですよ、独立、自立ですよ。そして、私たちはやってきてるんですよ。宣伝、啓蒙から、理論的建設の過程まで全部やってきてるんですよ、一貫して。

質問者5 社共の運動を現実的にどう克服していくのかということ。

そんなことは、あなたと僕の位相の違いですよ。あなたと僕とは位相がちがうということですよ。私は、私の位相でちゃんとやってきてるんですよ。あなた知らないだけなんですよ。

質問者7（初めの部分、聞き取れず）そして現在、社会党においては、ソ連とちがったかたちの平和共存というものをひとつの戦略としつつね、自民党に対しているわけですよ。そういった社会党・共産党の弱さといったものが、自民党のいわゆるああいう政策をゆるしているのだ。であるならば、自民党のそういった政策をゆるしているところの社会党・共産党の歪められた大衆闘争というものを、僕たちは打破していくことを通じて、われわれのいわゆるプロレタリアート独自の階級闘争をやっていかなければならない。

そこで、国家というものは吉本さんのいわゆる幻想共同体というものだけじゃなくて、僕たちが現実に生きている現代社会というものは、当然にも国家が機能しているところの、僕らに対する弾圧体制、ブルジョワ議会制度、――そういったものを考えていかないかぎりにおいてはね、ただたんに国家を幻想的共同体として捉えるならば、僕らの意識と意識との問題としてしか論じられることができない。であるからこそね、吉本さんがいうように魚屋でもだれでも幻想共同体に意識の上では、意識しなくても無意識のうちにも対決しているのだと、たしかに意識の上では対決しているかも知れない。けれどもしかし、国家というものはね、幻想共同体という本質をもちつつ、そういった本質に支えられて、機能するわけですよ。たとえば……。

「機能」するわけですよ、なんてことを僕は否定しないんですよ。

質問者7　ですからね、……。

うん。

質問者7　ですからね、国家を論ずるばあい、たしかに津田道夫のばあいには国家論においても革命論においても構造改革的な論理に陥っている。そういった問題を内容的に批判しつつ、そして国家そのものにたいして、僕らの文学活動のばあいもね、政治的限定性を受けている。そうした国家にたいして僕らはいかに対決していくのか、そうした文学者としての国家にたいする主体的な捉えかえし、そういったものを僕たちは聞きたい。

僕はきょう、それをしゃべってきたのですよ。

質問者7　吉本さんのいわれたように、国家とは共同幻想体以外のなにものでもないと……。

質問者7　それは本質ですよ。ですけれどもね、その本質が二十世紀現代においてはね……。

うん、それが本質……。

二十世紀でなくてもそうなんです。

質問者7　ええ、ずっとそうです、十九世紀においても、絶対主義国家が共同幻想体であるというのは事実ですよ。

ええ、そうです。

質問者7　ですけれどもね、その国家の本質が実際的に機能するわけですよ。それはさまざまな形態において、ブルジョワ独裁というかたちにおいて。

そうじゃないんですよ。機能するには機能するやり方というものがあるわけですよ。それはまず「法」として機能するわけです。

質問者7　それはそうです。そういった「法」とか、さまざまな主義とかいったもの。けれどもね、そういったいわゆる上部構造は、まあ簡単な問題ですけれども、下部構造によって規定されているわけですよ、現実に。たとえば、吉本さん自身が六〇年当時安保闘争を闘った、たしかに闘った。しかし、そういった市民の勃発にたいして、ブルジョワジーというのは幻想共同体・国家、そういうものをふりまきつつね、弾圧してくるという現実があるわけですよ。

あなたにそんなこといわれなくてもいいわけですよ。

質問者7　そういった国家の機能にたいして、国家の形態、僕らの存在している日本においてはブルジョワ議会制度、そういったものを通して抑圧してくるわけですよ。

そんなことは、そんなことはいわんでもいいんだって。

質問者7　そういったものにたいして吉本さん自身がいかに対決していくのか。

「対決していくのか」じゃないですよ。「対決してきた」のですよ。安保闘争以降。（ヤジ）

質問者7　安保闘争以降ね、吉本さんは「安眠のすすめ」といったようなかたちにおいて……。

何いってる、あなたは読んでますか、僕のやっている雑誌やなんか、読んでますか。

質問者7　ええ読んでいます。「試行」とかそういった雑誌において。

それで、どうしてそんなことをいうわけですか。（ヤジ）

質問者7　文学活動・文学運動という次元において、国家そのものを共同幻想体として捉えると同じようにね、認識の上においてあるいは観念の上においてしか捉えられない……。

何をいってるんですか、あなた、観念の問題も現実の問題も同じなんですよ。観念というものはね、「衆」を捉えたときにのみ、物質性をもつということだけですよ。（「何いってんだ」のヤジ）

質問者7　実際的に現在、ブルジョワ・イデオロギーというのは、圧倒的に労働者のなかにふりまかれているわけですよ。それにたいしてただたんに観念をもって対置しても、それはただたんに認識運動、観念運動を一歩も出ないんですよ。

いや、そんなことをいっているんじゃないんですよ。観念運動も物質運動もないんですよ。観念運動が「量」（原稿のママ）を捉えれば、それは物質力になるんですよ、……わかりますか？

質問者7　国家というのはそういった観念をもって実際に機能しているんですよ。そういった機能に対して僕たちはどう対決していくのか、そういった問題が問題になるわけですよ。

観念なしには、物質力にならないのですよ、物質力にならないのですよ、観念なしには。（拍手、ヤジ）

質問者7　それをね、観念にとどめていたならばね、物質力にならないわけでしょ？

いや、そんなことはいっていないんですよ。いいですか、観念が物質力に転化するためには、観念が「衆」を捉えなければならないんですよ、観念が。

質問者7　観念というものをいかに物質化するか（会場笑）。

「いかに物質化するか」なんてことじゃないんですよ。観念じたいが大衆、というか「衆」を、つまり集団性を捉えるときに物質力になる……。（このとき、数名の学生がいっせいに挙手）

司会者　では、前の方どうぞ。

質問者8　私ちょっと聞きたいのですがね、僕はですね、今ですね、吉本……吉本先生がいわれたですね。

先生なんていらねえよ（会場笑）。

質問者8　具体的にいいますけれども、国家をですね、幻想共同体としてとらえること、それからですね、ものを考えないとなにも起こらないということはよくわかりますよ。それはですね、小学生にでもわかることですよ。

いや、その小学生にでもわかることがこちらの方にはわかってないんですよ（会場笑）。

質問者8　吉本先生みずからね、安保闘争とか組合闘争を積み上げてきた、そういったこんにちですね、あの羽田闘争のように、社会党・共産党の運動がまったく無に等しいと。しかしながらそういった現実をですね、具体的にどういうふうに突破するかにおいて、たんなる観念に閉じこもっちゃってですね、なんら社会党・共産党の運動にたいして……。

いや、僕はそれはちがうんだ。僕はちがうと思いますね。観念の創造なんて、具体的にどんなことか……。

質問者8　わかりますよ。

わかるって何がわかるんですか。

質問者8　人間はですね、考えただけではどうしようもないんですよ！（会場笑）

何をいってるんですか。いいですか、観念の創造といいますかね、人間は現実的な構造をもって生きてるんですよ。

質問者8　（聞き取れず）

何いってるのよ。あなたよ、そんなのは。（ヤジ）

質問者8　本学の竹内芳郎先生が、要するに知識人の役割ということでですね、知識人はものごとを考えることが労働であって、ものを考えていればいいんだと……。

僕はそんなことはちっともいったことはない。

質問者8　ところがね、いまの吉本先生の論理を聞いていますと、まったく似てる！

いや似てない！（会場笑）

質問者8　吉本先生は観念の世界に閉じこもっちゃってるじゃないか。

冗談じゃないですよ。待ってください、あなた。冗談じゃないですよ。あなたはどうしておれが観念の世界に閉じこもるなどといえるんですか。

質問者8　現実的に社会党・共産党の運動にたいして、どう対処していくのか、それに答えてください。

それをまっさきに今日いってきたのですよ。

質問者8　ところが、いってることがですね、共同性、幻想性を自覚するということであって、自覚する必要があるということであって、それが大衆を捉えればいいという……。

いや、そんなことじゃないんですよ。大衆というのは「定義」としていっているんで、そんなことは問題じゃない。

質問者8　だったら、答えてくださいよ。実際的に、現在、社共の政治運動をどのように突破するのか。

「どのように突破するか」ってあなた、何いってるんですか。

質問者8　吉本先生はですね、ひとりの知識人にしかすぎないのですよ。（拍手）

何をいっている、あなただって知識人よ、知識人ですよ。

質問者8　だったら、さっきの質問に答えてくださいよ。

「答えてくださいよ」じゃないですよ。「答えてきてる」のですよ（会場笑）。

質問者8　答えてないんだよお！

何いってるんだ、答えてきたのですよ。要するにあなたは知らないのですよ。あなたがどう感じようとかまわないですけれどね、第一にあなたがまちがっていることは、あなたはね、観念の世界に閉じこもっていいますけどね、観念の創造というのは、閉じこもるのですよ。でなけりゃ、創造できないということです。それなくしては、どんな物質力も生じないんです。ね。

質問者8　それはわかりました。

それからもうひとつ、あなたがもしあれだったらいってやりてえんだがな。とにかく、われわれがたとえばね、安保闘争以後どういうふうにね、どういうふうに現実に国家の規制ですな、社共的な（構改派的なといってもいい）規制とですね、どういうふうに闘ってきたか……。

質問者8　安保ブントをまさに讃美したのはだれですか……。

え？

質問者8　安保ブントを讃美したのは？

何、何いってるんですか。安保ブント、あなた何いってるんですか。讃美したからどうしたというんですか。

質問者8　安保以後あなたは何をしたんですか。

何をしたか、あなたいってごらんなさい。

質問者8　安保以降、昼寝でもしていなさいと……。

ええ、いいですよ、それで？　あなただって寝るでしょうが。

質問者8　冗談じゃないよ。自分はそんなことといって日和っちゃったんじゃないか。

いや、そんなことはない。あなた、眠らないと死んじゃうんですよ（会場笑）。あなたのいうことを聞いていると、要するに何か、あなたは四六時中か一年中か何か知らないけれど、そういうことやってきたように見えるじゃないか。そうじゃないいんですよ。人間は寝る時もあれば遊ぶ時もあるんですよ。

質問者8　そんなことどうでもいいじゃないか。

そんなことどうでもいいんですよ。

質問者8「大根役者にまかせとけばいい」っていったんじゃないですか。安保闘争を主体的に闘った安保ブントを讃美しつつ、一方ではそういうことをいっている。

そんなことどうでもいいじゃないですか、僕がどういったとか。

質問者8　自分の言葉に責任とれないんですよ！

どうしてそんなことをいうんですか。どうして責任とれないんですか。

質問者8　つねにね、情況が変わるたびに、あれも変わったこれも変わった……。

あなたがたよ、それは。あなたがたよ、僕にいわせれば。

質問者8　さっきの質問に答えてくださいよ。社共の運動をどう突破してゆくのか……。

それが、おれたちがやってきている現実的なものよ、現実的な思想戦ですよ。

質問者8　いくら国家を自覚しろったってなんにもなんないんだよ、今は！

そんなことないのよ、そんなこといっちゃ、あなただめよ（会場笑）。

質問者5（聞き取れず）

いや、それは僕はこう思います。それはブントの諸君が聞いても怒ると思いますよ。僕は全然べつに支持もしてないですしね、関連もしてないですから。なぜならば、僕は僕自身ですから。

それがどういう意味をもつかということが要するにあなたたちにはわからないんですよ。
質問者8　要するにマスターベーションにすぎないじゃないか。
何をいってるんだよ。何いってやがんだ。
質問者8　何だよ！
（こののち、場内騒然となり、吉本氏と数名の学生のあいだにケンカ腰の激しい口論があったが、多くの発言が聞き取りがたい。）
読んでるか、おれの書いたものを。
質問者9　そんなものいちいち読んでいられますか。
怠け者だよ、きみは。要するに。
司会者　みんな席に戻ってください。
質問者8　何だ、自分のものを読めなどと居直って！
馬鹿だなあ！　何が居直ってだい。
司会者　みなさん。そういう現象的な話をするのが、ここでの目的じゃなくて……（ヤジで聞き取れず）……吉本さんときみたちの考えがね、ちがうということはわかっているわけですよ。だからそのことじたいをここで討論するのじゃなくて……（ヤジで聞き取れず）……どうして僕たち文芸部が吉本さんを呼んだかといえば、そういう対立があるということ、また吉本さんがそういう現実的な意味あいをもった人だから。だからね、吉本さんがそういう思想をもつようになった、その本質的な、理論的な方法、そういう事柄を僕らはもっと知らなくちゃなんないと、そういう地点に立って僕らはやってるわけです。だから、さきに話された、あの吉本さんの話はむつかしかったけれども、そのむつかしさを僕らはぜんぶ背負わなくちゃならないといったのは、そういうことです。ね。だけど、いまきみたちが発言している発言のしかたは、そういうもんじゃないです。ね。だから、その場かぎりの、このような言葉のやりとりになっちゃうんです。そんなところから何が起こるのですか。そんなことで何が政治運動ですか。（拍手）

それから、時間がかなり延びているんですけれども、僕の司会がきみたちの発言をこれまで全然制限しなかったのは、こういう討論が重要だということを、僕は知っているからです。だから全部いわせたわけです。そして吉本さんにも全部いってもらってるわけですよ。「司会者は何をしているのか」といった発言がさっきありましたが、僕がどうしてこんな討論会の席上でみんなの意見をまとめるなんてことをする必要があるのですか。だいたい、吉本さんなら吉本さん、僕なら僕が、全員がそれぞれ、ひとりひとり、内部でまず闘わなきゃならない問題なのではないですか。（「そうだ、そうだ」のヤジ）

質問者10　暴力を否定するのが民主主義のルールじゃないか！

質問者11　馬鹿だなあ、あいつも。

もう、いいじゃないの、そんなことは。私はさっきちゃんと自分の見解を述べているんですから。あなた、やりなさいよ。ね、そうして現実的に闘おうじゃないですか。きみがだな、おれと同じような年齢に達したときにだね、いまおれがいったような答え方ができたらね、そのときはひとつ、勝負しようじゃないか。

質問者8　へえ、それはナンセンス！（ヤジ）

何いってるんですか。……まったく、馬鹿が栄えたためしがないよ。（会場笑、拍手）

司会者　ここで、討論に入りましてから受けた質問を総括してみますと、エンゲルスの問題とか、象徴の意味とか、それから大衆と知識人の問題、大ざっぱにいってそういうこと。それから現在話し合われました学生運動の問題、そういうところであったわけですけれども、ここで、象徴という言葉の意味にしても、エンゲルスの理解のしかたにしても、僕たちが、既定の僕たちが植えつけているア・プリオリな概念というものを打ち破っていくことが、いかにむつかしいことであるか。――自分が正しいと無意識のうちに信じている、たとえば象徴なら象徴という概念、エンゲルスならエンゲルスという概念、それをひとつひとつ打ち破ってゆく、そういう柔軟な思考方法というものを、僕個人は吉本さんのなかに学んできたわけですけれども、そういうことはべつに吉本さんにかぎらないわけですよ。だれの本を読んでも、マルクスを読んでもレーニンを読んでもさ、それから文学作品を読んでも同じことだと思うのです。

そういう思考の柔軟性とか方法性とかいった問題を、僕たち学生が――学生も知識人ですけれども――今もっとも考えなければならない問題じゃないかと、そういうふうに思ったからこそ、「人間にとって思想とは何か」という漠然とした題目で、吉本さんには自由に話してもらうという講演を企画したわけです。そういう意図をはっきりとわかってもらいたいと思います。たんに吉本さんが現在の、戦後の日本で現在とくにポピュラーな知識人なり、思想家なり、詩人であるという意味で僕たちが吉本さんを呼んだんじゃないということね。あくまでも、僕らひとりひとり、学生ひとりひとりの問題として呼んだということ。だから、はっきりいっちゃって、吉本さんの百分の一しか取れなくてもそれでいい。また吉本さんは十しかわからないのにおれは十二わかっているという人がいればそれもいいことです。だから、もっと思考の方法性や柔軟性ということを充分考えてもらいたいと思います。

今日は、それの、どういうか、具体的場面を演じちゃったようなかっこうになりましたけれども（会場笑）、そういうところから僕たちが学ぶべきことは、僕がいまいったこと以外にもずいぶんたくさんあると思うわけです。もちろん討論だけじゃなしに、吉本さんが講演された内容、そういうところからもずいぶん多くの問題が出てくると思うわけです。僕自身は吉本さんの本をほとんど全部読んでいるわけですけれども、いま吉本さんが討論で答えられた、その答えられた言葉ですね、それはほとんど全部著作のなかに入っている言葉です。それはもうまずまちがいないと僕は断言できます。だから、みなさんが、吉本さんがいま答えられたことが不明瞭であれば、著作を読めばおそらく全部わかることです。知識としてはわかることです。だけど、その次に認識としてわかるためには、僕たちにはまだ、いましばらくの時間が必要じゃないかと思うわけです。それで、まあ、今日の討論はずいぶん活潑になってよかったことはよかったんですが、いろいろな問題をあとにのこしているということはありますから、そういう点でこれからが問題だというふうに思います。

……どうもありがとうございました。（拍手。吉本氏、演壇を降りられる）

【関西大学学生図書委員会主催】――――――――1967年11月26日

幻想としての国家

質問者1 （初めの部分、聞き取れず）対幻想は総和として共同幻想になるのかということについて、もう少し具体的なお話をうかがえればと。

いやいや、よくわかりました。対幻想というのは家族形態の総和、家族集団の集合ですけど、それが共同幻想になるというわけではない。つまり、対幻想が一、二、三、四、五と集まって、共同幻想になるということじゃないんですよね。なんらかのかたちで対幻想が転化されて共同幻想になっていくばあい、個々の家族をそれぞれに規定している幻想性が総和として、たとえば習慣的な不文律のようなものが総和として、密着したかたちで考えられるわけですけれども、これはどこまで行っても共同幻想に転化するわけじゃない。共同幻想に転化するためには、ひとつの契機が要るわけです。

さまざまな契機がありえましょうけど、非常にわかりやすいのは、家族集団的な経済生活を営んでいるばあいですね。歴史の初期段階において、たとえば日本であれば、雑穀を栽培したり魚を獲ったりすることを、個々の家族でやってしまっていた。そこでは協業が成り立っていたわけです。そして協業において矛盾が生じるばあい、あなたがおっしゃる一般者としてその矛盾を疎外していけば、それは共同幻想のひとつのかたちになっていきます。

しかし対幻想を総和して、その位相で考えているかぎりは、いつまで経っても習慣的な不文律が支配している段階の社会にとどまることになる。そうではなく、ひとつの共同幻想がある水準で想定されるためには、対幻想と異なる位相に飛び移っていかなければならない。つまり、疎外されていかなければならない。あなたがおっしゃるように、その疎外要因は経済社会構成のなかにあると考えてよろしいと思うんですが、とにかく対幻想の総和が共同幻想になるということではないんですね。

それから、あなたのおっしゃる個々の成員についてです。ある共同幻想のもとに個々の成員がいる。この個々の成員なるものは、なかなか面倒くさいんですよ。経済社会的範疇としての個々の成員、性的範疇としての個々の成員、あるいは幻想的範疇としての個々の成員――厳密には、そういうふうにいわなきゃならないと思います。たとえば幻想性としての個々の成員は、共同幻想性にたいして逆立していってしまう。そういう関係を想定することができます。たんに個々の成員というのではなく、何としての個々の成員かということが問題になってくる。経済社会的な範疇としての個々の成員なのか、幻想性としての個々の成員なのか、あるいは対幻想、つまり性としての個々の成員なのか。それはちゃんといっておかないといけないんじゃないですか。

たとえば幻想性の世界と考えれば、個々の成員は個体の幻想性に属している。個体の幻想性が他者とぶつかる最初の点が、性としての範疇になっていく。個々の成員における個人幻想性の総和をいくら集めても対幻想にはならないし、共同幻想にもならない。個々の成員における個体の幻想性をいくら集めても、対幻想や共同幻想とは位相がちがう。もちろん位相がさかさまになっているわけです。

位相がちがってくることには、いろいろな要因が考えられます。そこでは非常に幻想的、観念的な要因も考えられますけれども、経済社会的な範疇で考えればその位相の違いがはっきりしてくる。個々の成員というばあいでも、範疇をどこにとるかで決まってくる。個人の幻想性としていえば共同幻想性にたいしてかならず逆立し、ひっくり返っていく。

ですから、対幻想の総和が共同幻想になるということではないと思うんですよね。いくら行ったところで、対幻想の総和はそれじたいであるにすぎない。もしそこで共同性が考えられるとすれば、習慣的な部分に行くと思うんですね。「そういう場合にはこうしようじゃないか」という意味での総和でしか、共同性は考えられない。共同幻想性というのは、個々の対幻想の総和とはちがう位相で考えなければいけないと思います。ですからそこのところはこっちで混同しているわけではないんで、個々の幻想性が共同幻想性になるわけではないし、対幻想性の総和がそのまま共同幻想性に移行するということでもない。

そして個々の成員が、個々の特殊な利害を追求しはじめていく。つまり、特殊な個々の利害を個々のものとしてとりこむ。そのとりこみ方をきわめていけば、あなたがおっしゃる一般的な利害としての共同利害が抽出されてくる。あるいは疎外されて出てくる。経済社会的な背景で考えたばあい、個と共同性の関係はそうなりますし、個体の幻想性はひっくり返っていかないと、共同幻想性に関係づけられない。

僕は要するに、そういうことをはっきりさせないと解けないことが出てくるといっているわけです。個々の人間、個々の成員というばあい、どういう範疇でいっているのかを明瞭にしなければいけない。家族というのは、やはり経済社会的な範疇において想定できる。それは家族形態が必然的に生み出す観念なんですが、その観念としての対幻想を明瞭に想定しなければ、なかなか解けない問題が出てくる。ですから、そこのところをはっきりさせなければいけない。

僕はけっして、個人の総和が共同性で、家族の総和が初期の共同体だといっているのではない。対幻想が共同幻想に転化するばあい、対幻想として特殊に保持されるべきものを保持し、それ以外のものは共同幻想性に包括されていく。逆にいえば、次の段階の共同幻想性は、その前段階における対幻想に固有なもの、あるいはそれに付随しうるものをそのまま残しておき、みずからは次の共同性に転化していく。そういうことが問題だと思いますけどね。

だから個人の総和が共同性になったり、家族の総和が共同性になったりするわけではない。自然としての人間は、かならず観念的、幻想的な範疇を生み出していく、そういう明瞭な問題意識が必要です。そうでなければ、個々の利害や共同利害、あるいは経済社会的な範疇を曖昧な位相でとりこむことになる。そうすると、「社会的に必要だったから集団が組まれている」という言い方になってしまうんですね。それでは非常に曖昧なわけです。社会的に必要だから、個々の人間は共同性をつくるかというと、かならずしもそうではない。社会的必要という言い方は、きわめて曖昧模糊としている。社会的な必要性をどういう位相で入れこんでいけば、個々の人間の問題が共同性の問題に転化していくか。そういうことをはっきりさせなきゃいけない。はっきりつかまえていかなくちゃいけないというのが、僕の問題意識です。

質問者2 現代における天皇の問題について、どうお考えですか。

旧帝国憲法には「万世一系ノ天皇之《コレ》ヲ統治ス」と書かれている。その形態っていうものは、徳川幕府時代には存在しないわけですよ。幕府法のなかには、万世一系の天皇が統治するとは書かれていない。ですから、これはある意味でいえば、復元されたことになるわけです。幕府時代において、天皇制はどういうかたちで存続したか。先ほどからの言い方でいえば、共同的な祭儀、お祭りがある。主として農耕に由来する祭りが多いわけですよ。そういう共同的な祭り、宗教的祭儀を世襲的に持続してきたと見られるわけです。もちろん政治的な権力なんていうものはなかった。だけど、そういう共同祭儀、共同性をもったお祭りというのは、それ自体が力、権力であると考えられる面があるわけです。

天皇はそういうことを世襲してきたわけですが、明治以降の近代になると旧帝国憲法で統治者とされた。幕府は政治権力をもち、その下に諸藩がある。これは幕府法と藩法の関係をみると、明確にわかるわけですけど。諸藩というのは、今でいうアメリカの州政府と同じような位相で考えていいのか、それともある程度独立した小国家として考えていいのか、あるいはそうじゃなくて、現代の言葉でいえば、幕府における地方自治体みたいなものとして考えればいいのかという問題がある。

そして天皇というのは、幕府時代には少なくとも現実的な政治権力をもっていなかったわけですが、その一方で、共同的なお祭りを世襲してきた。たとえば英国はわりあいによくみていて、そういった共同的なお祭りは権力につながると考えていた。フランスはそういう問題はよくわからなかったんですが、英国なんかはわりあいによくみていて、天皇の力をある程度把握していた。天皇と権力は、どのように関連づければいいのか。天皇には全然政治的な権力はないんだけれども、なんらかの力があるように見える。その力の本質は、世襲的な共同祭儀を主掌することに依存する。共同的なお祭りというのは、力として機能しうるわけです。洗練され、かつ凝縮されたものとしての共同的な祭儀を主掌しているとすれば、その主掌者はある力をもっている。それはけっして現世的、政治的な権力ではないんですが、とにかく力をもっている。

そういう経緯で、明治になってからは、「万世一系ノ天皇之ヲ統治ス」と定め、非常に古いかたちに戻した。つまり、統一国家ができあがった当初のかたちが復元されたわけです。

今の憲法では、天皇は国民統合の象徴とされている。ここでは、象徴という言葉の解釈が問題になってきます。象徴というのは非常に曖昧な概念です。現在の天皇は統合の象徴であり、なんら現世的な政治権力をもっていない。この象徴という言葉は、解釈の如何によってはうんと拡大できる要素をもっている。それを拡張解釈すれば、天皇はそうとうな活動ができるという面もあると思います。そういう意味では、天皇は今でも力をもっていると思います。しかし政治権力をもっているわけではないから、もし日本の資本主義社会がぶっ倒れたら、いっしょにぶっ倒れるだろうと思います。

しかし天皇制というのは、イデオロギー的にゼロかというとそうじゃないんですね。これはまた、象徴という言葉の解釈によるわけですが、自衛力という言葉をどんどん拡大解釈していけばそうとうなことができるのと同じように、象徴という言葉を拡大解釈していけば、そうとうな活動ができるようになる。そういう面もあると思いますよ。しかしだからといって、戦後の段階でさしたる力を現実的に発揮するとは考えられないと思います。しかし象徴という言葉によって包括される意味は非常に多様ですから、そういう意味では無形の力みたいなものがあるんじゃないですか。

質問者3　僕が興味をもっている三島由紀夫は、天皇が人間になったあの時から、日本人の精神の空洞化が起こってしまったといっている。三島の言葉をそのまま受け取るわけではありませんが、ああいう考えじたいもたいへん面白いんじゃないかと。その裏付けにかんして□□□の本を読んでみると、日本にある恩義の念というのは、人間相互間ではたしかに絶対力はないんですね。ところが報恩というものが人間ではなく、現人神《あらひとがみ》としての天皇に出てくるばあい、そこには絶対的なものがあって、三島流にいえば、人間と人間との付き合いのなかに含まれるエゴイズムは、やがて非人格化されたところの政治体制、国家のもつエゴイズムとなる。そのアンチとして、日本国民全体の報恩の対象として天皇をもってきたらどうなるのか。人間であるがゆえの罪悪、あるいは国家のアンチとして天皇制を考えていく。それはたしかに面白いと思うんですね。そのあたりにかんしてはどう思われますか。

藤田省三という法律学者が法的な面から天皇という問題について本を書いています（『天皇制国家の支配原理』をさす）。つまりそれは、僕らの原罪みたいなものですね。

僕の考えでは、天皇は共同的なお祭りの世襲者です。共同的なお祭りというのは、主として農耕的なお祭りだと思います。農耕的なお祭りが世襲されていくことで、それがどうして力であるのか。農耕・稲作がなされて以降、共同的な祭儀、お祭りや宗教は非常に凝縮されたかたちになっていきますので、共同的な規範と紙一重になる。僕は、そこまで行くものだと思うんですけど。少なくとも戦争中までは、そういった祭り、宗教は恐ろしい力を発揮してきた。

今までのところ、メカニズムが非常によくわかっている祭儀、お祭りはひとつしかないんですよ。代替りごとにやる大嘗祭《だいじょうさい》にかんしては、そのメカニズムはだいたいわかっています。それ以外のものにかんしては資料不足で、性格や起源がよくわからない。僕にとっては、そういうものがひとつの科学的追求の対象になってきている。世襲している共同祭儀のメカニズムが全部わかってしまったとき、少なくとも知的な水準では、天皇の象徴的意味づけはなくなっちゃうと思いますね。知的な水準ではなく生活感性の水準においては、どこまでやれば基盤が引っ剝がされるかわかりませんけど。少なくとも最初の権力が共同祭儀で何をやっているのか、資料が公開的に使えて、それを追求していけば、知的な水準では共同祭儀、したがって共同規範的な力は飛んでしまうと思うんですけどね。

質問者3　大嘗祭を中心に考えたばあい、極端にいえば農本主義になりますよね。そうなると、制度としての天皇制とその土台はたしかに変わりますよね。にもかかわらず日本人というのはそんなに変わらないと思うんですね。だから、江戸時代に隠れていたのと同じように、それがふたたび出てくる可能性もあるのではないかと。

出てくる可能性もあるでしょう。その可能性についてはなにもいえないんですが、少なくとも現在の憲法で判断されるかぎりでは、いかように拡張解釈されても天皇は象徴にとどまる。象徴的な意味での力を発揮するということはいえるとしても、それじたいがさして問題になることはないと思います。

質問者3　今の憲法をそのままもっていくばあい、天皇の力の限界は見えてますね。問題は平和憲法さえも天皇がもっている内的な□□と結びつく可能性があるとしたら、平和憲法さえも前提にできない情況が、今の日本の政治的な風潮のなかにどんどん起こっているんじゃないかと。僕はかならずしも三島がいうように、天皇が人間になったとは思いませんけど、□□□であるとは思うんですよ。日本人の精神の問題として、そう思います。だからある意味で論理にはなりませんね。論理よりもうちょっと前の時点……。

そうですね。僕はいかように考えても、天皇制が復活してふたたび政治的な権力まで馳せのぼっていくとは考え及ばないんですが、かといってその根柢から変えるものだとは思っていない。僕らは戦争中、振りまわされてきたからわかるんですけど、そんなに根の浅い問題だとは思っていない。個々の生活的な次元から考えても、そんなに根の浅い問題とは思っていない。だから、その根は解明すればいい、対象として徹底的に解明できればいいと思っているんです。解明できれば、知識的な問題、頭の問題、観念の問題としてはだいたい力はなくなるんだと僕は思っていますけどね。

質問者3　前提としては今ということですね。

もちろんそうです。現在、戦後二十年経ったところを基盤にしていっているので、これからどうなるかはわからない。そんなことは予言することができませんが、それがふたたび旧憲法的なかたちになっていくとは想定できないですね。

質問者3　日本の伝統がもう一回振り返られ、それが教育制度のなかに入ってきて、そうすると、伝統と今ある□□□はちがうんじゃないかという矛盾がはっきり□□をあらわすんじゃないかと思うんですけど。そのへんにかんしては多少認識して、準備しておかないとだめなんじゃないかと。

やはり、神話を解明していくのはなかなか難しいと思うんですけど、神話を取り扱ううえでいちばん面倒なのは、日本みたいにそれじたいがいくつも層をはらんでいることです。つまり、いくつも重ねてあるんですよ。人種的にいっても混血いちじるしいし、文化の層も幾重にも重なって結び目がわからない。そういうかたちでわりあいにうまくできていて、非常に新しいですからね。よくできていて、そこには作為がたくさんあるわけです。

作為性というのは神話の神話たる本性、未開的な本性にある問題です。それが何に由来するか。そういった問題について本当に解明されないというのは、やっぱり怖いことなんですよね。解明されない部分にかんしては、あなたのおっしゃるように復元される可能性がいつでもある。しかし解明されてしまえば、それはべつにどうってことない。もうこういうものであるということで終わってしまうと思いますけど、とにかく、神話の扱い方はなかなか難しい。

今の段階では、各人が勝手な意見、説を述べている。非常に大雑把にいえば、そういう段階にあると思います。だれがみてもそう理解する以外にないという考え方が定立されてくれば、問題はおのずから解決しちゃうわけですが、今の段階はけっしてそうじゃないということですね。各人各説で、どんな人が古代史や古代法の本を読んでも、神話学、古典文学の本を読んでも、大なり小なりどうしても納得できない部分が残る。それはだれについてもいえるわけです。

だから、その残っている部分だけが問われると、怖い面もあると思うんです。そういうところから、復元の意図もなされてくるわけで、それが完膚なきまでに全部はっきりしてくれば、復元しようにもしようがない。それを神話としてではなくイデオロギーとして復元しようとしても、しようがないということになりうると思います。だからそういう解明は、そんなに無意味なことではない。もちろん、緊急かつ不可欠だとはけっして思いませんけど。僕らには体験的なアレがあるから、それに固執している面もある。非常に特殊的、具体的に解明して一般性として原則、原理につらぬかれていれば、関心をもつわけですよ。天皇制が力として復活するということについては、僕は悲観的な考え方ですね。

質問者4 (聞き取れず)

想定されるわけです。想定されるということははっきりできるわけですし、それはかならずしも一致しないといっても、一致しない行動はどうなっているかということは解明できるわけです。それは具体的にやればすぐできると思いますね。すぐにというのは、簡単にという意味ではなくて、やればたいへんですけど、こうすればできるという原則は非常に簡単だと思います。そういうことはいちばんはっきりしています。たとえば今の憲法では、基本的人権が確立されていることになっている。しかしそれにもかかわらず、確立されていないという実態がある。そうすると憲法の法的な表現と、具体的な社会で実際に起こっている問題はちがうわけでしょう。それがどれだけちがうかということは、具体的に調査・研究していけばすぐに出てきますね。

たとえば婚姻については、条文で「男女の自由な合意があればいい」と謳われていますが、実際に合意さえあればいいのかというと、そうじゃなくて、なかなかいろんな規制がある。家族やいろいろなものからの規制があって、そういう具体的実態がある。条文ですっきりいわれていることと現実には、どれぐらい矛盾があるのかは、具体的な事例にあたっていけばつかめる。そういうふうなつかみ方は、いわば政治的な国家と、現実的なあるいは経済社会的な国家との矛盾をあらわしている。それはそういうふうに調べていけばすぐに出てくるんじゃないですか。

質問者5 （聞き取れず）

あのね、どういえばいいでしょうかね。幻想性の問題は、観念の共同性の問題、観念性と関係、対応しますね。それから共同幻想を具体的に支えたり、執行していったりするいろんな機関があるでしょう。そういう機関の問題は、物質的な問題と関係、対応しますね。あなたのいっていることはどうもよくわからないけれども、どうしたらそれを考えていけるか。共同幻想性というのは、個人の幻想性と関係、対応しますね。だからそれは、やはり幻想性の問題として対応させて考えるべきです。幻想性を行うための機関・装置の問題は、個々の人間における物質的な問題と対応させて考えるべきです。そういうふうにして関係づければいいんじゃないか。たとえば幻想性の問題と物質的な問題を対応させて、その反対をやっていたりすると、うまく解けないんじゃないですか。幻想性の問題は幻想性の問題と対応させて考えていけば、糸口が出てくるんじゃないですかね。

〔音源あり。文責・築山登美夫〕

【大学セミナーハウス（東京都八王子市）主催】――――――――1971年5月30日

自己とは何か――ゼーレン・キルケゴールの思想を手がかりとして

質問者1　最初のところで、男女の関係や共同体の関係が出てきますよね。『共同幻想論』を読んだんですが、「対幻想論」のところで、具体的な関係のなかでは得られないものだというところで、たとえば漱石が求めていたのは対幻想の本質であって、鏡子（漱石夫人）にはそれを絶対に求められなかった。鏡子じゃなくても、一人の具体的な女には絶対に求められなかった、というふうにお書きになっていると思うんですけど。結局、そういう関係性の法則は具体的にはなくて、ただ追うべきものとしてあるんでしょうか。

それはどうでしょう。僕がそこでどう書いたのかおぼえてないんですけど（会場笑）。それはわからないんですよ。二人の人間の関係の世界は、どちらかの人間の自己意識によって決定されるものではなくて、あくまで二人の人間の関係のうえに築かれる世界ですから、個々別々の経験のされかたをするだろうなと。とにかく「個々別々だろうな」ということしかいえないと思います。

たとえば、どんな異性にも愛される異性という設定は成り立ちえないと思うんですよ。非常に遠い距離で関係ともいえない関係、つまり行きずりという意味あいでは、はっと目が覚めるような美人がいるように思うかも知れませんが、そういう設定は無責任なところでしか成り立たない。一人が他の一人の人間と関係づけられる世界、つまりその間でしか成り立たない世界という設定においては、その二人で世界が決まってしまう。その決まり方はまったく個々でちがうだろうということしか、僕にはわからないと思います。

だから、絶対的に結婚していい男性・女性とか、あるいは恋愛していい男性・女性というのはないので、要するに、だれにとってだれがいいか悪いかということであって、個々の人間が立派な人格をもっているかどうかということとはまったく関係ない。立派な人格をもっている男と女が一緒になると、たいへんうまくいくなんていうことは絶対にありえない。偉大な文士である男性と偉大な文士である女性が愛し合い、いっしょになって生活したらうまくいくかといえば、絶対にそうじゃない。それとはまったく関係のない、次元のちがう世界だと僕は思います。

その世界の構造は、一対一の関係でしか決まらないんじゃないでしょうか。普遍的にいえることは、個々の人間が善良であるとか、人格的にすぐれているなどといったこととは次元のちがう世界であるとしかいえない。男または女として現われる世界は、そういう世界だとしかいえないと思います。それでいいですかね。

質問者2　昨日、桝田啓三郎先生が「キルケゴールのばあい、ほんとうの信者になるために懐疑の克服に価値を置いた」とおっしゃっていました。吉本先生のお話をうかがっていて、「関係の絶対性」を追求するところに懐疑を克服する契機があるように感じられたんです。私のばあいもやはり懐疑があって、それを克服したいという欲求があるんですが、何のためにそれを克服しようとしているのか、いまだにわかっていない。その契機を経てから、客観的に行くか主観的に行くかというように二つに分かれてしまう。結局のところ、両者は対立していき、その溝はもう埋められないものなのか。そこでもまたひとつ疑問が出てくるわけです。ちょっとまとまっていないんですが、吉本先生はそれについてどのようにお考えですか。

これは簡単なようで、非常に難しい問いなんじゃないんでしょうかね。それに答えるのは難しいんじゃないかなと思うんです。まず、懐疑が何に由来するのかを追求することは、あなたの内的な問題としてだけ価値がある。そしてこれとは少し次元のちがったところで、客観的には懐疑というのはなぜ個人の内面で起こりうるのかという問題がある。あなたのなかにある懐疑をあなた自身で解こうとすることは、あなたのなかでは大きな価値をもっているわけですが、それは他者には解きようがない。だから、僕はそういう面では、なにも答えることができないように思います。

もうひとつは、なぜ懐疑は人間のなかで生じるかという一般的な問題としてならば、わりあいに客観的にいえるところがあると思うんです。自分と自分以外の一人の他者との世界のなかで起こりうる懐疑、矛盾、疑問というのもあるわけなんです。なぜそういうことが起こりうるかというと、それはおそらくこういうことなんです。人間がたとえば、一人の人間と他者である一人の人間との世界、つまり人間が異性として現われざるをえない世界というのは、「次元がちがう」というようにさんざん申し上げてきましたけれども、その世界として完結することができないからです。しかもその理由は、非常に客観的なところにあると思うんです。そういう世界はそういう世界として、完結していなければならないはずです。これはあくまで一人ともう一人の他者との間の世界であり、いかなる他者も介入する余地がないはずですから。ところが、現実的にはその世界にさまざまな要素が侵入、浸透してくる。その理由は非常に客観的なところにあるので、その世界だけでは解決できない矛盾や疑問、懐疑だと思われます。

それと、もうひとつの世界、つまり共同性においては、一人の人間のなかに懐疑、疑問、矛盾が起こるはじまりは何かかっていいますと、えーっとね、共同性の世界のモデルを三人で設定します。たとえばなにか研究するサークルを三人でつくるとします。そのためには会場を借りたりしなきゃいけないから、会費を月千円ずつ出し合う。そして研究が一段落したらパンフレットみたいなものを出して、また検討していく。三人でそういう取り決めをして、あるサークルをつくったとします。ところがそのなかの一人が経済的にピンチになり、会費千円を払えなくなってしまった。その人は他の二人に、「じつはこれこれの事情で積み立てる千円が払えなくなっちゃった。何カ月かは勘弁してくれないか」といい、了解を求める。そうすると他の二人は「それはいいよ」といって了解してくれる。しかしそういうことがずっと積み重なっていったばあい、会費を払えないメンバーはサークルを重荷と感じるようになる。最初のうちは自分もメンバーの一員として加わり、ルールを決めてやっていくことに納得したはずなんですが、会費を払えないことが積み重なってきたばあい、そのサークルが重荷になることがありうるわけです。

それとはまったく逆の方向からいえば、他の二人は、まあ一度二度ならよかったと。自分たちはよけいに金を持ち寄って、このサークルを運営している。あの人にもやむをえない事情があるんだろうけど、やはり私たちだけが多く金を負担するのは面白くないと。つまり「自分らは金をよけいに払っているんだから」というのが彼らの言い分なんですが、そこは人間の浅ましさですね。最初は三人が参加して、平等に討議してつくったサークルなんだけど、運営するのは二人になる。そうすると会費が払えなくなった人は、その共同性から落っこちていっちゃう。

最初の共同性では、三人すべてを満足させたわけじゃないけれども、「まあこれならば、三人とも納得できるだろう」という線で運営方針が決められた。しかしある事情のもとでそのなかの一人がそれにたいして疎遠になりますと、最初のうちは自分も参加して成したはずの共同性が桎梏、矛盾、懐疑、疑問になってしまうことがありうる。一方で他の二人にとっては、それが特権になってしまうことがありうるわけなんです。

これはたいへんな矛盾なんですが、キルケゴールの「絶望しうるということが、人間の動物とはちがうところである」という言葉と同じような言い方をするならば、人間はみすみす桎梏、重荷になると知っていながら、なおかつそれをつくる必然をもっている存在なんですよ。ですから、三人で共同体、サークルをつくったばあい、自分も参加して三人が三様に納得して取り決めしたにもかかわらず、いったん条件が変われば、自分も責任を負ったはずの取り決めが桎梏、重荷になってしまうことがありうる。そういうことができるというのが、人間の大きな特徴だと思います。みすみす桎梏とわかっているものをつくりださざるをえない。そういった必然的な契機をもつというのが、やはり人間の特徴だと思います。共同性っていう面からいえば、懐疑のはじまりは、いまいいましたように、自分も参加してつくったはずの共同性を条件が変わったために矛盾と感じざるをえない。個々の人間に疑問や懐疑をあたえるのは、やはりひとつの共同性からの契機だと思います。

そして先ほどもいいましたように、自分と他の一人の他者がつくる世界にも懐疑や矛盾が生じてくる。その世界は完結しているはずなのに、実はさまざまな要素が浸透してくる。ですからこれもまた外から、人間に懐疑や矛盾をあたえる契機だと思うんです。

これがいま僕が答えうることのすべてです。あなたがあなた自身に懐疑をもつモチーフというのは、僕が介入することができない世界です。極端にいいますと、それはあなたのなかでだけ価値があることですから、それを問題にすることは、あなたのなかで非常に大きな価値をもっているわけですが、僕はそこに介入することはできない。僕はあくまで他者として、「充分に懐疑を生じせしめる根拠は、「こういうところにありうる」ということだけは申し上げられるわけです。それ以上のことについては僕なんかの手に余るように思われますし、他者からはなにかいうことができないように思いますけどね。

そこでは、自分の懐疑の由来を自分のなかで具体的に追求していくことが非常に重要です。他者からの契機は、そこには介入できない。ただ、他者からの契機が一人の人間に懐疑をあたえうるということしかいえないですね。

質問者3 吉本さんが、「キルケゴールは主観的なものを重視していたにもかかわらず、あっさりと客観的契機に重点を置いた」とおっしゃったところをよく聞いていたつもりなんですが、よくわからなかったんです。吉本さんは、主観的な契機における関係性は不可能であると見なしたから客観的契機を原点にしたんでしょうか。僕自身は主観の世界にすごく価値を置くので、それに取り込まれる危険性も感じるんですが、客観的契機を重点にしたばあい、自分の存在を問うことが……関係としての自分を見ることはあると思うんですが、うまくいえないんですが……あっさりと主観を離れ、客観的な関係性へと重点が移っていったっていうか、そのキルケゴール批判がまだ僕なりに理解できないんですけど。

おそらく主観的、客観的という言い方が悪いんですね。観念的な世界はみんな主観的だっていえば、僕だって主観的なんですよ。いま「あっさりと客観的な契機のほうへ行ってしまった」といわれましたが、僕はただ、人間が生み出す観念の世界、自己自身の世界は、掛け値なしに個々の人間として観念的にふるまう世界にとどまるものではないと考えただけであって、主観的、客観的という言い方がまずかったと思うんですが、僕の考え方も主観的なんですよ。つまり観念の問題なんですよ。僕は「社会の物的構造、社会経済的構成がこうだから人間の魂もこうなんだ」といっているのではない。僕が「関係の絶対性」といったばあい、人間の観念の世界を問題にしてるんですよ。

観念的なものが主観的なんだといえば、僕はやっぱり主観的なんですけど。それから僕自身もあっさり内的世界（しばらく聞き取れず）、自己自身が自己自身としてある世界を棄てているわけではない。それでもって、人間の観念がつくりだす世界がそれで尽きたと思うのは間違いなのではないかと。そういうふうに考えていったわけです。一人の人間がまったく一人の人間として内的な世界をもつことを棄てたわけでもないですし、なんでもないわけです。それはそれで世界としてあるということで、べつに棄ててはいない。それでいいでしょうかね。

質問者4　研究者のTです。先ほど「完璧に自己が自己である世界がある」とおっしゃいましたが、そのなかにナルシシズムはあるんでしょうか。それともそれは、対幻想のなかの一変形としてあるんでしょうか。

僕なんかの理解のしかたでは、自分のことを自分以外の一人の他者と思うのが自己愛の世界なんじゃないでしょうか。つまり自分で設定した自分、自分の理性としてつくりあげられている観念世界が自己愛なんじゃないでしょうか。

質問者5　吉本さんがいちばん初めにいわれた自然的な生活態度というのが僕もいちばんいいと思ったんですが、それができないところが問題なんだと思います。自然的な態度をとれないということは、やはりそこで自己を意識していると思うんです。自己を意識するといったとき、典型としては、まず夫婦・自己・家族という三つの世界が考えられる。たとえば、親が子を認めるばあいと、子が親を認めるばあいではちがうと思うんです。親が子供を認めるのはあたりまえになっていますが、子供は自己を意識するまでは親、家族あるいは自分なんていうものが問題になっていない。ある時点に到達したとき、自分自身を意識する。結局は顔やしぐさ、しゃべり方が似ているということで、親を認めざるをえなくなるんでしょうけど。とにかく親と子供では、その関係の認め方が全然ちがうと思うんです。

たとえば農業のばあい、家族で仕事をしているときには自己意識は起こらないで、自然的な生活態度でそのまま通っちゃうんじゃないかと思うんです。家族が毎日畑仕事をして一生暮らしていくというばあいも、同じやりかたで再生産を行うと思うんです。そのばあい、自分が老いて子供に背かれたとしても親子関係はなくならないし、子供がどこかに行ってしまうということも起こりえない。ところがいつからか知らないけど、親に背いて出て行ってしまうような情況になった。そのばあいに、労働形態がちがってきたんじゃないかと思うんです。分業というかたちが発展してきて、そういうかたちになったのかどうかはよくわからないんですが、そこで子供が親を認めなくなるという問題が出てきたと思うんです。

それで同時に、反自然的な情況になっているのではないかと思うんです。なぜそうなったのかはよくわからないし、なにか悪魔的なものが□□□なのかよくわからないんですが、自然界が生み出したものから反自然的なものが出てきたというばあい、今度はその反自然的なものをより包括的な自然に還していくべきではないかと思うんです。基本的にはいちばんはじめの自然的な生活態度とはちがったレベルで、人間自身が自然に生きていけるのではないか。そういう認識みたいなものを感じるんですけど。吉本さんが追求している目標は、自然に還るということだと思うんです。要するに、より高いレベルで自然と一致したうえでの人間の活動、その創造、あるいは世界との一致をめざしているのではないかと。それについてお訊きしたいと思います。

「自然に還る」といいますけど、僕が自然というばあいは天然自然の自然とはちがうんで、観念的な自然過程ということです。では、観念的な自然過程とは何か。人間が考え出すことをほっときますと――「ほっとく」というのが僕のいう自然過程なんですが――人間の観念のはたらき方がどうなるかというと、ほっときますと、だんだん遠くへ行く。（以下、聞き取れず）

〔音源あり。文責・築山登美夫〕

【青山学院大学現代文化研究会主催】――――――――――1971年6月5日

思想的課題としての情況

質問者　現在の情況で文化的営為というか文化創造というのが自由であるというよりも自由が強制されているという形でいわれたと思いますが、いわば吉本氏が自立論という形で現在インテリゲンチャなり大衆が世界の普遍性へせまりうるとすれば、それは自立以外にはありえないんだという形でおっしゃったと思うわけですけれども、そのことが主体の条件の問題としては、自由を強制されているというような主体の条件というものが、自立ということによって、逆にいえばそうした現在の情況の□□□を超える、その根拠みたいなやつがどうなのか、主体の転位というか、主体の新たな創出というか、そういう問題としてはどうなのかということを若干おうかがいしたいと思います。

今の問題提起なんですけど、言葉は簡単なんですが難しい問題だと思うんです。きょう僕がお話の中で申し上げましたけど、それじゃあ、新たな運動の共同性というものと、文化芸術の創造の行為自体、不可避的に、そこへいって出遇わざるをえないというようなそういったところが具体的になんなんだというようにいわれるとわからないわけです。わかんないというのは、感性的にこうじゃないかというようなことがあるんですけれども、よくわからないんです。わからないということが非常に正直なところじゃないかなというように思えるのです。

あの『自立の思想的拠点』というところで、僕がそれを提起した、その時期はわりあいに、まだ僕らでも楽観的なところがあったわけです。しかし、どうしても、きわめてきびしい次元で自立性というものを保持しなければならないというところは非常に僕にとってははっきりしていたのですけど、しかし非常に楽観的だったところがあって、平均四、五十年ですけれども、そういう歴史の間でさまざま提起された問題は、いわばもうどうすることもできないという形でありました。それに対して離脱して確定的に自分で自分たちを保持していくというような意味あいは非常にはっきりとしていたので、それがもしとげられるのなら、そのあとの問題は自動的に出てくるはずだとわりあい楽観的にふんでいたところがあると思うのです。

だけれども、ぼくはわりあいに悲観的にふむほうなんですけれども、それでもその時点で僕らが考えていたことよりもはるかに違ったところで情況の問題というのは提起されて、不可避的に強制されてきているように思います。それはその時点で予想もできなかったというように今から考えると思えるのです。

それでは具体的にどうなのか、どうすればいいのかといった場合に、ひとつだけ、ちょっとしたとっかかりとしていえることがあるのです。それは文化における個々の創造者の創造的行為あるいは個々の主体の創造的行為というものと、それからそれを支える意志の共同性、それを支える共同性の問題なのですけれども、それが共通にいえることは、創造行為とかそれを支える共同性というのを個々の創造行為者が主体的にたずさわる創造行為とか、それからそれを支える運動の共同性みたいなものを、往きと還りというふうに言葉を使いますと、還りということなのです。往きとしてではなく、こうだからこういう感性的な体験というのが創造の中にこう入ってくる、そしてそれを支える運動の共同性としてはこういうふうにこういう方向性で提起される、あるいはこういう方向で方向づけがなされるというように捉えるのではなくて、それを還りがけという一種の視点からその問題を捉えるという捉え方ができるならば、それはひとつのとっかかりではないかというように考えているわけです。

ではその往きがけということと還りがけにそれを捉える、つまりあるひとつの事象があってそれを往きがけの意識で捉えるのと還りがけの意識で捉えるのとはどう違うかというように考えますと──違うのですけど非常に伝えにくいのですが──、たとえばひとりの文化の創造者がいるとしますね、そしてそれが作品を書く行為というのはいわば観念の作業なのですけども、この観念の作業がいわば総体の姿勢としてこうむらざるをえないなにかが、つまり情況的ななにかがあるというところにさらされるわけですけれども、こういうようにさらされたところで、いわば情況の問題を創造行為あるいは創造する意識の内部にどんどん侵入してくる全体性というものを、なんといいますか、創造行為を一種の観念的な上昇行為といいますか、あるいは観念としても必ず自分の生活を生産し再生産しているそういう領域から自分が観念的に上昇していくという過程がいずれにせよ創造行為の当然の成り行きなんですけれども、こういう行為というものを方向づけ、つまり観念としてどんどん上昇しつっこんでゆくというようなそういう見方から見るのではなくて、可能性があるとすればある情況の本質がかかってくるひとつの水準みたいなものが想定されて、その想定された水準みたいなものの意識から逆に観念的に上昇した創造行為を、こっちから捉えるのではなくて、——こっちから逆に捉えるような捉え方をすると、創造行為がある情況の中である生活的なあるいは社会的な基盤をふまえて行われているという事象そのものは別のものではないんですけれども——、これを観念的な上昇の過程でこちらから捉えるのとは捉え方がたいへん違う、自分の創造行為を捉えるにしてもまことに違うというように思うのです。つまり感性的にたいへん違うということだと思います。

そういう視点がもし可能ならば、可能性があるならば、おそらく創造行為の中に入ってくるさまざまな立ちすくみの要素というようなものを——これは立ちすくみには違いないのですが、それから逃れることはできないのですけれども——、それをこちらからの目というもので捉えられると、それはまったく違うように捉えることが可能なように思われます。それからそれを支える運動の共同性みたいなものを考えてみてもその共同性自体に即自的にぴたっとついて、その運動の共同性を捉え、そして方向づけるというつけ方ではなくて、もしぴたりというようにつくのではなくて、その中にある自分自身をも含めてなにか知りませんが、それはどこかからの乖離なんだ、その「どこかから」とはなにかといいますと、現在の情況自体が本質的に迫っているなにか非常に核のところがあるわけですけど、そのなにか核のところから運動の共同性ということを捉えるんだという捉え方ができるならば、創造運動というものの共同性にぴたりと自分もついているし、また自分の目もついているというような見方とはたいへん違った見方でこれが捉えられるのではないかというように思います。

これでもあまりはっきりしないでしょうけれども、しかしそういう捉え方がいわば出遇うところというのがなにか知らないけれども、それは質的に違ったところで文化の創造自体の問題が、つまり個々の創造者の内的な悩みとか「立ちすくみ」の問題とそれを背後にあって支える運動の共同性というようなものが大きな壁にぶつかっているという、その大きな壁に対して、「立ちすくみ」は「立ちすくみ」としてあるとしても、しかしそれはどこかに風穴をあけることができるのだというところに質的に転化しうるように思われるのです。

さて、それをもう少し具体的にいった場合に、ちょっと僕自身がはっきりしなくて感性的にしかこれではないかと捉えられていないものですから、あまりうまくいうことができないのですけれども――ただもし、今申し上げたところからなにか「ははあ」というようなことが伝えられればいいんですけれど、あるいは伝わらない、わからない、なにをいってるのだかわからない、ということかもしれないのですけれども――、ちょっとそのくらいが精いっぱいですね。僕が今うまく客観的に人にこうだと伝えられるような意味あいでいいますと、そこらへんが精いっぱいのところで、まあよくわからないところが多いということです。

それでいいですかね。やさしい問題提起なようでほんとうに難しいですねえ。

質問者　今とだいたい問題点は同じようなことですけれども、最終的にいえることというのはやはりわからない、ようするにわからないということに尽きちゃうということはよくわかるわけですよ（会場笑）。確かにそうだと思うのですよね。ただそこで僕自身が自分自身の問題としていうなら、今まで感性という言葉を使ってきたわけだけど、僕自身それに対して一種、かつてはそれにひとつの感性という言葉に対する党派性を持っていたわけだけれども、それが現在的には離脱してしまったというのかな、そういうところがあるわけです。（省略）

それと、今のはタブーということをいったけれども、いわゆるニーチェ的な権力構造というものもサークルの中に入ってくるわけです。それは結局は国家権力を崩壊させていくみたいなものを射程距離に置いていながらも、彼らの運動体自身がそれと同じ構造を持ってしまっているというようなことがあるわけです。そしてその中にあるとき、なんか感性みたいな言葉でいってしまっては現在的にはもうどうしようもないんじゃないか、そこで僕はひとつの合理的な方法みたいなものをとってきたわけですけれども、そこらへんをどう思うのかっていうことなんです。

その合理的な方法っていうのは、具体的にはどういうこと？

質問者　だからようするに、なんていうのかな、感性的にひとつの党派性、まあ慣れ合い性みたいななものじゃなくて、なんていうのかな、いわゆる国家幻想の中の見えざる部分というものと、また例えば文化創造の運動というさっき話したような課題を持っているようなサークルが、実際的には構造において国家権力と同じ構造を持たざるをえないというのかな、そういう形でしかサークルはもはや存在しないみたいなことがあるわけです。（省略）

あのねえ、あれですか。例えばそういうサークル的なものっていいますか、運動みたいなものね、それがやっぱり一種の小さな国家権力みたいなものがどうしても出てきちゃうっていうのは、あのう、あれでしょうか、どんなやり方をしても出てきちゃうっていうふうな問題ですか。それとも具体的にはそんなもんなんだ、具体的にあるサークルっていうのは、文化的なサークルっていうのはみんなそういうもんだっていう意味あいでしょうか。

質問者　いえそうじゃなくて、やはり本質的に、出てきちゃうっていうことなんです。

あ、本質的に出てきちゃう。

質問者　だから、本質的に出てきちゃうものであったら、なんかそこでの共同体としての運動みたいなもの、そことどのように運動みたいなものがいかに共同性をもつべき対象として成り立つのか、そこから問題を始めなければならないのじゃないかって気がするわけです。

あのねえ、こうじゃないでしょうか。その場合ね、出てきちゃうって場合にはもうすでに国家権力と同じようなのが出てきちゃうという場合の共同性っていうことをね、それはすでにいわばなんていうんでしょう、昔ながらのサークルとはこんなもんだとか、文化運動とはこういうんだっていう、そういうパターンで、つまりそういうものとしてサークルとか共同性とかね、文化運動の共同性というのはそういう意味でもう初めっから固定的であるっていうことが原因なんじゃないんでしょうかね。違いますかね。サークルっていうもの自体に対する考え方とか、昔ながらのそういうあれだっていうそういうことからくるんじゃないんでしょうか。

質問者　僕のはそうではないんですけれどね（会場笑）。例えばあの、なんていうかな、サークルみたいなものが、僕にいわせると、極端にいっちゃえば運動体としては成り立ちえない、本質的に成り立ちえないみたいな、そういう考えがあるわけです。

あのう、文化運動についてですか？

質問者　ええ。

文化についてはつまり創造するものがいずれにせよ個々なんだから、それに対して運動性っていうのを提起しようがないっていうようなことですか。

質問者　いえ、提起はできると思います。そして提起しなきゃならない、まあそれはもう完全に情況的に強制されていると思います。そしてそれを提起したときにあまり簡単に感性みたいなことをいって、それをイコール今のサークル的なものと結びつけてっちゃうというのかな。それは非常に危険があるんじゃないかということ。

あのう、よくわかりました。つまり文化の創造っていうのは、いずれにせよどんな分野だってそれは個々の人間がいわば密室の作業で、創造行為ってのが行われるわけですね、個々に。で、そうだとすればなにも運動の共同性なんてのはいらないじゃないかって観点が出てくるっていうのもわかるように思うのです。だけれどももし、運動の共同性っていうものが、いわば個々の創造者の創造行為っていうものを支える背景として提起されているとすれば、それはこうしたほうがいいから共同性をつくるんだっていうのではなくて、いわば情況的にといいますかね、どっかから情況的に強いられているからそうするんだっていうような形でしか共同性っていうのは成り立たないというふうに僕は思うわけですよね。

で、そういうふうにして成立していく個々の文化的創造っていうものを支える共同性っていうものがね、なおかつ例えばあなたのおっしゃるようなね、「なあに、いずれにせよやっぱり国家権力と同じ、ちっちゃくしたようなもんだ」っていうようなね、そういうふうになってしまうというようなことは具体的な可能性として絶えずありうるけれどね、だけれども僕はそうだとすれば、そのサークルという意味あいのサークルだったらば、ないほうがいいと思うんですよ。ブッこわせばいいわけですよ（会場笑）。だけれども、こうなんですよ。ブッこわしたって、情況が本質的にそれを問えば問うほど、あるいは文化の創造行為として、本質的にそれは問えば問うほど、共同性を強制されるところがあるというところで、あるという基盤で、共同性の問題が出てくるならば、それは僕は、ちょっとあなたのおっしゃるようなふうになにかそう簡単にじゃまっけなものだっていうふうには……。

質問者　じゃまっけっていうよりも不可能っていう気がするわけです。それをひとつ運動体に向かおうとするものと、また運動体になってしまったものみたいな、そこの緊張関係みたいなもののところに生じてくるものっていうのは、なんていうか、自分の言葉でいえば信じられるわけです。ところが、それをもっと先にいってしまったものは、もはや形骸化したものだけで、そんなものはさっきいった言葉でいえばブッこわせばいいもので、ところがなんか今ブッこわさなければならないようなものが逆に感性とかなんとかっていう言葉を使うことによって、自分を生きのびさせているみたいな、それで言語が形骸化されていっちゃうっていうのかな、言語自体が駄目になっていくみたいな、そういう情況があるから非常にこう感性という言葉で僕自身も、情況から強制されている課題みたいなものを割りきっていけないっていう気があるわけです。

なるほど。あのねえ、そうですか。それじゃこういおうじゃないですか。「往きがけじゃなくて還りがけ」の視点だっていうふうにいったことね、それをあなたの言葉でいえばさ、往きがけっていうのはようするにブッこわしちゃえばいいんだっていう、つまりそんなものはこういうふうにやって、これはサークル運動としてやっていくんだっていうようなね、そんなものは、なにもいらないんだってね、こんなものはブッこわしてしまえっていうのは往きがけだと思うんですよ。つまり往きがけでできた文化運動の共同性なんていうのは、これはようするに在来のパターンとそう変わってないわけだから、こんなものは個々の創造にとってはあんまりいらないんだからないほうがいい、ブッこわしてしまえっていうことだと思うんですよね。だけどもその還りがけの目っていうのはね、ようするにじゃまっけなものはブッこわしてしまえと、で、もうじゃまっけじゃないもの、つまり、不可避的に強制されているからそれはひとつの共同性っていうようなことを保つんだ、つまりそういうことが出てくるんだっていうふうに、ようするに下らないものはブッこわしてしまえっていう目を往きがけの目とすれば、還りがけの目は、まあブッこわしたけりゃ、ブッこわしちゃえということです。しかしブッこわしたってしようがないじゃないか。なぜならばそれは強制されてんだから、情況的に強制されてんだからっていうふうな意味で共同性を考えるのを、還りがけの目っていうことに、そうしようじゃないですか。そういうふうに。

質問者　で、まあその視点みたいなことを感性っていうような形で。

ええ、つまりそれだって確かにあなたのおっしゃるように不可避的に強制されてるからできたんだ。しかし、いったんできてしまえばなにか別の要素ができてきて、これは続かなければならぬみたいなね、続かせなければならぬみたいな、そういうことがまた逆に出てきちゃうってことがあるでしょう。だけれども、それはやっぱりいわば還りがけの目っていうやつが絶えず、新陳代謝っていいましょうかね、それをやっていくチェックといいますか、それをやっていかなくちゃいけない。あるいはやっていかなけりゃもう堕落するんだっていうような、そういうのをいわば還りがけの目ってふうに考えれば、それは僕はなんていいますか、強制されているから、これはしかたがないんだっていう、そうならばしかたがないっていうことの中に非常に本質的な問題があるに違いないっていうようなところで、綱渡りみたいでたいへんきついですけれども、そういうところで共同性というようなことがね、つまり個々の文化的創造を支える共同性みたいのが、成り立ちうるのではないでしょうか。つまり非常にチェックが行き届いている目っていいましょうかね、それでやれるんじゃないんでしょうか。

そういう不可避性というものがなくなったならば、文化の創造なんていうのはいずれにせよ個人が創造するわけですから、だから、こんなのはなにもいわないっていうふうになると思います。だけれども、もしそれにもかかわらず、あるひとつの運動の共同性というものが支えとして、あるいは背景として、どうしても不可避的にそうならざるをえない、強制されているんだっていうような、そこのところで共同性がとらえられるならばね、それはひとつの永続的な綱渡りといいますか、嶺づたいを歩いているような、ちょっと足をはずせばもう、一種の、なんていいますかね、安定性あるいは一種のじゃまっけになってしまうっていうようなね。しかしそこの道は細々としているけどもあるんだっていうような、そういう道というのは、僕はあらかじめ不可能であると決めたくはないというふうに思うんですよ。

質問者　先生、今いわれたことは僕なりに理解すれば、その情況みたいなものと緊張関係を常に持ったうえでの還りがけの目みたいなもの、そこにひとつの、なんていうかな、情況から与えられている課題みたいなもの、それの予感というか、可能性というか、先の方向性みたいなものがあるんじゃないかというようなことで理解していいわけですか。

はい、結構です。そんなことといったとしても解決にはならないですね……（会場笑）。

質問者　ならないです（会場笑、拍手）。確かにそうです。

質問者　さっき文化の自由を強いられるというところでいわれたことですが、社会そのものの中に根本的な原因があるっていう言葉のすみに、社会に存在する差別そのものの中にあるんじゃないかっていうようなことをいわれたように思うんですが、その差別というところをもう少し具体的に、少し話してください。

うん、それは、えーと、あれなんじゃないですか。結局ほら、それこそ昔からあるパターンでいえば、まず初めに、例えば社会が変わるとかね、あるいは革命とかね、そういうものというのは、まず初めに観念の領域で――つまり、観念の領域でというのをひと言になんていいますか、政治の領域というふうに単純化すると面白くないんですけれど、まあわかりやすいためにそういえば――、政治的ななんていいますか、まあ革命みたいなのが最初にあって、それからあとになにか革命の課題っていうのが社会的な過程に入ってくるというパターンからいいますと、社会的な次元で階級性とか差別とかそういう矛盾が存在するかぎりは、個々の創造者というものがいかに観念の過程で文化の創造を続けるかっていうようなこと、それから個々の観念の過程で政治的な行為を行うかというような、そういうことがあったとしても、その問題が結局、究極的には社会過程の中に入っていかなければどうしようもないんだという問題があると思うんです。

つまり、そういう意味あいで、現在でも、社会的な矛盾というものはまったく旧来と同じようにどこへ行ったって存在するというような、そういうところがあると思うんです。そういう問題はいわば創造者自体も社会過程の中にあるということで、いかに観念的な作業であっても、自分自身が社会過程の中にあるっていうようなことで、社会的な矛盾とか、差別とか階級性というようなものを必然的にとり込まざるをえないということがあると思います。その問題は、いずれにせよ、創造者の観念的な作業、観念的な仕事の中、あるいは作品の中に入ってくるので、それは例えば政治的な権力がいかに革命的な側にあっても、やはり社会過程の中にそういう矛盾がまだ依然として存在するかぎりは、それはいわば個々の創造者の創造の意識の中に当然それが出てくるのはまったくあたりまえなことだから、だから個々の創造者の中に出てくる一種の自由であらざるをえないとか、自分の恣意的であらざるをえないというような問題というのは、社会そのものの差別あるいは階級性が存在するそのことの中にあるのであって、それはその創造者が本質的であればあるほど、そういう矛盾というのは、創造の意識の中に意識を媒介にして出てきてしまう、出てくるということはまったく当然だから、それは創造外強制によって、こうでなければならないとか、または創造者のギルドからして芸術とは自由なんだとか創造は自由なんだというふうにいわれたってそれはしかたないのです。

つまり創造は自由だとか、これに統制を加えることはできないとかいう言われ方は、いわば社会の中に必然的にある矛盾というのを受け止めてそういっているのではなくて、変なふうに統制されると作品を書くにもひっかかってきてしょうがないというような意味あいでそれが出てきているのであって、ほんとうの意味で自由であらざるを得ないとか、自由を強制されているのだとか、矛盾が矛盾としてやはり芸術表現の中に出てくることは不可避なのだ、あるいはそういうことを強制されているのだという場合には、やはり社会の中に矛盾とか差別とかがあって、それらも不可避的だっていう、そういうところから問題が出てくるはずなのであって、芸術的なあるいは文化的なギルドから出てくることでもないし、それから「おれを自由にしてくれ」というういわば個人的欲求から出てくるわけでもない。また政治的な強制とかあるいは許可とかそういうところから出てくるのでもないので、そういうところから出てくるようなものはいずれにせよ、自由であれなんであれ、あまり本質的なものではないのであって、本質的に自由であらざるをえないとか矛盾であらざるをえないというような文化創造の課題が出てくるのはやはり社会そのものの中にそういうものがあるから不可避的に出てきてしまうのだといえます。それで不可避的に出てきたところで創造の自由とか、創造の恣意性の強制とかということが考えられるのでなければ、やはり本質的に文化・芸術の創造の問題にふれえないのではないかという意味で、社会過程における矛盾とか差別とか階級性とか、そういうものの多様性といいますか、そういうものを根拠とする創造的な矛盾とか、自由とかってことをいいたかったわけですけれどね(以下欠落)。

〔音源不明。文字おこしされたものを、誤字などを修正して掲載。校閲・菅原〕

【名古屋ウニタ書店主催】——1971年12月19日

国家・共同体の原理的位相

質問者　『共同幻想論』を半分くらい読んだんですが、あまりわからなかったんです。そのことにかんしてですけれども……。共同幻想、個人幻想が逆□□□構造をもつということでしょう。それで結局、いかなる政治体制になろうとも、具体的な構造じたいは変化しないわけでしょう。そうすると今日講演でおっしゃっていた究極的問題なんていうのはいつまでたっても解決しないということではないでしょうか？　その点について。

どうしてでしょう、どうしてでしょう。つまり観念性というものを、あたうかぎり排除して、いやそう言い方をするといけないんですけれど、観念性じたいを排除したら、原始人、サルなんかに還ってしまうわけですけれども、そうじゃなくて観念性の方向性ということじたい、つまり意識的な過程と考えられてきた観念性を、それを自然過程とみなして、まったくちがう方向への観念性というものの開き方、言い換えれば、まずまったく逆方向の観念性の原点となるのは、さしあたって、自分の生活にかかわることについての観念性しかあまり関心をもたないし、それしかもたないというものを原点としているということですから、僕はそういう矛盾というのはありえないと思います。

だからもっとはっきりいいますと、究極的に、政治的、社会的背景として、究極的に描かれる世界というのは何なのかというのは、それは僕の創見でも何でもなく、ただレーニンがいっていることだから、くり返すまでもないことなんですけれども、それはいわば共同性たりうるもの、つまり共同性の観念たりうるもの、つまり権力というものが究極的には社会過程のなかに、あるいは社会過程の個々の存在、個々の共同性そのもののなかに権力自体が移行してしまうということ、そのことがレーニンが究極的に読み切った世界だというのはまったく自明なんであって、あなたのいわれるように僕はならないと思います。

それは僕がいったのじゃないんだから、それはレーニンがいったんだから、レーニンの『国家と革命』でも何でもいいですから読んでくだされればわかると思います。そういうようにいっていますす。そして僕は、それは正しいことだろうと思います。つまり権力というのは究極的には、レーニンがそういう言葉を使っていると思うんですけれども、「住民体制（「住民大衆」の誤りか）のなかに権力が移行すること、このことこそが究極的な政治あるいは経済社会的に考えられた究極的な階級廃絶の原点であり究極点である」とレーニンがいっているので、それでいいのではないでしょうか。それ以上の問題というのは、知らないということです。つまりそれから後はどうするのかというようなこと、そのようなことは知らないです。さしあたって知らないです（会場笑）、ということだと思います。それでよろしいんじゃないかと僕は思いますね。

質問者　さっき、大衆の生活というものを原点として考えていくといわれたんですけれども、現在の闘争主体であるべき大衆というものは、いわゆる辺境の人が多いと思うわけです。沖縄にしても、公害にしても、三里塚にしても。そうしたらそういう共同体では、ただ未開性というものが保存されていて、それで最初、敵がだれであるかということがわからないうちは、観念の自然過程というものが存在すると思われるわけですけれども、闘争のなかから敵というものが定まってくる過程で、後に残るのは未開性というものが残ってくると思われるわけです。そうしたらそういうところでは、宗教的なものとか信仰とか、それから歯には歯をもってむくいるというところが出てこざるをえないと思われるわけですけれども、そういうことにかんしてどうお考えでしょうか?

今のご質問ですけれども、今のご質問は、本質的にいえば僕が今日話しました原理的なことの範疇からは、原理的なことの問題からいえば、まったくどうでもいいことに属すると思います、どうでもいいと思います。

だけれども、あなたのご質問に付き合うとすれば（会場笑）、あなたはそういう人は辺境の人が多いじゃないかというけれども、そうじゃなくて、地域的な人が多いのではないかという言い方のほうがきっと正しいのではないかと思います。その闘争はいろんな難点というのがあると思います。いわば個々の人の怨みとか、個々の人の倫理性というようなものと、それから政治性というものがまったく一体となって、ゴチャゴチャとなって出てくるというような、いろんな――よくそういう写真を僕は見たことがあるんですけれども――「ウラミ」というのでしょうか、「怨恨」の「怨」ですね、「怨」という概念でたいへんよく要約できるような問題が、政治ともつかず、社会ともつかず、社会性ともつかず、それから個人倫理ともつかず、あるいはたんに「おれはこんな病気になってしまった、どうしてくれるんだ」という問題ともつかず、全部それが、ひっくるまったかたちで出てくるということになると思います。それは当然であると思います。それは地域性ということで当然であると思います。

だけれども、それにたいして政治的な指導というものを考えるならば、政治的な指導を考える立場の人は、はっきりとそういうことの区別はついていなければならないと思います。公害の問題じたいは、政治問題に直結できない問題だ、短絡できない問題なんだということ、それから公害というものの内容性といいますか、公害ということじたい、あるいは公害の被害をうけたためにこうなったということじたいの内容性といいますか、そのことはたんに怨みということではなくて、そのことじたいは追求して、はっきりさせられなければならないということです。

それからそのことは地域の、あなたは辺境といいましたけれども、それはおそらく地域ということだと僕には思われますけれども、地域の、たとえば水俣病のばあいには、新日本窒素だと思いますけれども、その新日本窒素の内部にいる、つまり新日本窒素という資本主義の株式会社組織内部にいる技術者にとっては、どういう技術的な装置あるいは処理をすれば、公害を無化することができるかということが技術的にはまったく簡単なことであって、自明なことであるということは非常に重要なことであると思います。しかし、おそらく新日本窒素内部における技術者は、それについての解決策を打ち出すことも、またそれを公表することも、あるいはそれについて発言することも許されていないという状態が、おそらく株式会社組織内部では存在すると僕には推定されます。

なぜそう推定するかというと、僕も技術者であったことがあるからです。たとえば水俣病の公害を無化するために、どういう装置をつけてどうすればいいかということを、僕に「おまえやってみろ」といわれたら僕にはできるのです、すぐに。ただ金がないから金を出せということだけで、それはできるのです。そんなことはたとえば新日本窒素の技術者にとってはまったく自明のことに属するということ、だから、そういう問題がほんとうはあるから非常に地域性の問題になると思います。

それでその問題は、僕にはたいへん重要なことのように思われます。つまり、技術者というものが、たんに会社で飯を食って技術的なことをして、けっこうおもしろければそれでいいんだと思っている人ばかりではないというふうに想定し、かつ、技術者というものが労働組合の内部には包括されない中間層というふうに規定されているとすれば、その人たちの内面にあるものは、ぬるま湯というものは、やっぱりたいへん複雑だろうなあと思われます。なぜならば、技術的には簡単であり、ただ企業がその設備をつくるということ、それについての一分野を設けるということが、直接すぐに利益に還元できないがために、おそらく発言を抑えられたり、それについて公表することを許されなかったりというようなことがあるがために、おそらくそのなかの少数であれ、もしたいへん良心的な技術者というものが想定できるとすれば、そういう人は解決可能なのにできないということで、たいへんやっぱり複雑だと思います。

つまり、今のご質問を敷衍していえば、そういうひとつの結びつきということ、なんらかの意味での結びつきを考えることもまた、僕にはたいへん重要なことのように思われます。それが答えになったかはべつとして、僕にはそういうふうに思われます。それでよろしいでしょうか、どうでしょうか。

質問者　今のところの問題なんですけれども、人類にとって最終の問題というところで、価値観の問題、そこで、大衆像というものはどうしても把握できがたい。というのは、生活にまつわるものしか考えないものを指して大衆という、そして、現実に今ある人間を考えていくと、純粋に大衆というものはありえない、なんらかのかたちで大衆というものからの離脱としてあるんではないかといわれたんですけれども、そうすると、大衆というものは現実にあるものとしては拾い出せない。それは意識とか観念の問題として規定されているのではないか。大衆というよりも、大衆性といわれていることから、人間関係の意識として、現実にある人間関係の意識として大衆というものが現われてくる。そういうように僕は理解したわけです。それと、いま僕がいったことと、「マチウ書試論」でいっている「関係の絶対性」というものが関係あるんじゃないかと思っているわけですけれども、そこのところを少し説明していただきたいと思います。

たしかにそうです、そのとおりです。それは現実に存在する大衆から、やっぱりひとつの抽象的、つまりあなたのおっしゃるようにいえば、個々の大衆をみるということになります、具体的、現実的にみるということは。だけれども、僕は個々の大衆を問題にしているのではなくて、そこからある抽象をされた大衆というものを原点として問題にしています。

そしてあなたは個々の大衆、つまり百人いれば百人の大衆というのを具体的に問題にすべきじゃないか、それとはちがうじゃないかとおっしゃるかも知れないですけれども、あらゆる思想性というのは、大なり小なりそうなのです。つまり個々の大衆をとってくれば、それは個々でみんなちがうんですよ、ほんとうをいえば。大衆、大衆といってもみんなちがうんですよ。だからみんなちがうというのが問題なのではなくて、大衆の共同性というものが問題ならば、その個々の大衆の非常に具体的な像ではなくて、その具体的な像にあくまで則しながら、それから抽出される「大衆の原像」といいますか、そういうことが思想の問題なのであって、それが原点になるということなんです。あなたは個々の大衆を問題にしているというならそれは全部ちがうのです。つまり自分の生活にまつわる思想といいますか考え方、そういうものを大なり小なり自分の主体として、それ以外のところで起こることについては大なり小なりあまり問題にならないという大衆を想定しています。で、それはそういう想定がよろしいであろうと思いますね。

「マチウ書試論」のなかで、もう十年以上も前に書かれたものですから、僕は正確にそれをいえるかどうかべつなんですけれども、今の意識でそれをいいますと、そこで「関係の絶対性」という概念を出してきたのは、たとえば今もそういうことはあるわけですけれども、秩序に反し、権力に反する思想をある時点でもっていたとします。それを、ある時点でもっていた人が、自分が秩序を、つまりある小さな秩序であれ、擁護しなければならない日常性のなかに置かれたと、そのばあいには今度はそれがまた労働組合と対立するというような問題が現にいくつか起こっているわけです。つまり、かつてそういう思想、考え方をもっていた人が、現実上の立場として、そういう立場にない立場に立ったときには、今度はまた秩序に抗するあるいは秩序を否定する、そういう思想像にたいしては、自分が秩序の擁護者として現われざるをえないというようなことがあると思います。

それはキリスト教がユダヤ教にたいして秩序破壊的であったのに、後になればたちまちのうちに秩序擁護的なものにまわってくると、そういうのはいったい何だろうか、それはたんに思想の党派性ということで解けるもんだろうかということから、「関係の絶対性」という概念が導き出されたわけです。

けれども、それを考えてそれをどういうふうに解決したらいいか、つまりどういうふうに解決し、どういうふうに考えて、どういうふうに行なったらいいかという問題のなかから、僕が今日お話ししました、「大衆の原像」みたいなそういう考え方が出てきたのです。つまりその「大衆の原像」の把握ということをたえず自分の思想のなかにくり込めるとか、自分が属している共同性のなかに、その思想をくり込めるというような、そういう作業っていうのをやめてしまっては、その自分とか自分の共同性というのは、ただちに秩序擁護派に転化しうる可能性がある。転化してしまったり、あるいは途轍もないものになってしまったりする可能性があると考えたわけです。それを避けるためには、避ける道としては、どうしても「大衆の原像」というものを自分の思想、あるいは自分たちの共同体あるいは組織の思想として、たえずくり込むという作業をやめてはならんというような、いったんやめたら最後だ、その政治組織というのは、いかに口で何をいおうと最後だという、つまり苛酷な弾圧に転化してしまったりなんかして最後だということがあって、そういうところからやっぱり「大衆の原像」というのが、僕のばあいは導き出されたというふうに思っています。

質問者　いまやはりいわれたことでの、共同幻想との関係を、もう少しご説明いただければいいと思うんですけれど。

あのねえ、えーとその質問はね、たいへん茫漠としているために答えにくいのですけれども……。じゃ共同幻想というもの、「共同幻想論」というものの根柢を想定するにさいして、僕の根柢にあったことは二つあります。ひとつは共同幻想という、つまり人間の観念世界における共同幻想、つまり共同体……。

質問者　いや、ちょっと待って、そうじゃなくて、あの「大衆の原像」といわれることをちょっと質問してみたいんです。大衆性から出てくる共同幻想があると思うんです。だったら、いま天皇の問題とか、いろんな法律の法の問題とかいうのがあると思うんです。大衆にのっかかったばあい、そういうものを、「大衆の原像」を囲い込みながらどういうふうに問題にしていくのかということを聞きたいわけです。

そうか、それじゃあこういうふうに答えましょう。ひとつはあなたの質問はたいへん茫漠としているということで答えにくいから、それはやっぱり本を読んでくれということがひとつとね（会場笑）、つまり本読んで、質問するならもう少し具体的に質問してくださいということ、そういうことがひとつです。

それからもうひとつね、あるいはあなたがいっていることとちがうことをいうことになるかも知れないけれどね。そのようにして把握している、僕が原理的に把握している、原像として把握している、あるいは価値観の源泉として把握している大衆というのは、いわばなんでもない大衆ですから、いわば政治的にもニュートラルであるし、社会的にもニュートラルであるし、これニュートラルであるということは、いわば即自的にいえば秩序肯定的でないかということになるわけで、たしかにそうです。秩序肯定的なものです。だけれども、秩序肯定的であるということは、イデオロギーとして秩序肯定的であるのではなくて、生活じたいとして秩序肯定的であるにすぎない、つまり秩序に無関心であるがゆえに、秩序肯定的であるという意味あいになります。

だからして、この秩序肯定性というものはもしこれを逆に裏返したら、つまりちょっと見方を裏から見たら、まったく、つまり百パーセント秩序否定性の可能性をもつということです。まったく見方をすっと百八十度変えたら、言い換えれば、それは秩序否定性を、まったく百パーセントの可能性をもつということを意味するということです。そういうものであることには変りありません。

現実上、あなたが政治意識に目ざめ、なんとかというようなそういう意味あいからいえば、まったくあなたのおっしゃるように秩序肯定的なのです。ただしこれは、イデオロギーとして秩序肯定的なのでなく、無関心だから肯定的になってるので、秩序に含まれている。だからこれは、見方を百八十度変えれば、言い換えれば、百パーセント秩序否定性の可能性をもつというもうひとつの見方が、同じ大衆にたいして可能だということを意味します。

これにたいして、多少でもイデオロギー的に教育され啓蒙された大衆というものは、もしそのイデオロギーが百パーセント真理であればいいわけですけれど、つまり秩序否定性にいくぶんでも近いわけですけれども、もしそのイデオロギーが間違いであれば、一パーセントでも間違いがあれば、これは全然役に立たんというか、そういうのはないほうがいいんだというふうに逆になってしまうわけです。つまり、大なり小なり、そういう自分の身辺のことだけでなくて、ベトナム戦争にめざめ、そして何とかに目ざめという、最初はもしそのイデオロギーが百パーセント真理でないかぎりは、大なり小なり百パーセントの秩序破壊的可能性はもたないということを意味するということで、答えになっているかどうかはわかりませんけれども、さしあたってそういうふうに申し上げたいと思います。

質問者　吉本さんが価値観の源泉とされる「なんでもない大衆」というのは、どのようにして生まれてきたのでしょうか。どのようなものとして想定されるのですか。

「なんでもない大衆」というのはどうして想定されるか、どうしてできちゃったのかというと、ひとつは大昔はなんでもない大衆だったのでしょうし、サルの時はなんでもないサルだったのでしょうけれども、結局、経済社会的な構成の発展というもの、それから宗教が共同体の総しめくくりだったというような時代から、だんだん国家へというように発展してきた段階において、国家じたいが自分にとって余計なものはみんな社会のなかに、あるいは社会の個々の人間のなかに、あるいは個々の大衆のなかに全部おっかぶせて、自分は純粋な政治国家として結晶せしめてきたという過程があって、それ以外の余計なものは全部ここにおっかぶせてきて、おっかぶせてきた問題というものは、もう個々の大衆にゆだねられると。それからもうひとつはおっかぶせることによって、それ以外のものみんなは社会のなかに、あるいは個々の大衆のなかにおっかぶせて自分をすっきりさせてきたために、いわば政治的国家なら国家というもの、あるいは共同体というものと社会構成、社会のなかに生きている個々の人間、あるいは個々の共同体というものとの距離と矛盾というのが非常に大きくなった、ということがそういう要因ではないでしょうか。

質問者　「なんでもない大衆」に価値観の原点を求める、原像を求めるということは、歴史のなかでの文化や観念の業績にとっては、何を意味するのでしょうか。

それは僕も漠然としていて、おしゃべりのなかでも申し上げたと思うのですけれども、そういうなんでもない大衆にいわば価値観というものの原点を求める、あるいは原像を求めるということは、言い換えれば歴史のなかで巨人としてあらわれたさまざまな意味での文化、あるいはさまざまな意味での観念の業蹟をなしたもの、あるいはそれによって未来についてある指針を与えたもの、そういうものに集約されるものを、われわれが歴史というふうに考えてきたとすれば、それを切断するということがあると思います。それを切断してしまうということでその課題は、あなたのおっしゃる人類的課題といいますか人間的課題といいましょうか、普遍的な人間的な課題につながるだろうというふうに、漠然とお答えできると思いますけれども。

質問者　吉本さんの名古屋への登場のしかたというのは、非常に安全な型で登場されているということです。それは要するに講演者——演ずる者と、聴衆——演じられる者という、非常に安全な型で吉本さんが名古屋に来られたと、そのことにかんして聞きたいのですけれども、それじたいにたいして、基準を置くところの倫理性（会場笑）ということについて、若干のコメントがあれば聞かしてもらいたいと（会場笑、拍手）。そうじゃないと、おれは絶対に支持しないし、吉本という思想家なんて何だということになると思うんです。

今のご趣旨はよくわかります。よく了解できます。それでなぜ、こういうところの壇上へ登場する存在になり果てたかという（会場笑）問題になるわけですけれども、それについて僕は、話のなかで申し上げたと思うんですけれども、僕は自己弁明としてじゃなくて、そういうことがゆるされるならば、僕も学校を出て、こういうときにこうして、こう考えて、といえると思います。そんなことはどうでもいいのだけれども、要するに僕がこういうふうになっているということに、僕自身はいわば不可避性といいますか、「こうなるよりしかたなかったんだよ。つまりこうするよりおれはしょうがなかったんだよ」ということ、つまり「おれは意識してこうなったというよりも、おれは意識したらほんとうになんでもない大衆であったろう」ということだと思います。そのことについては、あまりごまかしてはいないのです。疑わしくもないのです。それはなっただろう。しかし向こうがそうさせてくれないのじゃしようがないじゃないかというようなことで、その時々に、いわば、こうよりしようがないじゃないかというような過程をたどって、かくなり果てたというふうに僕は思っています。

だから、それならば、僕自身が、先ほど申し上げました思想的な価値観の源泉としているものからの大なり小なりの逸脱というのも、やむをえないのではないか、あるいは非難されてもそれはしようがないというふうに僕は思っています。ただ僕のそういう言い方のなかに、意識的にはごまかしというのはないつもりですけれども、無意識のごまかしはあるかもしれません（会場笑）。これはしかし、僕にはわかりません。みなさんにはわかるかもしれませんけれども、僕にはわかりません（会場笑）。

もう少しいいたいことは、みなさんを僕はあまり僕と区別してはいないのです。つまりおれのほうがなり下がっていて、おまえらのほうがなり下がっていないとは思っていないのです（会場笑）。つまり、たかだか一メートル半ぐらい高い所に今は位置しているというだけの問題にすぎんじゃないか、あまりちがわないじゃないかと思っています。ということは、みなさんには自分が何であるか、どうするのかということについての幻想と――それは文字どおりの幻想です。共同幻想の幻想じゃなくて（会場笑）――それからやはり、だいたい何になるかなんて、おまえらいえないだろう、つまりわからんだろうというような――ああ、あまりいうとまずいですけどね（会場笑）――ものもありますけどね、僕はそれほどちがっているとは思っていないのです。だから、もうひとついえることは、僕がここの壇上に登っていて、例えばみなさんと同等な論争になったと、あるいはもっと極端にいってケンカになったとしたら、僕はそこへ降りていけば、非常に対等だと思っているから、対等にやっぱり殴り合いでも殺し合いでもしますけどね（会場笑）。つまり、それだけのアレというのは僕はもってここにいるということだけは疑いのないことです。ただ、僕のほうが一人で、みなさんのほうが大勢だから殴られ損のほうは（会場笑）多いということがありえても、僕はやっぱりしかしトコトンまでやりましょうか。ここを降りて行けばいいわけなんで、けっして僕はみなさんに何とかで申しわけないというようなことで、みなさんのシンパになるということは毛頭ないということは申し上げられると思います。

〔音源不明。文字おこしされたものを、誤字などを修正して掲載。校閲・築山〕

解説

菅原則生

1

吉本の講演は、インターネット上に公開されている吉田惠吉による「隆明網　吉本隆明講演一覧表」をみると、一九五六年十一月に早稲田大学でおこなわれた「『民主主義文学批判』戦後責任の問題をめぐって」（当時、吉本三十一歳）以降、約三七〇本になる。五九年十二月に早稲田大学で「安保条約改定反対統一行動デーでの講演」が、六〇年一月には「全学連野外集会での挨拶」が、六一年十月には「共産主義者同盟（旧）書記局による拡大書記局会議での講演」がおこなわれている。六〇年代になっても活発に講演がおこなわれているが、六三年あたりまでのものは、ほとんど音源がのこっていない。かろうじて「明治大正の詩」（五七年）、「中野重治『歌のわかれ』」（五八年）など二、三が文字起こしされてのこっている。

これら約三七〇本の講演は記録にのこっているもので、これら以外にも小規模でのものなどがあるかもしれないし、講演依頼者とその場にいた聴衆と吉本だけが知っている講演がほかにあるかもしれない。今もなお探索が続いているから、これからも発掘がふえていくといいと思う。

これらの約三七〇本の講演で、音源がのこっているもののうちの一八三本が「ほぼ日刊イトイ新聞」サイトに「吉本隆明の183の講演」として無料公開されている。

本書『全質疑応答Ⅰ〜Ⅴ』には、本講演後の主催者司会による聴衆との質疑応答一一一本が収められている。

吉本は主催者あるいは聴衆から請われれば、本公演の後の「質疑応答」に応じてきた。おそらく、よほどのことがない限り断ることはなかったと思う。だから、「質疑応答」は実際には大ざっぱにみて、内輪のものも含め二〇〇回近くあると思う。「質疑応答」は本講演のおまけみたいなものだから、音源がのこされ、紙に記録されのこされることも少なかった。だが、「質疑応答」は本講演に勝るとも劣らない「価値」があるものだ。そして、幸運なことに、音源として、あるいは文字起こしされた紙として、一一一本がのこされていた。

本書全五巻に収められた一一一本のうち七四本の音源は「ほぼ日刊イトイ新聞」の「吉本隆明の183の講演」によっている。五本ほどはここ十数年に発掘された音源によっている。あとの約三〇本は講演主催者またはその周辺にいた人たちが文字起こしをし、大学新聞などに掲載され、紙にのこしていたものだ。

音源がのこっているものは、文字起こしを職業とする専門家がまず文字起こしをおこない、築山登美夫さん（故人）とわたしが音源を聴いて、音源に基づいて文章をととのえた。紙にのこっていたものについても、築山さんとわたしが固有名詞、作品名などを確認し、文脈の不自然なところを検討し文章をととのえた。

音源がなく、主催者たちが文字化して紙にのこっていたものについては、本書に掲載するに際して、文末に〔音源不明。……〕とかかげている。

文字づかいは、わたしに関していえば、吉本が生前用いてきた固有の表記が念頭にあったが、それにそろえることに意義を感じなかったので、文字起こしの専門家による一般的な表記をできるだけそのままにした。文字起こしの専門家が無意識のうちに蓄積している、新聞や雑誌で流通している一般的な表記のほうがいいとわたしは考えた。吉本がのこした表現は、すでに表現者個人を離れて、いわば、普遍的な表現、共同の表現になっていると思えるからだ（普遍的で対自となった言葉は普遍的で対自的あればあるほど、価値のかたまりとなって、ひとりでに個人を離脱してそれ自体として無数の読者の心の中で生きる、というほどの意味）。また、吉本の固有の表記をわたしが模倣して用いることには何の意味もないと思えるからだ。それでも「状況」は「情況」、「即して」は「則して」、「根底」は「根柢」とするなどした。今となってはそれも必要なかったかもしれないと思う。

文字起こしの専門家や、文字起こしをした講演主催者や学生は、吉本のときとして執拗で難解で晦渋な「おしゃべり」を根気よく追尾し拾い、ねばり強い仕事をされたと思う。けれども、その吉本の「おしゃべり」が理解を超えるものであったとき、自分の理解線に引き込もうとしてまとめてしまうきらいがあった。それは誰がやってもやむを得ないものだ。そしてその箇所の音源の聞き込み、あるいは解釈が、吉本の本をかじったことのあるわたし（または築山さん）の仕事だった。

いっぽうで、わたしもまた、わたしの貧しい理解線の上に、吉本の難解で苦渋に満ちた、行きつ戻りつし、言い換えを重ねる「おしゃべり」を、主観的に並べてしまっているのではないかという自戒があった。できるだけそれはしないという考えがいつもあったが、できたかどうかこころもとない。

2

『全質疑応答』は全五巻で構成されている。「一一一本」の質疑応答が収録されているが、このうち「四二本」は既刊テーマ別『質疑応答集①〜③』に収録された。新たな本書『全質疑応答I』についていえば、「一八本」のうち「六本」が既刊『質疑応答集①〜③』のいずれかに収録されていたものだ。テーマ別『質疑応答集①〜③』を購入された読者は、新たな『全質疑応答』を購入するとすれば、いくらかの「損」を負うことになる。だからここで、いくつかの説明をしてみたいと思う。

既刊『質疑応答集』は当初、全七巻・テーマ別編集で構想された。第③巻が二〇一八年二月に刊行されたあと、解説・文責を担当した築山登美夫さんが逝去し、中断していた。その後、築山さんの代役にということでわたしに声がかかり、残りの④〜⑦巻をつくるために、わたしは音源を聞き、話の脈絡を追い、文章をととのえた。その間に、テーマ別編集ではなく、「一一一本」すべてを年代順にした新たな『全質疑応答I〜V』にしたほうがいいのではないかということに話が進んでいった。発行者である森下さんも、そのほうが全五巻の本として、まとまりのある、価値のある本になると判断された。

本書『全質疑応答I』を読み返してみて（六〇年代の質疑応答を通して読み返してみて）、六〇年代の吉本が時期を追うごとになにを考えてきたのか、その変化が如実にわかるような気がした。

本書『全質疑応答』全五巻は、いわば、密室でひとり考えあぐね、書かれた文章とは違って、聴衆・質問者との息づまる対他的なやりとりから生まれた即興性や、伝えようとして伝わらない考えを喩え話をまじえて聴衆・質問者に繰り返し懸命に伝えようとするおしゃべりからなっている。伝えようとして伝わらない視えない壁を粘り強くよじのぼろうとしているかにみえる。その意味では人間・吉本とその本領がよく出ている。多くの人が読まれて、吉本理解の好個の書物になれば、とねがう。

3

そもそも、吉本が「おしゃべり」したものを文字にすることは可能かという疑問がつきまとう。よく知られているように、吉本は一公演をおこなうにあたり、一冊の本を書くのと同じように資料をととのえ準備して臨んでいたといわれる。それでも、講演を聴いてみればわかるように、すらすらと「おしゃべり」しているわけではない。何箇所か言葉をひねり出すのに難渋を極めているところがある。いいよどみ、執拗に同じ言葉を重ね、早口になる。勁草書房版の『吉本隆明全著作集』を手がけた川上春雄は『全著作集14　講演対談集』（一九七二年刊）の「解題」でそのことを書いている。

著者の講演は、いわゆる雄弁というよりも、むしろ訥弁の雄弁というように知られているほどであり、言葉のくりかえし、いいかえが微妙に「連続」して頻出し、語彙と思想とが重層的に表現される。それゆえ、発語のままでは、文章体を形成せず、簡約してしまえば、語脈としては誤りがないにもかかわらず、思想の脱落を招くというような構造をなしているのである。

（『吉本隆明全著作集14　講演対談集』（一九七二年刊）の川上春雄「解題」）

吉本がなぜ、同じ言葉を執拗に繰り返し、いいかえ、早口になったり、言葉につまったりしているのかといえば、聴衆に伝えようとして《伝わらない》という意識に阻まれ、もがいているからだ。いいかえれば《ぼくが真実を口にすると　ほとんど全世界を凍らせるだらうといふ妄想》（詩「廃人の歌」一九五二年制作）につきまとわれているからであり、《真実を口にすると　ほとんど全世界を凍らせるだらうといふ》ことを伝えようとしているからだ。

問題なのは、吉本の「おしゃべり」を文章に置き換えようとすると《発語のままでは、文章体を形成せず、簡約してしまえば、語脈としては誤りがないにもかかわらず、思想の脱落を招く》という点だ。つまり、吉本の「おしゃべり」を文章にすることはもともと不可能なのではないかということだ。そして、わたしたちは、《発語のままでは、文章体を形成せず、簡約してしまえば、語脈としては誤りがないにもかかわらず、思想の脱落を招く》ことがわかっていて、吉本の「おしゃべり」を簡略化したり、文章にならないものを文章にしたり、という矛盾・無謀をあえて実行していることになる。

実際に講演を聴いてみるとわかるが、畳みかけるように言い換えがおこなわれ、早口になり、晦渋になり、白熱するのは、終盤で「これだけは伝えたい」という意識が高まり、「伝わらないことを伝えよう」としているときだ。そしてそのあと突然、沈黙がやってくる（おしゃべりが終わる）。わたしは、これは「メロディー」「音楽」だと理解したほうがいいのではないかと思ったことがある。

4

吉本にとって講演＝おしゃべりはどういう位置づけだったのだろうかと考えてみる。

わたしのように、かきたいことをかく、といった無自覚な詩作者のばあい、詩の体験はいつもさめたあとの夢ににている。そのあとに意識的な光をあてておぼろ気な筋骨のようなものをとりだすことはできる。だが、詩的体験からひとつのさめきった理論をみちびきだすことは、とうていおぼつかないのである。

（「詩とはなにか」一九六一年初出）

夢の中で、もがき、焦燥し、高揚し、観念が現実をとらえたと確信して白熱したのに、夢から覚めたあとにはただくすぶりや余韻が残っているだけで、現実は何も変わっていないしらじらしさがやってくる。詩の体験はそんな夢の体験に似ているということだろうか。その夢（詩）をもういちど再現しようとしてもできない。ただ《おぼろ気な筋骨のようなものをとりだすこと》ができるだけだ。たしかに観念が世界をとらえ（観念が世界からとらえられ）たのに、それを再現できない。なにごともなかったように夢（詩）の瞬間は消えてゆく。

推測にすぎないが、吉本の講演（おしゃべり）は、そんな詩の体験に似ていたのではないか。

なぜなら、聴衆を前にして、伝わらないことを伝えようとして、もがき、焦燥し、高揚し、白熱して発した言葉は、発したあと聴衆の耳に届いて消えてゆくだけだからだ。そして、「おしゃべり」は、吉本にとって、書くことと同等の表現の重みをもっていたのではないかと思う。四〇〇回近くに及ぶ講演とそのあとの質疑応答はそのことの結果だったのではないか。

5

講演「戦後詩とはなにか」で吉本はひとつのエピソードを語っている。

かつてぼくは〈ぼくが真実を口にすると全世界は凍ってしまうだろう〉というような詩の言葉でいったことがありますが、密室の作業の中核にある羞恥、つまり伝えがたいというような、そういう感じはおそらくそういういいかたによって表現されるあるものであるとおもいます。つまり、真実を口にすれば全世界は凍ってしまうだろうというような、一瞬にして表情をかえ、そして青ざめ、たち止まってしまうだろうという意識が、いわば詩人というものを、現在の情況の内側で生きさせないなにものかであるとおもいます。そういうことが、一般に詩人というやつは無用の長物である、と生活人によっていわれる本質的なところにある問題であろうとおもいます。（講演「戦後詩とはなにか」一九六七年十一月講演、早稲田大学で）

そう述べたあと、「ぼくなんかの詩をよく読んでくれ、そしてぼくなんかのかんがえ方を追求しようとしていた学生さん」の自殺についてふれている。

その学生が自殺したという連絡を受けて火葬場に行ったとき、学生の父親と母親、兄弟が来ていた。その「おやじさん」が吉本にむかって「息子はあなたみたいなひとの詩だかなんだかにこって、そのあげくに厭世観にさいなまれて自殺をしてしまった。それで詩なんていうものまことにくだらないものだというふうにおもう」と言ったという。それで吉本は心の中で「改めて、よーしやるぞ」という気持ちをかきたてられたと述べている。

この「おやじさん」は中野重治の転向小説『村の家』の主人公・勉次にむかって、転向しておめおめと生きて帰ってきたのが恥ずかしくないのか、「もう書くことなんかやめてしまえ」と口説く老父・孫蔵に似ている。あるいは『新約聖書』の、礼拝堂で教えを説くキリストにむかって「あいつはこんな知恵をどこで覚えてきたんだ。あいつは大工の息子ではないか」と口々に言う大衆に似ている。

吉本は、講演に臨むとき、いつも、こうした、自殺した学生さんの父親、『村の家』の孫蔵、あるいはそれらに類する《大衆の原型》を、心の中で《よーしやるぞ》というふうに対決すべきものとして想定していたのではないか。

《よーしやるぞ》というふうに湧き起こってくる内発的な意思＝自己表出が《大衆の原型》をと

らえ、その根底をすくい取れるかいなかが自己の根底をすくい取ることでもあり、また、それをなしうることが前人未到の《知識人の原型》であった。

誤解をおそれずにいえば、吉本にとって講演＝おしゃべりの場は、聴衆の向こうに想定される《大衆の原型》と対決する場であり、自分を映す鏡ともいうべき場であった。

6

講演「現代詩の孤立を擁護する」の冒頭で吉本は述べている。

ここ四、五年のあいだ、ぼくはときどき人前でしゃべってきました。その場合には一種の鉄火場みたいなもので、どこから野次と怒号と暴力がくるかわからない、という身構えをいつもとりながらしゃべることに慣れてきました。

（講演「現代詩の孤立を擁護する」一九六六年五月）

吉本はなぜ、講演の場が鉄火場であり、いつ怒号や暴力が飛んでくるかわからないところに、それを知りつつ出かけていったのだろうか。「おしゃべり」をすればするほど《伝わらない》度合いは増し、聴衆から《拒絶》される度合いは増していくようにさえみえる。吉本の執着はどこからやってくるのだろうか。この執着がどこからやってきたかわかるということが、吉本がわかるということと同じだった。

『隆明網　吉本隆明講演一覧表』をみると、一九六二年あたりから講演数が増えはじめ、六六年に十一回、六七年には十七回おこなっている。六六年の十月二十九日には、昼に関西学院で「自立の思想的拠点」という講演をおこない、それが終わったあと、同日に関西大学で「知識人――その思想的課題」と題する講演をおこなっている。そして、そのあとの「質疑応答」は数時間おこなわれ、深夜に及んだのではないかとおもわれる。

吉本はこのとき四十二歳。『試行』で『言語にとって美とはなにか』の連載が終わり、『心的現象論』の連載が始まったころ、文芸誌で『共同幻想論』の連載が始まったころに相当している。

ベトナム戦争（米軍による北爆）の激化が連日報道され、ベ平連を中心とした学生らの反戦平和運動が起こり、戦後の価値秩序に反抗する広範な学生による学園紛争が全国的に拡がりつつあった時期だ。一九六六年九月にはサルトルが来日し、各地で講演をおこなっている。

この「知識人――その思想的課題」と題する講演でも、質問者は吉本に対して、吉本が初めから説明してきたことに聞く耳をもっていなかったかのように、同じ質問をくりかえしている。要するに、吉本はいい気になって壇の上に上がって、何も行動しないで「無用の長物」である「おしゃべり」をしているだけじゃないか、唯々諾々と権力に服従している蒙昧な大衆を啓蒙し（外部注入し）、行動を促すべきではないか。質問者たちは吉本に一様に不信感を持っている。吉本が《大衆の原型》を自己の思想にくりこむことが《知識人の課題》だといっても、それが何をいっているのかわからずに同じ質問に戻っていく。吉本はいらだったようすで「何回もいわせないでください。ぼくはくりかえし、くりかえし、きょう最初からいっているわけです」とこたえている。質問者が学生なのか、べ平連の活動家なのか、新左翼党派の活動家なのかはわからない。いわば大衆と未分化な知的になった（知的に上昇した）大衆といえばいいのだろうか。吉本が《伝わらない》ことを夜更けまでねばり強く、角度を変えて説明している姿から鬼気がせまってくる。

吉本の側に真理があるのか、学生（質問者）の側に真理があるのかは即自的には決められない。ただ、《大衆の原型》あるいは《関係の絶対性》を自己の思想にくりこむことができている側に真理があるというほかない。

一九六七年十一月に国学院大学で学生主催の「人間にとって思想とは何か」と題する講演がおこなわれた。

質問者8　安保以後あなたは何をしたんですか。
吉本　何をしたか、あなたいってごらんなさい。
質問者8　安保以後、昼寝でもしていないと……。
吉本　ええ、いいですよ。それで？　あなただって寝るでしょうが。
質問者8　冗談じゃないよ。自分はそんなことといって日和っちゃったんじゃないか。（中略）

いくら国家を自覚しろったってなんにもなんないんだよ、今は！
吉本　そんなことないのよ。そんなことといっちゃ、あなただめよ（会場笑）。（中略）
質問者8　要するに、マスターベーションにすぎないじゃないか。
吉本　何をいってるんだよ。何いってやがんだ。
質問者8　何だよ！
（こののち、場内騒然となり、吉本氏と数名の学生のあいだにケンカ腰の激しい口論があったが、多くの発言が聞き取りにくい。）
（「人間にとって思想とは何か」講演後の質疑応答、一九六七年十一月）

次から次へと出てくる愚かな「質問者」はほとんど、講演の妨害、暴力の寸前までいっている。「頓馬な学生」が言いたいことは、終始、自分たちは街頭に出て「行動」しているのに、吉本は「わけの分からないおしゃべり」をしているだけじゃないか、ということだ。吉本が腕まくりして壇から降りていく姿が想像される。そのあと、吉本がこの学生を殴り倒したのか、学生に殴り倒されたのかはわからない。重要なのはその点ではない。『村の家』の老父・孫蔵から「もう書くのはやめて農夫になれ」といわれて、「書いていきます」と答えた勉次のように、「よーしやるぞ」と内発的な意思がふつふつとわき起こり、直接対決したということが重要なのだ。
一九六八年末、学園紛争が盛んだったころ、東大法学部の「大学教授」の研究室に「全共闘」の学生がなだれ込み研究室を封鎖して「大学教授」を追い出したことがある。そのときその「大学教授」は学生の集団にむかって「君たちのような暴挙はナチスも日本の軍国主義もやらなかった。わたしは君たちを憎みはしない、ただ軽蔑するだけだ」と言ったという（吉本隆明「収拾の論理」一九六九年初出、『情況』所収）。その後、この大学の執行部当局である教授たちは、これらの学生たちと直接対決せずに公権力にすがって学内に武装した機動隊を導入し、拘置所におくった。

この国学院大学の講演で、吉本と「頓馬な学生」または「急進的な学生」のあいだで起こっていることと、東大で教授たちと学生たちのあいだに起こったことはまったく同じだ。吉本は「大学教授」のように「憎みはしない、ただ軽蔑するだけだ」という偽の感情（二重底の感情）によって現実を回避せずに、ちゅうちょなく「急進的な学生」と直接対決している。

かりに、わたしの〈研究室〉であり〈仕事部屋〉である部屋に、学生たちが踏みこんで追い出したり、蔵書を無茶苦茶に荒らしたとすれば、わたしは丸山とちがって〈軽蔑〉するだけではおさまりがつかず、〈憎悪〉するかもしれない。また「肉体的に衝突」するくらいではおさまらず、菜っ切り包丁のひとつもふりまわして、学生たちとわたりあうかもしれない。あるいはただ黙ってさせておくかもしれない。

（吉本隆明「収拾の論理」一九六九年初出）

ここで「菜っ切り包丁のひとつもふりまわして、学生たちとわたりあうかもしれない」というのは本音であろう。書きたいものがあるから書くのでも書きたいものがないから書かないのでもなく、ただ原稿用紙を前にして、手を動かして昨日もそうしたようにきょうもそうするということが書くということだと、吉本はどこかでいっている。だから、書くということは、例えば街なかの蕎麦屋が昨日までもそうしたようにきょうもあしたも体を張って店をあける、それが生きることだ、ということと同じだ。つまり、吉本が「菜っ切り包丁のひとつもふりまわして、学生たちとわたりあうかもしれない」というのは、書くことが生きることだということの延長であり、また、延長に過ぎないともいえた。だが、これほど難しいことはない。「思想がその原則を現実の場面で貫徹できるだけの肉体をもっている」(同前) 知識人の存在など、わたしたちは知らないからだ。存在するのは、自己の知的優位を社会的優位にすりかえ、自己保身を偽の公共性すりかえてしまう「有識者」ばかりだ。

もちろん現実には、「ただ黙ってさせておくかもしれない」。命を賭けるのもばかばかしいという考えもありうるからだ。それはどちらでもいい。ただ、ここに《情況》が出現しているということだけが重要なのだ。

もうひとつ関心があるのは、この国学院大学での講演後の質疑応答で吉本をこき下ろし見下した「質問者」たち学生は今なにをしているのかということだ。その後、この学生たちは、年老いて、平凡な幸福を得て、なにごともなかったかのごとくすべては忘却の彼方になってしまったのだろうか。それはそれでいいような気もする。

わたし自身もまた、一九七六年六月に、吉本の講演会に押しかけて壇上に上がり講演を妨害しようとしたことがあるから、そのことに関心がある。

7

一九七一年十二月に名古屋でおこなわれた講演「国家・共同体の原理的位相」の講演後の質疑応答でも吉本は頓馬な学生（活動家かもしれない）から、同じような「突き上げ」をくらっている。

質問者　吉本さんの名古屋への登場のしかたというのは、非常に安全な型で登場されているということです。（中略）それじたいにたいして、基準を置くところの倫理性（会場笑）ということについて、若干のコメントがあれば聞かしてもらいたいと（会場笑、拍手）。そうじゃないと、おれは絶対に支持しないし、吉本という思想家なんて何だということになると思うんです。

吉本　今のご趣旨はよくわかります。よく了解できます。それでなぜ、こういうところの壇上へ登場する存在になり果てたかという（会場笑）問題になるわけですけれども、（中略）要するに僕がこういうふうになっているということに、僕自身はいわば不可避性といいますか、「こうなるよりしかたなかったんだよ。つまりこうするよりおれはしょうがなかったんだよ」ということ、つまり「おれは意識してこうなったというよりも、おれは意識したらほんとうになんでもない大衆であったろう」ということだと思います。（中略）しかし向こうがそうさせてくれないのじゃしようがないじゃないかというようなことで、その時々に、いわば、こうよりしようがないじゃないかというような過程をたどって、かくなり果てたというふうに僕は思っています。（中略）

もう少しいいたいことは、みなさんを僕はあまり僕と区別してはいないのです。つまりおれのほうがなり下がっていて、おまえらのほうがなり下がっていないとは思っていないのです（会場笑）。

（「国家・共同体の原理的位相」の講演後の質疑応答、一九七一年十二月）

頓馬な学生は吉本のことを勘違いし、そのうえ蔑んで見下そうとしている。これは自身では気づかれない《非行》なのだ。そしてこの《非行》の責任は、この学生にだけ押しつけるわけにはいかない。頓馬な学生の意識・無意識の背景には、日本の国家と社会の共同性の貧しさとその歴史がある。同時代に（七二年～七三年）に、仲間を次々に山岳ベースでリンチして殺した連合赤軍事件が起こっているが、その《非行》とここでの頓馬な学生の《非行》は根っこが同じだ。

頓馬な学生は何を勘違いしているのだろうか。

吉本は自身を安全なところに置いて「わけのわからないおしゃべり」を「壇上」に上がって好んでやりたいために間抜けな顔をしてわざわざ名古屋までやってきたと、この頓馬な学生は勘違いしているのだ。だが違う。吉本は「壇上」でおしゃべりする存在に「なり果て」てしまった、ほんとうは「壇上」に上りたくなかったし、「ほんとうはなんでもない大衆」になりたかったのに、自分の意思とは逆に「壇上」から降りられない、「不可避性」としてそうなり果ててしまったのだと吉本は述べている。簡略にいえば、頓馬な学生は「壇上」に上ることを憧憬し（半面で猜疑し）ているのに対して、吉本は「壇上」から、降りたいのだといっている。「壇上」に上ることは「なり果てる」ことだといっているのだ。

学生からは吉本がどこにいるか視えないが、吉本からは学生の位相が視えている。学生が「往きがけ」で見ているのに比して、吉本は「還りがけ」で視ているというべきか。別の言い方をすれば、吉本は「一九四五年八月十五日」という視えない契機をまたいでしまった、そのことが学生からは視えていないのだ。もちろん、「一九四五年八月十五日」という視えない契機とは、具体的な日にちではなく、比喩だ。

頓馬な学生と、七六年に吉本講演を妨害するために壇上に上がったわたしと、「一九四五年八月十五日」以前の皇国青年・吉本は、いくらか似ているとおもう。

（すがわら・のりお）

【吉本隆明略年譜】（石関善治郎作成年譜を参考に菅原が作成）

〔吉本家は熊本県天草市五和町の出。隆明の祖父が造船業をおこし成功。明治末の造船業界の変化と大正期の不況で行き詰まる。父・順太郎が製材業を試みるも及ばず、24年春、天草を出奔、上京〕

1924年11月25日、順太郎・エミの三男として中央区月島4丁目に生まれる。家には祖父、祖母、長兄、次兄、姉が住む。28年、父・順太郎、月島に、釣り船、ボートなどを作る「吉本造船所」をおこす。

34年、門前仲町の今氏乙治の私塾に入る。36年、二・二六事件。

37年4月、東京府立化学工業学校応用化学科に入学。7月、日中戦争始まる。

41年12月、太平洋戦争始まる。42年4月、米沢高等工業学校応用化学科入学。

43年12月、次兄・田尻権平、飛行機墜落事故で戦死。

44年10月、東京工業大学電気化学科に入学。

45年3月、東京大空襲で今氏乙治死去。4月、学徒動員で日本カーバイド工業魚津工場（富山県）へ。戦闘機の燃料製造に携わる。

45年8月15日、動員先の工場の庭で天皇の敗北の宣言を聞き、衝撃を受ける。

47年9月、東京工業大学電気化学科を卒業。いくつかの中小工場で働く。

48年1月、姉・政枝、結核のため死去。8年余の療養中に短歌に親しむ。

49年4月、2年の「特別研究生」として東京工業大学に戻る。

51年4月、東洋インキ製造に入社。青戸工場に通う。

52年8月、父に資金を借り、詩集『固有時との対話』を自費出版。

53年4月、東洋インキ労働組合連合会会長・青戸工場労働組合組合長に。9月、『転位のための十篇』

自費出版。10〜11月、賃金と労働環境の向上を掲げた労働争議に敗北。

54年1月、隆明らに配転命令。隆明は東京工業大学へ「長期出張」を命じられる。このころ『マチウ書試論』稿。12月、お花茶屋の実家を出て、文京区駒込坂下町のアパートに越す。55年6月、東洋インキ製造を退社。

56年7月、このころから黒澤和子と同棲。57年5月入籍。58年12月、『転向論』発表。

60年6月、安保闘争の6・15国会抗議行動・構内突入で逮捕、二晩拘置される。

61年9月、『試行』創刊。『言語にとって美とはなにか』連載始まる。

62〜64年、『丸山真男論』『マルクス紀行』『カール・マルクス』発表。

65年10月、『心的現象論』の連載始まる（『試行』15号から）。

68年4月、父・順太郎死去。12月『共同幻想論』刊。

71年7月、母・エミ死去。71〜72年、連合赤軍事件。

71年『源実朝』刊。76年『最後の親鸞』刊。77年『初期歌謡論』刊。

80年、M・フーコーとの対談『世界認識の方法』刊。84年『マス・イメージ論Ⅰ』刊。86年『記号の森の伝説歌』刊。89年『ハイ・イメージ論Ⅰ』刊。90年『柳田国男論集成』刊。

95年1月、阪神淡路大震災、3月、地下鉄サリン事件。11月『母型論』刊。

96年8月、西伊豆で遊泳中溺れる。以後、持病の糖尿病の合併症による視力・脚力の衰えが進む。

97年12月、『試行』終刊。98年1月『アフリカ的段階について』刊。

2008年7月、昭和大学講堂で講演。車椅子で登壇し、2000人の聴衆に約3時間話す。

11年3月11日、東北地方太平洋沖地震発生。14日、福島第一原発水素爆発。

12年1月22日、発熱、緊急入院。3月16日、肺炎により死去。享年87。

吉本隆明 全質疑応答Ⅰ 1963〜1971

2021年7月20日 初版第1刷印刷
2021年7月30日 初版第1刷発行

著 者 吉本隆明
発行者 森下紀夫
発行所 論 創 社
東京都千代田区神田神保町2-23 北井ビル
tel. 03(3264)5254 fax. 03(3264)5232 web. https://www.ronso.co.jp
振替口座 00160-1-155266
装幀／宗利淳一
印刷・製本／精文堂印刷 組版／フレックスアート
ISBN978-4-8460-2026-2